www.ingramcontent.com/pod-product-compliance
Lightning Source LLC
Chambersburg PA
CBHW030639190726
48286CB00008B/2577

منٹو کے حاشیے

منٹو کے منتخب افسانے

سعادت حسن منٹو

Manto Ke Haashiye - Paperback
By Saadat Hasan Manto
Ghazal Sara Dot Org
Fiction - Urdu
Compiled by: Yawar Maajed
Printed and bound in The United States of America
Published By: GhazalSara.Org
ISBN: 978-1-957756-04-2

© جملہ حقوق محفوظ ہیں

گو کہ اس کتاب میں شامل منٹو کے افسانے پبلک ڈومین میں ہیں لیکن کتاب کا باقی کوئی بھی حصہ کتاب کا حوالہ دیتے ہوئے پبلشر کی پیشگی اجازت کے بغیر کسی بھی وضع یا جلد میں گُلّی یا جزوی، منتخب یا مکرّر اشاعت یا بصورت فوٹو کاپی، ریکارڈنگ، الیکٹرانک، مکینیکل یا ویب سائٹ پر استعمال نہیں کیا جا سکتا۔

اہتمامِ اشاعت ... یاور ماجد

ناشر .... غزل سرا ڈاٹ آرگ (ریاست ہائے متحدہ امریکہ)

اشاعت .... فروری 2202

مصنف.............. سعادت حسن منٹو

Retail Price

United States	$14.99
United Kingdom	£ 11.99
European Union	€ 13.99
Canada	$19.99
Australia	$20.99
Everywhere Else	$14.99

فہرست

منٹو کے حاشیے ۔ کیوں؟

منٹو ہندوستان اور خصوصاً پاکستان کے ماضی کا ایک ایسا باب ہے جس سے شناسائی ہماری آج کی اور آنے والی نسلوں کے لئے بے حد اہم ہے۔ منٹو روشن خیالی کا جو پرچم اٹھا کر نکلا تھا، وہ پچھلی دہائیوں میں کچھ پنپنے کے بعد اب بری طرح سے رُو بہ زوال ہے۔ قومیت پرستی اور بنیاد پرستی کی لہر ہر ملک اور ہر خطے کو اپنی لپیٹ میں لے چکی ہے۔ منٹو کا پیغام خاص طور پر پاکستان اور ہندوستان سے باہر رہنے والی اور یہاں پیدا ہونے والی نسل کے لئے ضروری ہے۔ اس شخص کی زندگی ایک ایسا آئینہ ثابت ہوئی جس میں ہم اپنے معاشرے کا چہرہ بہت آسانی سے دیکھ سکتے ہیں، اپنی تخلیقات کی وجہ سے اس عظیم افسانہ نگار کو عدالتوں میں گھسیٹا گیا، اس کے کام سے مالی فوائد اٹھائے گئے اور خود اس کو ان فوائد کا عشر عشیر تک نہ مل سکا۔ اس کی زندگی خون تھوکتے گزری اور وہ اپنی مکمل زندگی گزارے بغیر ہی موت کی آغوش میں جا سویا، لیکن اس مختصر سی زندگی میں بھی اس نے ہماری معاشرے اور اردو ادب پر ایسے نقوش چھوڑے جو شاید صدیوں تک محو نہ ہو پائیں۔ یہ افسانے جن کو فحش قرار دیا گیا، اور جن کی وجہ سے منٹو پر مقدمات بنے، اردو ادب کا سرمایہ ثابت ہوئے۔ یہ کتاب یقیناً ہر لائبریری کی زینت بننے کے قابل ہے تا کہ ہماری نئی نسلیں اس اندھیرے کو سمجھ سکیں جو ہم پر طاری رہا اور اب دوبارہ ہمارے سروں پر منڈلا رہا ہے۔ کتاب میں شامل دو مضامین ، لذّتِ سنگ ‘‘ اور ، ، سفید جھوٹ ‘‘ منٹو کے قلم سے ہی اس کا اپنا مقدمہ ہیں اور قاری کو اس ذہنی اذیت کی ایک جھلک دکھاتے ہیں جس سے ہر روشن خیال شخص گزرا اور آج بھی گزر رہا ہے۔

منٹو

میں نے اس کو دیکھا ہے

اجلی اجلی سڑکوں پر اک گرد بھری حیرانی میں

پھیلتی بھیڑ کے اوندھے اوندھے کٹوروں کی طغیانی میں

جب وہ خالی بوتل پھینک کے کہتا ہے :

''دنیا! تیرا حسن یہی بدصورتی ہے،،

دنیا اس کو گھورتی ہے

شورِ سلاسل بن کر گو نجنے لگتا ہے

انگاروں بھری آنکھوں میں یہ تند سوال

کون ہے یہ جس نے اپنی بہکی بہکی سانسوں کا جال

بامِ زماں پر پھینکا ہے؟

کون ہے جو بل کھاتے ضمیروں کے پُر پیچ دھند لکوں میں

روحوں کے عفریت کدوں کے زہر اندوز محلکوں میں

لے آیا ہے، یوں بِن پوچھے، اپنے آپ

عینک کے برفیلے شیشوں سے چھنتی نظروں کی چاپ؟

کون ہے یہ گستاخ؟

تاخ، تڑاخ!

—مجید امجد

منٹو کا مقدمہ اس کے اپنے قلم سے

لذت سنگ

سعادت حسن منٹو

لاہور کے ایک رسوائے عالم رسالے میں جو فحاشی و بیہودگی کی اشاعت کو اپنا پیدائشی حق سمجھتا ہے، ایک افسانہ شائع ہوا ہے جس کا عنوان ہے 'بو'، اور اس کے مصنف ہیں مسٹر سعادت حسن منٹو۔ اس افسانے میں فوجی عیسائی لڑکیوں کا کیریکٹر اس درجہ گندا بتایا گیا ہے کہ کوئی شریف آدمی برداشت نہیں کر سکتا۔ افسانہ نگار نے اظہار مطلب کے لئے جو اسلوب اختیار کیا ہے اور جو الفاظ منتخب کئے ہیں، ان کے لئے تہذیب، شرافت کے دامن میں کوئی جگہ نہیں ہو سکتی، لیکن حکومت اب تک خاموش ہے، حالانکہ یہی حکومت ہے جو 'لذت النساء'، اور 'کوک شاستر'، 'ایسی فنی؟' (یہ استفہامیہ میرا ہے) کتابوں کو بھی قابل مواخذہ سمجھتی ہے، لیکن ایسے افسانوں کی طرف متوجہ نہیں ہوتی جو ادب جدید کے نام سے سفلی جذبات میں ہلچل ڈالنے کا موجب ہیں اور فحاشت نگار ادیبوں کو کھلی چھٹی دے رکھی ہے۔ وہ قانون کی گرفت سے بے نیاز ہو کر گندگی بکھیرتے رہتے ہیں۔

(ہفتہ وار 'خیام' لاہور۔)

پریس برانچ کے انچارج چودھری محمد حسین بہت نیک خیال کے بزرگ ہیں۔ اس قسم کے افسانے پڑھ کر ان کی روح یقیناً کانپ اٹھتی ہے۔ ان کے ہاتھ میں قانون ہے اور وہ اسے نہایت سختی سے

استعمال کر سکتے ہیں۔ کیا ان کے لئے یہ ممکن نہیں تھا کہ جس طرح قابل اعتراض مذہبی مضامین لکھنے والوں کے خلاف گورنمنٹ کی مشینری حرکت میں آئی، اسی طرح ان گندے افسانوں کو لکھنے والے سعادت حسن منٹو وغیرہ، بیچنے والے پبلشر جو رسالے کی فروخت سے ہزاروں روپیہ کماتے ہیں اور چھاپنے والے پریس کے مالک کو فوراً گرفتار کر لیتے اور ان میں سے ہر ایک کو تین تین سال کے لئے جیلوں میں بند کرا دیتے۔ ہمیں یقین ہے کہ کوئی بھی عدالت ان افسانوں کو قانون کی زد سے نہیں بچنے دے گی۔ یہ صاف طور سے نوجوان لڑکوں اور لڑکیوں میں بداخلاقی پھیلاتے ہیں اور عوام کا مذاق بگاڑتے ہیں۔

(روزنامہ پربھات۔ لاہور)

ادب لطیف، اس نام کا ایک رسالہ لاہور سے شائع ہوتا ہے۔ یہ کہنے کو تو ایک ادبی ماہنامہ ہے لیکن اگر اسے ادب کثیف کہیے تو بجا ہے۔ اس کا سالانہ نمبر اس وقت ہمارے پیش نظر ہے، جس میں ایک لچر اور فحش افسانہ از قلم فحش نگار سعادت حسن منٹو شائع ہوا ہے جس کے خلاف ہم نہایت پُرزور احتجاج کرتے ہیں، نہ فقط اس کے کوک شاسترانہ خیالات کی وجہ سے بلکہ اس لئے بھی کہ یہ گورنمنٹ عالیہ کی ومینز اگزالیری کور (Wac) کی مساعی در باب جنگ کی راہ میں روڑا اٹکانے والا اور اس کی بدنامی کا موجب ہے حتیٰ کہ اس محکمہ کو بیہودہ شخص قحبہ خانہ کا نام دیتا ہے۔ ہم حیران ہیں کہ اور چھوٹی چھوٹی باتوں پر گورنمنٹ کی مشینری فوراً حرکت میں آ جاتی ہے، لیکن اس خلاف تہذیب مضمون پر اس کی اب تک نظر نہیں پڑی۔ کیا سپرنٹنڈنٹ پریس برانچ اس بداخلاق اور بے ادب 'ادیب' اور رسالہ مذکور کے خلاف جلد کوئی کارروائی نہ کریں گے، دیکھنا چاہیے!

(اخوت، لاہور)

ایک مقامی ماہنامہ نے سعادت حسن منٹو کا ایک فحش افسانہ 'بو' شائع کیا تھا۔ خیام میں اس اخلاق سوز حرکت کے خلاف آواز اٹھائی گئی تھی، جو حکومت پنجاب کے کانوں تک پہنچے بغیر نہ رہ سکی، چنانچہ معلوم ہوا کہ جس پرچے میں 'بو' شائع ہوا تھا، وہ ضبط کر لیا گیا ہے۔ یہ ضبطی ۲۹۲/۳۸ دفعہ کے ماتحت عمل میں آئی۔ ہم اس فیصلے پر حکومت پنجاب کو مستحق تبریک سمجھتے ہیں اور امید کرتے ہیں کہ وہ اس قسم

کی فحاشی کو مستقل طور پر روکنے کے لئے کوئی موثر قدم اٹھائے گی۔

(ہفتہ وار خیام ۸ اپریل ۱۹۴۴ء)

۱۳؍ر ملک بلڈنگ، میو روڈ، لاہور

بھائی جان، سلام شوق!

برادرم آغا خلش صاحب کا گرامی نامہ پرسوں ملا تھا۔ آپ کی علالت کا علم ہوا، اللہ کرے آپ اب تک اچھے ہوں۔ جب آپ کو اپنی صحت کا اندازہ ہے تو اتنا زیادہ کام کیوں کرتے ہیں کہ دنوں صاحب فراش رہتے ہیں۔ مجھے لوٹتی ڈاک میں اپنی صحت کی حالت سے مطلع کیجیے اور اللہ اتنی محنت نہ کیجیے کہ آپ انجکشن کے کانٹوں میں گھرے رہ جائیں۔ ابھی برسوں تک آپ کی ضرورت ہے۔ کیجیے، خیام، عالمگیر، آئینہ (بمبئی) اور دیگر مہر بانوں کے دم سے ادب لطیف کا سالنامہ زیر دفعہ ۲۹۲ تعزیرات ہند اور ۳۸ ڈیفنس آف انڈیا رولز ۲۹؍ مارچ کی شام کو ضبط ہو گیا۔ پولیس نے چھاپہ مارا۔ سالنامے کے باقی ماندہ نمبر لے گئی، ابھی پروپرائٹر اور ایڈیٹروں کی گرفتاری عمل میں نہیں آئی، لیکن افواہ ہے کہ ہم بہت جلد گرفتار کر لئے جائیں گے۔ یہ ضبطی آپ کے مضمون اور افسانے کی وجہ سے عمل میں آئی ہے۔

(احمد ندیم قاسمی، ایڈیٹر ادب لطیف)

مضمون جس کا ذکر محولہ صدر خط میں ہے، ایک تقریر ہے جو میں نے جو گیشوری کالج بمبئی میں طالب علموں کو پڑھ کے سنائی تھی۔ اس سے پہلے چند اصحاب ادب جدید کے خلاف اس کالج میں تقریریں کر چکے تھے۔ یہی وجہ ہے کہ میں نے کالج کی مجلس ادب کی دعوت قبول کی اور اپنے خیالات کا اظہار کیا۔ یہ تقریر بعد میں ادب جدید کے عنوان سے ادب لطیف کے زیر عتاب سالنامہ ۱۹۴۴ء میں میرے افسانے 'بو' کے ساتھ شائع ہوئی۔ میں اسے ذیل میں نقل کرتا ہوں

’’میرے مضمون کا عنوان ادب جدید ہے۔ لطف کی بات یہ ہے کہ میں اس کا مطلب ہی نہیں سمجھتا۔ لیکن یہ زمانہ ہی کچھ ایسا ہے کہ لوگ اسی چیز کے متعلق باتیں کرتے ہیں، جن کا مطلب ان کی سمجھ میں نہیں آتا۔ پچھلے

دنوں گاندھی جی نے آغاخان کے محل میں مرن برت رکھا۔ جب لوگوں کی سمجھ میں نہ آیا وہ کس طرح زندہ رہ سکتے ہیں تو ایک نارنگی پیدا کر دی گئی۔ یہ نارنگی بھی کچھ دنوں کے بعد ناقابل فہم ہوگئی۔ بعض آدمیوں نے کہا کہ نارنگی نہیں تھی، موسمی تھی۔ بعض نے کہا نہیں موسمی، نارنگی ہرگز نہیں تھی، مالٹا تھا۔۔۔۔ بات بڑھتی گئی، چنانچہ اس پھل کی ساری ذاتیں گنوا دی گئیں۔ نارنگی، سنترہ، موسمی، مالٹا، چکوترہ، سویٹ لائم، کھٹا لیموں، میٹھا لیموں وغیرہ وغیرہ۔۔۔۔ پھر ڈاکٹروں نے ان میں سے ہر ایک کی وٹامن گنوائیں۔ غذائیت کو کیلوریز میں تقسیم کیا گیا۔۔۔۔ ایک برس میں پچھتر برس کے بڈھے کو کتنی کیلوریز کی ضرورت ہوتی ہے۔ اس پر بحث کی گئی اور صاحب! گاندھی جی کی یہ نارنگی یا موسمی جو کچھ بھی تھی، سعادت حسن منٹو بن گئی۔۔۔۔

یہ میرا نام ہے لیکن بعض لوگ ادب جدید دال معروف نئے ادب، یعنی ترقی پسند ادب کو سعادت حسن منٹو بھی کہتے ہیں اور جنہیں صنف کرخت پسند نہیں، وہ اسے عصمت چغتائی بھی کہہ لیتے ہیں۔ جس طرح میں، یعنی سعادت حسن منٹو اپنے آپ کو نہیں سمجھتا، اسی طرح ادب جدید دال معروف نیا ادب یعنی ترقی پسند لٹریچر بھی میری فہم سے بالاتر ہے اور جیسا کہ میں عرض کر چکا ہوں، ان لوگوں کی سمجھ سے بھی اونچا ہے جو اس کو سمجھنے کی کوشش کرتے ہیں۔ مثال کے طور پر چند مضمونوں میں اس ادب کو جس کے کئی نام ہیں اور زیادہ نام دینے کے لئے فحش نگاری اور مرد وز پرستی سے، منسوب کیا گیا ہے۔ میں چیزوں کے نام رکھنے کو برا نہیں سمجھتا۔ میرا اپنا نام اگر نہ ہوتا تو وہ گالیاں کیسے دی جاتیں جواب تک میں ہزاروں اور لاکھوں کی تعداد میں اپنے نقادوں سے وصول کر چکا ہوں۔۔۔۔ نام ہو تو گالیاں اور شاباشیاں دینے اور لینے میں بہت سہولت پیدا ہو جاتی ہے، لیکن اگر ایک ہی چیز کے بہت سے نام ہوں تو الجھاؤ پیدا ہونا ضروری ہے۔

سب سے بڑا الجھاؤ اس ترقی پسند ادب کے بارے میں پیدا ہوتا ہے، حالانکہ پیدا نہیں ہونا چاہیے تھا۔ ادب یا تو ادب ہے ورنہ نہ ادب نہیں ہے۔ آدمی یا تو آدمی ہے ورنہ آدمی نہیں ہے، گدھا ہے، مکان ہے، میز ہے، یا اور کوئی چیز ہے۔ کہا جاتا ہے کہ سعادت حسن منٹو ترقی پسند انسان ہے۔ یہ کیا بیہودگی ہے! سعادت حسن منٹو انسان ہے اور ہر انسان کو ترقی پسند ہونا چاہیے۔ ترقی پسند کہہ کر لوگ میری صفت بیان نہیں کرتے بلکہ اپنی برائی کا ثبوت دیتے ہیں جس کا مطلب یہ ہے کہ وہ خود ترقی پسند نہیں، یعنی وہ ترقی نہیں چاہتے۔ میں زندگی کے ہر شعبے میں ترقی کا خواہش مند رہا ہوں۔ میں چاہتا ہوں کہ آپ سب ترقی کریں۔ آج آپ طالب علم ہیں، ترقی کرتے کرتے آپ بھی اپنے آئڈیل تک پہنچ جائیں۔

ہر آدمی ترقی پسند ہے۔ وہ لوگ جنہیں تخریبی یا رجعت پسند کہا جاتا ہے، خود کو ترقی پسند ہی سمجھتے ہیں اور

پھر زمانے میں قریب قریب ہر آدمی گزری ہوئی نسل کے مقابلے میں اپنے کو زیادہ ذہین، طباع اور ترقی یافتہ انسان ہی سمجھتا ہے۔ یہی حال ادب کا ہے۔ شرر کے ناول اور راشد الخیری کے قصے آج کل کے اکثر مصنفین کو بالکل بے جان معلوم ہوتے ہیں۔ پڑھنے والوں کی بھی یہی کیفیت ہے۔ مارکیٹ میں چلے جائے۔۔۔۔ آج سے دس بیس برس پہلے کے لکھنے والوں کی کتابیں اسٹالوں پر بہت کم دکھائی دیتی ہیں۔ کرشن چندر، راجندر سنگھ بیدی، عصمت چغتائی اور رسعادت حسن منٹو کی کتابیں، ایم اسلم، تیرتھ رام فیروز پوری، سید اہتیاز علی تاج اور عابد علی عابد کے مقابلے میں زیادہ پڑھی جاتی ہیں، اس لئے کہ کرشن چندر اور اس کے ہم عصر نوجوانوں نے زندگی کے نئے تجربے بیان کئے۔

آج سے بیس پچیس برس پہلے ملک کی سیاسی اور مجلسی حالت بالکل مختلف تھی۔ اسی طرح آپ اندازہ لگا سکتے ہیں کہ پچاس ساٹھ برس اور پہلے کیسی ہوگی، اور اگر مغلئی حکومت کا دور دورہ ہوتا تو بہت ممکن ہے میرے گھر میں ایک حرم سرائے ہوتی۔ حرم سرائے نہ ہوتی تو کم از کم ایک بیوی گھر میں ہوتی اور دو تین طوائفیں میری ملازمت میں ہوتیں، مجھے بٹیر لڑانے کا شوق ہوتا۔ یہ مضمون پڑھنے کے بجائے میں پرنسپل صاحب بالقابہ کی شان میں ایک قصیدہ سناتا جو خوش ہو کر یا تو میرا منہ موتیوں سے بھر دیتے یا جو گیشوری کالج مجھے بخش دیتے تا کہ میں اپنا طویلہ بنا سکوں، مگر جیسا کہ آپ جانتے ہیں، حالت بہت مختلف ہے۔ مجھے یہاں سے پیدل اسٹیشن جانا پڑے گا اور فلمستان میں اپنے آقاؤں کو جواب دینا پڑے گا کہ میں اتنی دیر ڈاکٹر کے پاس کیا کرتا رہا۔۔۔۔ ان سے جھوٹ بول کر آیا ہوں کہ ڈاکٹر سے ٹیکہ لگوانے جا رہا ہوں۔

ہاں، تو میں عرض کر رہا ہوں کہ حالات بہت مختلف ہیں اور یہ اختلاف ہی ادب میں مختلف رنگ پیدا کرتا ہے۔ پہلے فارغ البالی تھی، لوگ آرام پسند اور عیش پرست تھے۔ اس زمانے کے ادب کو آپ کو بہت سی دماغی عیاشیاں نظر آ سکتی ہیں۔ وہ غنودگی بھی آپ محسوس کر سکتے ہیں جو اس زمانہ کے ادیبوں پر طاری تھی۔ اس زمانہ میں شاعر اپنے اصیل مرغ کی جوان مرگی پر زور دار نوحہ لکھتا تھا اور بہت بڑا شاعر تسلیم کیا جاتا تھا۔ آج کا شاعر اپنی جوان مرگی پر زور دار نوحہ لکھتا ہے۔ اس عہد کا قصہ نویس جنوں اور پریوں کی داستانیں لکھ کر نام پیدا کرتا تھا۔ آج کا افسانہ نویس ان مردوں اور عورتوں کی کہانیاں لکھتا ہے جو جنوں اور پریوں سے کہیں زیادہ دلچسپ ہیں۔ اس دور کا ادیب مطمئن انسان تھا۔ آج کا ادیب ایک غیر مطمئن انسان ہے۔ اپنے ماحول، اپنے نظام، اپنی معاشرت، اپنے ادب، حتیٰ کہ اپنے آپ سے بھی۔

اس کی اس بے اطمینانی کو لوگوں نے غلط نام دے رکھے ہیں۔ کوئی اسے ترقی پسند کہتا ہے، کوئی فحش نگار اور

کوئی مزدور پرست۔ یہ بھی کہا جاتا ہے کہ ان ادیبوں کے اعصاب پر عورت سوار ہے۔ سچ تو یہ ہے کہ ہبوطِ آدم سے لے کر اب تک ہر مرد کے اعصاب پر عورت سوار ہی ہے اور کیوں نہ رہے، مرد کے اعصاب پر کیا ہاتھی گھوڑوں کو سوار ہونا چاہیے۔ جب کبوتر، کبوتریوں کو دیکھ کر گٹکتے ہیں تو مرد، عورتوں کو دیکھ کر ایک غزل یا افسانہ کیوں نہ لکھیں، عورتیں کبوتریوں سے کہیں زیادہ دلچسپ خوبصورت اور فکر انگیز ہیں۔ کیا میں جھوٹ کہتا ہوں۔ آج سے کچھ عرصہ پہلے شاعری میں عورت کو ایک خوبصورت لڑکا بنا دیا گیا تھا۔ ظاہر ہے کہ اس زمانے کے شاعروں نے اس میں کوئی مصلحت دیکھی ہوگی، مگر آج کے شاعر اس مصلحت کے خلاف ہیں۔ وہ عورت کے چہرے پر سبزے یا خط کے آغاز کو بہت ہی مکروہ اور خلافِ فطرت سمجھتے ہیں اور چاہتے ہیں کہ دوسرے بھی اس کو اس کی اصلی شکل ہی میں دیکھیں۔۔۔ خدا لگتی کہیے، کیا آپ اپنی محبوب کے گالوں پر داڑھی پسند کریں گے؟

میں عرض کر رہا ہوں کہ زمانے کی کروٹوں کے ساتھ ادب بھی کروٹیں بدلتا رہتا ہے۔۔۔ آج اس نے جو کروٹ بدلی ہے اس کے خلاف اخباروں میں مضمون لکھنا یا جلسوں میں زہر اگلنا بالکل بیکار ہے۔ وہ لوگ جو ادبِ جدید کا، ترقی پسند ادب کا، فحش ادب کا یا جو کچھ بھی یہ ہے، خاتمہ کر دینا چاہتے ہیں تو اس کا راستہ یہ ہے کہ ان حالات کا خاتمہ کر دیا جائے جو اس ادب کے محرک ہیں۔ محمود آباد کے راجہ صاحب کا، حیدر آباد کے شاعر ماہر القادری صاحب کا یا بمبئی کے دوا فروش حکیم مرزا حیدر بیگ صاحب کا اس لٹریچر کے خلاف ریزولیوشن پاس کرنا بالکل بیکار ہے۔ جب تک عورتوں اور مردوں کے جذبات کے درمیان ایک موٹی دیوار حائل رہے گی، عصمت چغتائی اس کے چونے کو اپنے تیز ناخنوں سے کریدتی رہے گی، جب تک کشمیر کے حسین دیہاتوں میں شہروں کی گندگی پھیلی رہے گی، غریب کرشن چندر رو لے ہو لے روتا رہے گا۔ جب تک انسانوں میں اور خاص طور پر سعادت حسن منٹو میں کمزوریاں موجود ہیں، وہ خوردبین سے دیکھ کر باہر نکالتا اور دوسروں کو دکھاتا رہے گا۔۔۔

راجہ صاحب محمود آباد اور ان کے ہم خیال کہتے ہیں۔ یہ سراسر بیہودگی ہے۔۔۔ تم جو کچھ لکھتے ہو، خرافات ہے۔ میں کہتا ہوں، بالکل درست ہے۔ اس لئے کہ میں بیہودگیوں اور خرافات ہی کے متعلق لکھتا ہوں۔ راجہ صاحب محمود آباد ایک کانفرنس کے صدر بن جائیں یا حکیم حیدر بیگ صاحب کھانسی دور کرنے کا مجرب شربت ایجاد کریں، مجھے ان کی صدارت اور ان کے شربت سے کوئی دلچسپی نہیں، البتہ جب میں ٹرین میں بیٹھا اپنا خریدا ہوا قیمتی پین نکالتا ہوں، صرف اس غرض سے کہ لوگ دیکھیں اور مرعوب ہوں تو مجھے اپنا سفلہ

پن بہت دلچسپ معلوم ہوتا ہے۔

میرے پڑوس میں اگر کوئی عورت ہر روز خاوند سے مار کھاتی ہے اور پھر اس کے جوتے صاف کرتی ہے تو میرے دل میں اس کے لئے ذرہ برابر ہمدردی پیدا نہیں ہوتی، لیکن جب میرے پڑوس میں کوئی عورت اپنے خاوند سے لڑ کر اور خودکشی کی دھمکی دے کر سینما دیکھنے چلی جاتی ہے اور میں خاوند کو دو گھنٹے سخت پریشانی کی حالت میں دیکھتا ہوں تو مجھے دونوں سے ایک عجیب و غریب قسم کی ہمدردی پیدا ہو جاتی ہے۔ کسی لڑکے کو لڑکی سے عشق ہو جائے تو میں اسے زکام کے برابر اہمیت نہیں دیتا، مگر وہ لڑکا میری توجہ کو اپنی طرف ضرور کھینچے گا جو ظاہر کرے کہ اس پر سیکڑوں لڑکیاں جان دیتی ہیں، لیکن در حقیقت وہ محبت کا اتنا ہی بھوکا ہے جتنا بنگال کا فاقہ زدہ باشندہ۔ ۔ ۔ اس بظاہر کامیاب عاشق کی رنگین باتوں میں جو ٹریجڈی کی سسکیاں بھرتی ہوگی، اس کو میں اپنے دل کے کانوں سے سنوں گا اور دوسروں کو سناؤں گا۔

چکی پیسنے والی عورت جو دن بھر کام کرتی ہے اور رات کو اطمینان سے سو جاتی ہے، میرے افسانوں کی ہیروئن نہیں ہو سکتی۔ میری ہیروئن چکلے کی ایک کٹھیائی رنڈی ہو سکتی ہے جو رات کو جاگتی ہے اور دن کو سوتے میں کبھی کبھی ڈراؤنا خواب دیکھ کر اٹھ بیٹھتی ہے کہ بڑھاپا اس کے دروازے پر دستک دینے آ رہا ہے۔ ۔ ۔ اس کے بھاری بھاری پپوٹے جن پر برسوں کی اچٹی ہوئی نیندیں منجمد ہو گئی ہیں، میرے افسانوں کا موضوع بن سکتے ہیں۔ اس کی غلاظت، اس کی بیماریاں، اس کا چڑچڑاپن، اس کی گالیاں یہ سب مجھے بھاتی ہیں۔ ۔ ۔ میں ان کے متعلق لکھتا ہوں اور گھریلو عورتوں کی شستہ کلامیوں، ان کی صحت اور ان کی نفاست پسندی کو نظر انداز کر جاتا ہوں۔

اعتراض کیا جاتا ہے کہ نئے لکھنے والوں نے عورت اور مرد کے جنسی تعلقات ہی کو اپنا موضوع بنا لیا ہے۔ میں سب کی طرف سے جواب نہیں دوں گا، اپنے متعلق اتنا کہوں گا کہ یہ موضوع مجھے پسند ہے۔ ۔ ۔ کیوں ہے۔ ۔ ۔ بس ہے، سمجھ لیجیے کہ مجھ میں (Perversion) ہے، اور اگر آپ عقل مند ہیں، چیزوں کے عواقب و عواطف اچھی طرح جانچ سکتے ہیں تو سمجھ لیں گے کہ یہ بیماری مجھے کیوں لگی ہے۔ زمانے کے جس دور سے ہم اس وقت گزر رہے ہیں، اگر آپ اس سے ناواقف ہیں تو میرے افسانے پڑھیے، اگر آپ ان افسانوں کو برداشت نہیں کر سکتے تو اس کا مطلب ہے کہ یہ زمانہ ناقابل برداشت ہے۔ ۔ ۔ مجھ میں جو برائیاں ہیں، وہ اس عہد کی برائیاں ہیں۔ ۔ ۔ میری تحریر میں کوئی نقص نہیں جس نقص کو میرے نام سے منسوب کیا جاتا ہے، دراصل موجودہ نظام کا نقص ہے۔ ۔ ۔

میں ہنگامہ پسند نہیں۔ میں لوگوں کے خیالات و جذبات میں ہیجان پیدا کرنا نہیں چاہتا۔ میں تہذیب و تمدن اور سوسائٹی کی چولی اتاروں گا جو ہے ہی ننگی۔۔۔ میں اسے کپڑے پہنانے کی کوشش بھی نہیں کرتا، اس لئے کہ یہ میرا کام نہیں درزیوں کا ہے۔۔۔ لوگ مجھے سیاہ قلم کہتے ہیں، میں تختہ سیاہ پر کالی چاک سے نہیں لکھتا، سفید چاک استعمال کرتا ہوں کہ تختہ سیاہ کی سیاہی اور بھی زیادہ نمایاں ہو جائے۔ یہ میرا خاص انداز، میرا خاص طرز ہے جسے فحش نگاری، ترقی پسندی اور خدا معلوم کیا کچھ کہا جاتا ہے۔۔۔ لعنت ہو سعادت حسن منٹو پر، کم بخت کو گالی بھی سلیقے سے نہیں دی جاتی۔

جب میں نے لکھنا شروع کیا تھا تو گھر والے سب بیزار تھے۔ باہر کے لوگوں کو بھی میرے ساتھ دلچسپی پیدا ہو گئی تھی، چنانچہ وہ کہا کرتے تھے

‘‘ بھئی کوئی نوکری تلاش کرو۔ کب تک بیکار پڑے افسانے لکھتے رہو گے۔۔۔’’

آٹھ دس برس پہلے افسانہ نگاری بیکاری کا دوسرا نام تھا، آج اسے ادبِ جدید کہا جاتا ہے، جس کا مطلب یہ ہے کہ لوگوں کے ذہن نے کافی ترقی کر لی ہے۔۔۔ وہ وقت بھی آ جائے گا جب اس جدید ادب کا صحیح مطلب واضح ہو جائے گا اور حکیم حیدر بیگ صاحب دہلوی کو اپنے شفا خانے سے اٹھ کر نئے لکھنے والوں کے روگ کی تشخیص نہیں کرنا پڑے گی۔

جب سے جنگ شروع ہوئی ہے، ادب جدید پر ایک نئے زاویے سے حملہ کیا جا رہا ہے۔۔۔ کہا جاتا ہے کہ جب ساری دنیا جنگ کے شعلوں میں لپٹی ہے، ہر روز ہزاروں انسانوں کا خون مٹی میں مل رہا ہے، فنا بادۂ ہر جام بنی ہے، دوسری اجناس کی طرح انسانوں کے گوشت پوست کی دکانیں بھی کھلی ہیں۔ یہ نئے لکھنے والے کیوں خاموش ہیں۔۔۔ کیا ان کے قلم صرف جنسیات کی روشنائی ہی میں ڈوبتے ہیں؟ دنیا کا نقشہ بدل رہا ہے۔ ہر لحظہ، ہر گھڑی ایک نئے طوفان کا پیغام لا رہی ہے، مگر ان کے دل و دماغ پر ایسا جمود طاری ہے کہ یہ دور ہی نہیں ہوتا۔

میں پھر دوسروں کی طرف سے جواب نہیں دوں گا۔۔۔ اپنے متعلق عرض کرنا چاہتا ہوں کہ دنیا کا نقشہ واقعی بدل رہا ہے، لیکن اگر میں نے اس کے متعلق کچھ لکھ دیا تو میرا حلیہ بھی بدل جائے گا۔ ڈر پوک آدمی ہوں، جیل سے بہت ڈر لگتا ہے۔ یہ زندگی جو بسر کر رہا ہوں، جیل سے کم تکلیف دہ نہیں۔ اگر اس جیل کے اندر ایک اور جیل پیدا ہو جائے اور مجھے اس میں ٹھونس دیا جائے تو چکیوں میں دم گھٹ جائے۔۔۔ زندگی سے مجھے پیار ہے۔ حرکت کا دلدادہ ہوں، چلتے پھرتے، سینے میں گولی کھا سکتا ہوں لیکن جیل میں کٹھمل کی موت نہیں مرنا چاہتا۔ یہاں اس پلیٹ فارم پر یہ مضمون سناتے سناتے آپ سب سے مار کھاؤں گا اور اُف تک نہیں کروں گا،

لیکن ہندو مسلم فساد میں اگر کوئی میرا سر پھوڑ دے تو میرے خون کی ہر بوند روتی رہے گی۔ میں آرٹسٹ ہوں اور راو چھے زخم اور بھدے گھاؤ مجھے پسند نہیں۔۔۔جنگ کے بارے میں کچھ لکھوں اور دل میں پستول دیکھنے اور اس کو چھونے کی حسرت دبائے کسی تنگ و تار یک کوٹھڑی میں مر جاؤں۔۔۔ایسی موت سے تو یہی بہتر ہے کہ لکھنا وکھنا چھوڑ کر ڈیری فارم کھول لوں اور پانی ملا دودھ بیچنا شروع کر دوں۔

میں اس جنگ کے بارے میں کچھ نہیں لکھوں گا۔ گولے اور تار پیڈو ایک طرف رہے، میں نے تو آج تک ہوائی بندوق بھی نہیں چلائی۔۔۔بچپن کی بات ہے، ہمارے پڑوس میں ایک تھانے دار رہتے تھے۔ان کے پاس پستول تھا۔ پیٹی اتار کر جب وہ پلنگ پر رکھتے تو سب بچوں سے کہہ دیا جاتا، دیکھو اس کمرے میں مت جانا۔۔۔وہاں پستول پڑا ہے۔۔۔کبھی کبھی ہم ڈرتے ڈرتے اس کمرے میں چلے جاتے۔دور کھڑے رہ کر اس خطرناک آلے کی طرف دیکھتے تو دل دھک دھک کرنے لگتا۔ ایسا محسوس ہوتا کہ پڑے پڑے وہ پستول چل جائے گا۔اب بتائیے، میں اور میرے دوست ٹینکوں کے بارے میں کیا لکھیں گے!

مجھے چست وردی پہننے کا شوق نہیں ہے۔پیتل اور تانبے کے تمغوں اور کپڑے کے رنگین بلوں سے مجھے کوئی دلچسپی نہیں۔ہوٹلوں میں ڈانس کر کے، کلبوں میں شراب پی کر اور ٹیکسیوں میں چونا کتھا لگی لڑکیوں کے ساتھ گھوم کر میں داراِلیفرٹ کی مدد کرنا نہیں چاہتا۔اس سے کہیں زیادہ دلچسپ مشاغل مجھے میسر ہیں۔مثال کے طور پر یہ مشغلہ کیا برا ہے کہ میں ہر روز بمبئی سنٹرل سے گورے گاؤں اور گورے گاؤں سے بمبئی سنٹرل تک برقی ٹرین میں سیکڑوں وردی پوش فوجیوں کو دیکھتا ہوں جو فتح و نصرت کو اور زیادہ قریب لانے کے لئے شراب کے نشے میں مدہوش یا تو ٹائمیں پیارے سو رہے ہوتے ہیں یا نہایت ہی بدنما عورتوں سے، میری موجودگی سے غافل، نہایت ہی واہیات قسم کا رومانس لڑانے میں مصروف ہوتے ہیں۔

میں اس جنگ کے بارے میں کچھ نہیں لکھوں گا، لیکن جب میرے ہاتھ میں پستول ہو گا اور دل میں یہ دھڑکا نہیں رہے گا کہ یہ خود بخود چل پڑے گا تو میں اسے لہرا تا ہوا باہر نکل جاؤں گا اور اپنے اصلی دشمن کو پہچان کر یا تو ساری گولیاں اس کے سینے میں خالی کر دوں گا۔۔۔ یا خود چھلنی ہو جاؤں گا۔۔۔اس موت پر جب میرا کوئی نقاد یہ کہے گا کہ پاگل تھا تو میری روح ان لفظوں ہی کو سب سے بڑا تمغہ سمجھ کر اٹھا لے گی اور اپنے سینے پر آویزاں کر لے گی۔ ''

اس تقریر یا مضمون پر حکومت پنجاب نے زیر دفعہ ۳۰ ڈیفنس آف انڈیا رولز مقدمہ چلایا۔الزام یہ ہے کہ اس میں حضور ملک معظم کی 'فورسز' کے متعلق ایسی غلط باتیں موجود ہیں جن سے ان کو ضعف پہنچ سکتا ہے۔ 'بو' پر جو

اس کتاب کا پہلا افسانہ ہے صرف فحاشی کا الزام ہے ۔

مقدمہ جیسا کہ ظاہر ہے لاہور میں چودھری برکت علی ولد چودھری محمد بخو ساکن لاہور، مالک ادب لطیف، چودھری نذیر احمد ولد چودھری غلام حسین قوم ارائیں ساکن لاہور (ایڈیٹر) پیر زادہ احمد ندیم قاسمی ساکن لاہور (ایڈیٹر) سعادت حسن منٹو ولد غلام حسن منٹو ساکن بمبئی کے خلاف مسٹر بنواری لال کی عدالت میں پیش ہوا۔ مجھے بمبئی سے بہت ضروری کام چھوڑ کر حاضر ہونا پڑا۔ لاہور پہنچا تو خیال تھا کہ مجھے گرفتار کیا جائے گا کیونکہ میرے وارنٹ جاری ہو چکے تھے، مگر سب انسپکٹر صاحب نے جن سے اتفاقیہ مکتبہ اردو میں ملاقات ہوگئی، مجھ سے کہا کہ میں صبح دوسرے ملزمین کے ساتھ عدالت میں حاضر ہو جاؤں۔ گورنمنٹ کالج کے بالکل سامنے گرد و غبار میں اٹی ہوئی اینٹوں کی دو منزلہ عمارت ہے ۔ جسے ضلع کہتے ہیں۔ شاید جگت کے طور پر ۔۔۔ اس عمارت کے ایک کمرے میں ہم سب ملزم پیش ہوئے۔

پہلے میری ضمانت ہوئی۔ اس کے بعد کارروائی شروع ہوئی۔ میں اس سے پہلے اس عدالت میں اپنے افسانے ’کالی شلوار‘ کے مقدمے کے سلسلے میں پیش ہو چکا تھا۔ مجسٹریٹ صاحب چنانچہ میری طرف دیکھتے ہی مسکرا دیے ۔ استغاثے کی گواہیاں ہوتی رہیں۔ میں خاموش سنتا رہا، اس لئے کہ سب کی سب لایعنی، بے ہودہ اور منطق و استدلال سے عاری تھیں۔ اسی روز میں نے اپنے وکیل مسٹر ہیرا لال سیبل کی معرفت عدالت سے درخواست کی کہ میری حاضری آئندہ پیشیوں میں معاف کر دی جائے۔ عدالت نے یہ درخواست منظور کر لی۔

اتفاق سے ان دنوں میرے بڑے بھائی الحاج محمد حسن منٹو بار ایٹ لا، جزائر فیجی سے لاہور آئے تھے ۔ میں نے ان کو اپنا افسانہ ’بو‘ اور مضمون ’ادب جدید‘ پڑھنے کے لئے دیا اور پوچھا کہ انجام کیا ہو گا۔ دونوں چیزیں بغور پڑھنے کے بعد انہوں نے جواب دیا

’’میرا خیال ہے کہ استغاثے کی گواہیاں سننے کے بعد ہی مجسٹریٹ مقدمہ خارج کر دے گا۔‘‘

لیکن ایسا نہ ہوا۔ میں بمبئی چلا آیا تھا۔ وہاں لاہور میں فردِ جرم عائد ہو گیا اور دونوں چودھریوں اور احمد ندیم قاسمی کو صفائی کے گواہ پیش کرنے میں کافی دوڑ دھوپ کرنی پڑی۔ اسی دوران میں مسٹر بنواری لال تبدیل ہو گئے اور ان کی جگہ چودھری مہدی علی خان متعین ہوئے ۔ چونکہ یہ مقدمے کی تفصیل سے بخوبی واقف نہیں تھے، اس لئے فیصلہ مرتب کرنے میں کافی دیر ہو گئی۔

۲ مئی ۱۹۴۵ء کو چودھری مہدی علی خان نے بالآخر فیصلہ سنا دیا صرف اتنا کہا کہ سعادت حسن منٹو بری ہے، اس لیے کہ مسٹر بنواری لال اسے پہلے ہی بری کر چکے تھے۔ میں نے سوچا اگر ایسا ہی تھا تو مجھے بمبئی سے لاہور آنے کی زحمت کیوں دی گئی۔۔۔ احمد ندیم قاسمی بھی بری کر دیے گئے، لیکن دونوں چودھریوں کو ساٹھ روپے فی کس کے حساب

سے جرمانہ ہوا۔ عدم ادائیگی کی صورت میں ایک ایک ماہ قید بامشقت۔ مشقت کا نام سنتے ہی چودھریوں نے جیب میں ہاتھ ڈالا اور جرمانہ ادا کر دیا۔ اس کے بعد چودھری مہدی علی خان کے فیصلے کے خلاف مسٹر ایم۔ آر۔ بھاٹیہ ایڈیشنل جج کی عدالت میں اپیل کی گئی۔ فیصلہ ۲۴/ نومبر ۱۹۴۵ء کو ہوا، جس کا ترجمہ یہ ہے :

زیرِ نظر مقدمہ دفعہ ۲۹۲ تعزیراتِ ہند کے تحت ہے جس میں برکت علی اور نذیر احمد کو ساٹھ روپے جرمانہ، اور عدم ادائیگی کی صورت میں ایک ماہ قید بامشقت کی سزا کے خلاف مجھ سے اپیل کی گئی ہے۔ ماتحت عدالت فاضلہ نے اپنے فیصلے میں یہ ریمارک کیا ہے کہ مضمون 'بو' کا مصنف سوسائٹی کی نظروں میں سخت ترین سزا کا مستحق تھا اور یہ کہ وہی صحیح آدمی تھا جسے قانونی گرفت میں لینا چاہیے تھا، مگر پیش رو فاضل جج (مسٹر بنواری لال) نے اسے بری کر دیا۔

موجودہ ملزموں میں سے ایک پبلشر ہے اور دوسرا ایڈیٹر جس نے مضمون چھاپا۔ قابلِ غور امر یہ ہے کہ ایسے اشخاص ملزمین کی صفائی میں پیش ہوئے جو اردو زبان کے عالم ہونے کی حیثیت میں بہت مشہور ہیں۔ مثال کے طور پر خان بہادر عبدالرحمن چغتائی، مسٹر کے ایل کپور، پروفیسر ڈی اے وی کالج راجندر سنگھ (بیدی) اور ڈاکٹر آئی ایل لطیف، پروفیسر الف سی کالج جو بطور گواہان صفائی پیش ہوئے۔ ان سب کی رائے ہے کہ مضمون 'بو' میں ایسی کوئی چیز نہیں جو شہوانی حسیات پیدا کرے، بلکہ ان لوگوں کا یہ کہنا ہے کہ مضمون ترقی پسند ہے اور اردو ادب کے ماڈرن رجحان سے تعلق رکھتا ہے۔ حتیٰ کہ استغاثہ کے گواہ نمبر چار بشیر، نے بھی دورانِ جرح میں تسلیم کیا کہ مضمون انسان کے اخلاق پر برا اثر نہیں ڈالتا۔

میری نظر میں مضمون ایک عشقیہ کہانی ہے۔ ایک لڑکے اور لڑکی کی جس میں ایسی بات کا دلچسپ ذکر ہے جو عموماً ہر روز نوجوان آدمیوں میں نہیں ہوتی۔ ماتحت عدالت فاضلہ نے ہندوستانی نوجوانوں کی تعیش پسند زندگی کا ذکر کرتے ہوئے افسوس کیا ہے اور اس پر ماتم کیا ہے کہ ملک میں ہندوستانیوں کا پرانا کیریکٹر نابود ہو رہا ہے۔ (ماتحت عدالت کے فاضل جج) نے وہ خوبیاں یاد کرائی ہیں جن کے لئے ہم ہندوستانی کبھی مشہور تھے، اور نصیحت کی ہے کہ نئے فیشنوں کو ختم کر دینا چاہیے۔

معلوم ہوتا ہے کہ ماتحت عدالت فاضلہ کے خیالات ترقی پسند نہیں ہیں۔ ہمیں زمانے کے ساتھ ساتھ چلنا ہے۔ حسین چیز ایک دائمی مسرت ہے۔ آرٹ جہاں کہیں بھی ملے، ہمیں اس کی قدر کرنی چاہیے۔۔۔ آرٹ خواہ وہ تصویر کی صورت میں ہو یا مجسمے کی شکل میں، سوسائٹی کے لئے قطعی طور پر ایک پیش کش ہے، چاہے اس کا موضوع غیر معقول ہی کیوں نہ ہو۔ یہی کلیہ تحریروں پر بھی منطبق ہوتا

ہے۔ جب ملک کے مشہور و معروف آرٹسٹوں اور ادیبوں نے ملزمین کے حق میں کہا ہے۔ سارا فیصلہ یہیں ہو جاتا ہے۔ زیر بحث مضمون ایسا مضمون نہیں کہ جس پر کسی قانونی عدالت میں نکتہ چینی کی جائے۔ میں اپیل کرنے والوں کو بری کرتا ہوں۔

مجھے چونکہ 'شہادت' کا رتبہ حاصل نہیں کرنا ہے، اس لئے میں ان تکلیفوں کا ذکر نہیں کرنا چاہتا جو مجھے لاہور آنے جانے میں اٹھانی پڑیں۔ ایک لعنت سر سے دور ہو گئی، یہی کافی تھا۔ مجھے ان اخباروں کے متعلق بھی کچھ نہیں کہنا ہے جن میں ہفتوں بلکہ مہینوں حکومت اور رعایا کو اخلاقیات کے سبق دیے جاتے رہے۔ افسوس صرف اتنا ہے کہ یہ پرچے ایسے لوگوں کی ملکیت ہیں، جو عضو خاص کی لاغری اور کجی دور کرنے کے اشتہار، خدا اور رسول کی قسمیں کھا کھا کر شائع کرتے ہیں، لیکن اپنے ایڈیٹروں کی ٹیڑھی ٹانگوں اور ان کی جھکی ہوئی کمروں کا مطلق خیال نہیں کرتے۔۔۔ مجھے ان قلم کی مزدوری کرنے والوں سے دلی ہمدردی ہے۔ ان میں سے اکثر شریف آدمی ہیں جنہیں ادب سے دور کا بھی واسطہ نہیں، لیکن چونکہ پرچہ چھپنا ہی چاہیے اور اس میں شروع سے لے کر آخر تک کچھ لکھا بھی ہونا چاہیے، اس لئے یہ مجبور انسان، سیاست، سائنس اور ادب پر جو بھی ان کے نا تربیت یافتہ دماغوں میں آئے، کاغذ پر گھسیٹ دیتے ہیں۔ مجھے افسوس ہے کہ صحافت جیسے معزز پیشے پر ایسے لوگوں کا اجارہ ہے جن میں سے اکثر طلاء فروش ہیں۔

پنجاب کی پریس برانچ کے متعلق میں 'ایں دفتر بے معنی' نہیں کہہ سکتا، اس لئے کہ یہ دفتر اپنے معنی وقتاً فوقتاً ضرورت کے مطابق نکالتا رہتا ہے۔ چند برسوں سے اس کے معنی یہ ہیں کہ علامہ اقبال مرحوم کے بعد خدائے عز و جل نے ادب کے تمام دروازوں میں تالے ڈال کر ساری چابیاں ایک نیک بندے کے حوالے کر دی ہیں۔۔۔ کاش علامہ مرحوم زندہ ہوتے! پولیس کی عدالتیں تو خیر پولیس کی عدالتیں ہیں۔۔۔ اندھی روح اور گنجے فرشتے! اس اندھی روح، گنجے فرشتوں اور پنجاب کے طلاء فروش اخبار والوں اور رسالوں کے مالکوں اور ان کے مریض ایڈیٹروں کی بدولت ایک بار پھر مجھے لاہور کی عدالت میں حاضر ہونا پڑا، اسے بھی جگت کے طور پر ضلع کہتے ہیں۔

اب کی مقدمہ ساقی بک ڈپو دہلی کی شائع کردہ کتاب 'دھواں' پر تھا۔ الزام وہی فحاشی کا تھا۔ دو افسانے زیر عتاب تھے۔ کتاب کا پہلا افسانہ 'دھواں' اور 'کالی شلوار'۔ 'کالی شلوار' پر عرصہ ہوا، قانونی پوسٹ مارٹم ہو چکا تھا اور سیشن کورٹ میں یہ فحاشی سے مبرا قرار دی جا چکی تھی۔ معلوم نہیں ایک بار پھر اس بے ضرر افسانے پر تعزیرات ہند کی دفعہ ۲۹۵ کیوں آزمائی گئی۔ اس دفعہ معاملہ کچھ زیادہ سنگین معلوم ہوا کیوں کہ میرے اور مسٹر شاہد احمد دہلوی (مالک ساقی بک ڈپو) کے علاوہ کاتب بھی گرفتار کر لیا گیا جس نے 'دھواں' لکھنے کے گھناؤنے جرم کا ارتکاب کیا

تھا۔ وہ کتب فروش بھی گرفتار کئے گئے جن کے پاس یہ ملعون کتاب موجود تھی۔ پریس جس میں چھپی تھی، اس کا مالک بھی دھر لیا گیا۔

میں سلیقے کا بہت قائل ہوں۔ ناگوار سے ناگوار چیز بھی اگر سلیقے کے ساتھ کی جائے تو مجھے ناگوار معلوم نہیں ہوتی۔ لاہور سی آئی ڈی کے ایک سب انسپکٹر نے جس کا نام شاید رام سروپ تھا، مجھے ۵ دسمبر ۱۹۴۴ء کو گورے گاؤں سے 'ملاڈ' پولیس اسٹیشن بلوایا اور بغیر وارنٹ دکھائے گرفتار کر لیا۔ میں نے وارنٹ کے متعلق استفسار کیا تو رام سروپ نے کہا

"پرائیویٹ کاغذات میں تمہیں نہیں دکھا سکتا۔"

یہ حرکت مجھے بری معلوم ہوئی، چنانچہ میں نے شام کو گھر آ کر اپنے سولیسیٹر Solicitor کو ٹیلی فون کیا جس نے مجھے بتایا کہ میری گرفتاری غیر قانونی ہے، اس لئے حسب الحکم لاہور کی عدالت میں حاضر ہونے کی کوئی ضرورت نہیں۔ میں نے ایسا ہی کیا لیکن ۸/جنوری ۱۹۴۵ء کو مجھے میرے مکان پر رات کے دس بجے قانونی طور پر گرفتار کر لیا گیا۔ عصمت چغتائی (مسز شاہد لطیف) کے ساتھ بھی قریب قریب یہی سلوک ہوا۔

۴/فروری ۱۹۴۵ء کے "قومی جنگ" (بمبئی) میں، یہ ادب اور تہذیب پر حملہ ہے، کے عنوان سے ایک مضمون علی سردار جعفری کے قلم سے شائع ہوا جس کی ابتدائی سطور یہ ہیں

"اردو کے بہترین افسانہ نگاروں میں سعادت حسن منٹو اور عصمت چغتائی کے نام بہت مشہور ہیں۔ حال ہی میں منٹو کے افسانوں کا ایک نیا مجموعہ 'دھواں' اور عصمت کے افسانوں میں ایک نیا مجموعہ 'چوٹیں' دہلی سے شائع ہوا ہے۔ ان مجموعوں میں دونوں افسانہ نگاروں کی بعض بہت اچھی کہانیاں شامل ہیں، لیکن معلوم ہوا ہے کہ حکومت پنجاب نے عصمت اور منٹو کے بعض افسانوں کو عریاں قرار دے دیا ہے۔ ابھی تک یہ معلوم نہیں ہو سکا ہے کہ عتاب کون کون سے افسانے پر نازل ہوا ہے، لیکن دونوں کتابیں زد میں ہیں۔ مقدمے کی سماعت ابھی تک شروع نہیں ہوئی ہے۔ اسپیشل مجسٹریٹ کی عدالت میں ۲/ فروری کو عصمت اور منٹو کی پیشی ہونے والی ہے"

لیکن عدالتی کارروائی سے پہلے ہی ان دونوں پر بہت کچھ گزر گئی۔ دسمبر ۴۴ء کو بمبئی کی پولیس نے عصمت چغتائی کو بغیر وارنٹ کے گرفتار کر لیا اور ایک ہزار روپے کی ضمانت پر رہا کر دیا۔ ۶ دسمبر کو عصمت کو داد رو پولیس کورٹ میں حاضری دینی پڑی اور انہیں حکم ملا کہ ۶ جنوری ۴۵ء کو دوبارہ حاضر ہوں۔ جنوری میں پنجاب سے عصمت کا وارنٹ آ گیا اور انہیں دوبارہ گرفتار کر لیا گیا۔ اس مرتبہ دو ہزار روپے کی ضمانت دے کر گلو خاصی ہوئی اور حکم ملا

کہ عصمت ۲ فروری کو لاہور کے اسپیشل مجسٹریٹ کی عدالت میں جاکر حاضری دیں۔ تقریباً یہی حشر سعادت حسن منٹو کا ہوا۔ سعادت حسن منٹو کا حشر کچھ زیادہ ہی قابل رحم تھا۔۔۔ مجھے ان دنوں اعصابی درد کی شکایت تھی۔ گھر میں رات کے دس بجے جب مجھے گرفتار کیا گیا تو میں مارے درد کے کراہ رہا تھا۔ سینے پر گرم بوتل تھی، لیکن حکم حاکم مرگ مفاجات لاہور حاضر عدالت ہونا ہی پڑا۔

اس دفعہ مقدمہ رائے صاحب لالہ سنت رام اسپیشل مجسٹریٹ کی عدالت میں پیش ہوا۔۔۔ ایک لطیفہ سن لیجیے۔ عدالت میں داخل ہونے سے پہلے ایک ادھیڑ عمر کے شریف سے صاحب آئے اور مجھ سے ہاتھ ملا کر کہا

"آپ سے مل کر بڑی خوشی ہوئی!"

میں نے پوچھا

"آپ کا اسم گرامی؟"

ادھیڑ عمر کے شریف صاحب نے جواب دیا

"نانک چند ناز۔"

میں نے اپنا ہاتھ کھینچ لیا اور کہا

"معاف کیجیے! مجھے آپ سے مل کر خوشی نہیں ہوئی۔"

لالہ نانک چند ناز استغاثہ کے معزز ترین گواہ تھے جو میرے اور عصمت چغتائی، دونوں کے خلاف بھگتے۔۔۔ آپ واقعی بھگتے۔۔۔ ایک اور لطیفہ سن لیجیے۔ لالہ جی نے عصمت کے افسانے 'لحاف' کے متعلق کہا کہ اس میں گندے الفاظ استعمال کیے گئے ہیں۔ ہمارے وکیل مسٹر ہیرا لال نے پوچھا

"مثلاً؟"

لالہ جی نے 'چوٹیں'، اٹھالی۔ کافی دیر 'لحاف' کی ورق گردانی کے بعد ایک لفظ نکالا، مثلاً

"عاشق!"

ہم سب مسکرا دیے۔ مسٹر ہیرا لال نے لالہ جی سے کہا

"یہ لفظ گندا ہے تو آپ اس کی جگہ کوئی دوسرا تجویز کر دیجیے۔"

لالہ جی سوچنے لگے۔ مسٹر ہیرا لال نے پوچھا

"یار، کیسا رہے گا؟"

اس دفعہ رائے صاحب لالہ سنت رام بھی مسکرا دیے۔

جب تک استغاثے کے گواہ پیش ہوتے رہے، ایسی مسکراہٹیں جاری رہیں، لیکن عدالت بر خاست ہونے سے پہلے جب ہمارے وکیل نے درخواست پیش کی کہ مجھے اور عصمت کو آئندہ پیشیوں میں حاضر ہونے سے معاف کر دیا جائے، اور جب مجسٹریٹ صاحب نے اسے مسترد کر دیا تو ہم دونوں کو یہ تکلیف دہ احساس ہوا کہ ہم عدالت میں پیش تھے اور ہم پر فحاشی کا سنگین جرم عائد تھا۔۔۔ مجھے اس کا بھی شدید احساس ہوا کہ سخت سردی ہے اور میں اعصابی درد میں مبتلا ہوں۔ عدالت سے باہر مسٹر ہیرا لال سے مشورہ کیا گیا۔ ایک ہی صورت تھی کہ ہائی کورٹ میں اپیل کی جائے، جو فوراً ہی داخل کر دی گئی۔ دوسرے روز میں اور عصمت آنریبل جسٹس اچھر و رام کی عدالت میں پیش ہوئے۔ آپ نے ہم دونوں کو غور سے دیکھا اور رکھا

’’مجھے آپ دونوں کے افسانے بہت پسند ہیں۔‘‘

ہمیں بہت خوشی ہوئی لیکن انہوں نے اپیل کے کاغذات آنریبل جسٹس دین محمد کی عدالت میں منتقل کر دیے۔ اب پھر دوسرے روز حاضر ہونا تھا۔ شام کو میری طبیعت بہت زیادہ خراب ہو گئی۔ اتفاق سے میر ابھانجا میجر عبد الوحید ان دنوں لاہور کے ملٹری ہسپتال میں متعین تھا۔ اس نے میر ایکسرے لیا اور بتایا مجھے ہائی ڈرو نیوموتھور یکس Hydropneumothorax ہے۔ یعنی میرے داہنے پھیپھڑے کے ایک حصے میں پانی اور ہوا داخل ہوئی ہے۔ میجر وحید کے کہنے پر میں نے دوسرے روز صبح سویرے کرنل امیر چند سے بھی تشخیص کرائی۔ انہوں نے وہی مرض بتایا اور رائے دی کہ مجھے آرام کرنا چاہیے۔ میں نے ان سے سرٹیفیکیٹ لے لیا کہ شاید کام آ جائے، داشتہ آید بکار۔

دوسرے روز آنریبل جسٹس دین محمد کی عدالت میں پیش ہوا۔ عصمت غیر حاضر تھی۔ جسٹس دین محمد صاحب نے قہر آلود نگاہوں سے میری طرف دیکھا اور بڑبڑائے

’’ان لوگوں کا وجود ننگ ادب ہے۔‘‘

مجھے ایسا لگا جیسے میری قسمت پر مہر لگا دی گئی ہے۔ انہوں نے اپیل منظور کرنے سے انکار کر دیا، لیکن جب میں نے اپنے وکیل سے کرنل امیر چند کا سرٹیفیکیٹ پیش کرنے کے لئے کہا تو اپیل ایک قہر آلود دستخط نے منظور کر دی۔۔۔ میں بمبئی واپس چلا آیا۔

بمبئی میں بہت دیر تک ڈاکٹروں میں یہ بحث ہوتی رہی کہ میرا مرض کیا ہے۔ میجر وحید اور کرنل امیر چند کی تشخیص یہ کہتی تھی کہ

’’مجھے ہائی ڈرو نیوموتھور یکس‘‘ Hydropneumothorax ہے لیکن ڈاکٹر لیملا اور ڈاکٹر ایف ڈبلیو

برجر کی ایکسرے دیکھنے کے بعد یہ رائے تھی کہ صرف ''نیوموتھوریکس'' pneumothorax ہے۔ آخر یہ فیصلہ ہوا کہ ڈاکٹر ایچ پی مودی سے جو ریڈیالوجی کے ماہر ہیں، رجوع کیا جائے، چنانچہ انہوں نے میرا پرانا ایکسرے دیکھنے اور نیا امتحان لینے کے بعد ڈاکٹر ایف ڈبلیو برجر (یا برگر) کو خط لکھا

''مریض اس وقت نارمل حالت میں ہے۔ 'نیوموتھوریکس' pneumothorax اور 'سیال مادہ' بالکل غائب ہے۔ یہ کیس جیسا کہ ظاہر ہے سپانٹینس 'نیوموتھوریکس' Spontaneous pneumothorax کی قبیل سے تھا۔ ایسے چند کیس بعض اوقات ' کوخ' میں تبدیل ہو جاتے ہیں۔ ''

اس'' کوخ'' کا مطلب مجھے لاہور میں میجر وحید نے بتایا جب میں اس مقدمے کا فیصلہ سننے کے لئے گیا مطلب یہ تھا کہ ایسے چند کیس بعض اوقات دق میں تبدیل ہو جاتے ہیں۔۔۔ لیکن دق اور زچ اور اس وقت ہوا جب میں نے صفائی کے گواہوں کی فہرست تیار کی، اور رائے صاحب لالہ سنت رام نے ان کی گواہی بذریعہ کمیشن لینے سے انکار کر دیا۔ کوئی گواہ حیدرآباد میں تھا، کوئی لکھنؤ میں اور کوئی بمبئی میں، لیکن رائے صاحب مصر تھے کہ سب کے سب لاہور میں حاضر ہوں۔۔۔ مکرمی نیاز فتح پوری صاحب کو جب لکھنؤ میں اس کی اطلاع ملی تو انہوں نے لکھا

''یقیناً کمیشن کے ذریعے شہادت قلم بند ہو سکتی تھی اور اس میں بڑی آسانی تھی۔ تعجب ہے کہ مجسٹریٹ نے اسے منظور نہیں کیا اور آپ کے مشیر قانون نے کیوں اس پر زور نہ دیا۔ ''

مجھے معلوم نہیں مسٹر ہیرالال نے اس پر زور دیا تھا یا نہیں۔ بہرحال، رائے صاحب لالہ سنت رام کا فیصلہ اٹل تھا جس کا نتیجہ یہ ہوا کہ قاضی عبدالغفار صاحب ایڈیٹر پیام حیدرآباد، لیفٹیننٹ کرنل قریشی (آئی ایم ایس بمبئی)، نیاز فتح پوری صاحب ایڈیٹر نگار لکھنؤ، ڈاکٹر خلیفہ عبدالحکیم صاحب ایم اے ایل، ایل بی پی ایچ ڈی (اس وقت پرنسپل امرسنگھ کالج، سری نگر، مسٹر ہریندرناتھ چٹوپادھیائے بمبئی جیسے اہل الرائے صاحبان کے خیالات سے نہ صرف میں بلکہ عدالت بھی محروم رہی۔ میں نے ان کو اور دوسرے حضرات کو گواہی کی دعوت ان الفاظ میں دی تھی

(بمبئی مورخہ ۳۰ ستمبر)

مکرمی!

تسلیمات۔ لاہور کی عدالت میں میرے ایک افسانے 'دھواں' پر فحاشی کے الزام میں مقدمہ چل رہا ہے۔ میں نے آپ کو گواہ صفائی کے طور پر بلایا ہے۔ متذکرہ صدر افسانے کے بارے میں آپ کی جو رائے بھی ہو، مجھے منظور ہوگی، اس لئے فحاشی اور غیر فحاشی کے اہم موضوع پر آپ جیسے

اہل الرائے ادیب اور صاحب قلم کے خیالات نہ صرف میرے لئے بلکہ ملکی ادب کے لئے مفید ہوں گے۔

مجھے امید ہے کہ آپ میری یہ دعوت قبول فرمائیں گے۔ شکریہ!

نیاز کیش

سعادت حسن منٹو

سب نے میری دعوت قبول کی جس کے لئے میں شکر گزار ہوں۔ ڈاکٹر مولوی عبدالحق صاحب سیکرٹری 'انجمن ترقی اردو' ہند نے میرے عریضے کا جواب نہ دیا۔ بہت ممکن ہے ان تک پہنچا ہی نہ ہو۔۔۔ سردار دیوان سنگھ مفتون 'ایڈیٹر ریاست' کی طرف سے جب مجھے کوئی رسید نہ آئی تو مجھے بہت غصہ آیا۔۔۔ کیوں کہ مجھے ان کی دوستی پر ناز ہے۔۔۔ میں نے پھر ان کو لکھا، جواب آیا

"آپ کا دوسرا خط ملا۔ میرا داخلہ پنجاب میں بند ہے، اس لئے شہادت کیسے دوں۔ یہی میں نے سمن پر لکھ دیا تھا۔ اگر مجسٹریٹ، پنجاب گورنمنٹ سے اجازت لے لے تو میں جانے کے لئے تیار ہوں۔"

ایک اور لطیفہ سنیے! بمبئی سے میں نے لاہور میں پروفیسر موہن سنگھ دیوانہ کو گواہی دینے کے لئے لکھا۔ سمن ان کے پاس پہلے پہنچ چکے تھے۔ میرا خط انہیں دیر کے بعد ملا، چنانچہ انہوں نے ایک کارڈ لکھا، حضرت سلامت! آپ کے وکیل سے ایک مرتبہ پہلے ملاقات ہوئی تھی۔ انہوں نے نہ مقدمے کی وجہ بیان کی نہ یہ کہا کہ کس افسانے پر دھرے گئے ہو۔ ۴ کو پیشی تھی۔ دس بجے حاضر عدالت ہوا سوا بارہ بجے تک دھوپ میں سڑ تا رہا۔ ٹانگوں کو مسلتا اور بلغم نکالتا رہا۔۔۔ نہ جائے نشستن نہ ازن رفتن سوا بارہ بجے بلوایا گیا۔

" کیوں جی، وہ کہانیاں تم نے پڑھی ہیں۔"

"حضور نہیں۔"

"برخاست!"

لنگڑاتا لنگڑاتا گھر پہنچا۔ دیکھا کہ ایک بڑے پیٹ والا الفافہ لیٹر بکس سے جھانک رہا ہے جس میں حضور کے ارشادات تھے۔۔۔ میرا قصور یہ ہے کہ میں بے قصور ہوں۔ آپ خفا نہ ہوں گے کہ ایک ہم پیشہ 'قلم مار' نے یہ کیا حرکت کی۔ میں خفا ہوں کہ وکیل سست، مؤکل سست تو۔۔۔ منٹو کو سستی کی بیماری ہو، یقین نہیں آتا۔

اور مجھے یہ یقین نہیں آتا کہ پروفیسر موہن سنگھ دیوانہ نے میری کہانیاں پڑھی ہی نہیں تھیں۔۔۔ غلطی مجھ سے بھی ہوئی

کہ میں نے 'بڑے پیٹ والے لفافے'، عین اس وقت بھیجے جبکہ سمن جاری ہو چکے تھے۔ان لفافوں میں، میں نے اپنے اس تحریری بیان کی نقل بھیجی تھی جو میں نے عدالت میں دیا تھا۔ چونکہ اس بیان کا میری تحریروں سے گہرا تعلق ہے، اس لئے میں اسے ذیل میں نقل کرتا ہوں۔

"میں ساقی بک ڈپو، دہلی کی مطبوعہ کتاب بعنوان 'دھواں'، کا مصنف ہوں۔ یہ کتاب میں نے ۱۹۴۱ء میں جب کہ میں آل انڈیا ریڈیو، دہلی میں ملازم تھا، ساقی بک ڈپو کے مالک میاں شاہد احمد صاحب کو غالباً تین یا ساڑھے تین سو روپے میں فروخت کی تھی۔اس کے جملہ حقوق اشاعت اب ساقی بک ڈپو کے پاس ہیں۔اس کتاب کے جو نسخے میں نے عدالت میں دیکھے ہیں، ان کے ملاحظے سے پتا چلتا ہے کہ یہ کتاب کا دوسرا ایڈیشن ہے۔ چوبیس افسانوں کے اس مجموعے میں جو انسانی زندگی کے مختلف شعبوں سے متعلق ہیں، دو افسانے بعنوان 'دھواں' اور 'کالی شلوار'، استغاثے کے نزدیک عریاں اور فحش ہیں۔۔۔ مجھے اس سے اختلاف ہے کیوں کہ یہ دونوں کہانیاں عریاں اور فحش نہیں ہیں۔

کسی ادب کے متعلق ایک روزانہ اخبار کے ایڈیٹر، ایک اشتہار فراہم کرنے والے اور ایک سرکاری مترجم کا فیصلہ صائب نہیں ہو سکتا۔ بہت ممکن ہے کہ یہ تینوں کسی خاص اثر، کسی خاص غرض کے تحت اپنی رائے قائم کر رہے ہوں، اور پھر یہ بھی ممکن ہے کہ تینوں حضرات ایسی رائے دینے کے اہل ہی نہ ہوں کیوں کہ کسی بڑے شاعر، کسی بڑے افسانہ نگار کے افسانوں پر صرف وہی آدمی تنقید کر سکتا ہے جو تنقید نگاری کے فن کے تمام عواقب و عواطف سے آگاہ ہو۔ استغاثے نے میرے ان دو افسانوں پر کوئی بصیرت افروز تنقید نہیں کی۔ صرف اتنا کہہ دینے سے کہ یہ دونوں افسانے فحش ہیں، اس آدمی کی، جو روشنی کا خواہش مند ہے، جو اپنے عیوب و محاسن جاننا چاہتا ہے اور ان کی اصلاح کرنا چاہتا ہے، ہرگز ہرگز تسکین نہیں ہوتی۔۔۔ میں اگر جواب میں صرف اتنا کہہ کر خاموش ہو جاؤں کہ یہ دونوں افسانے فحش نہیں ہیں تو ظاہر ہے کہ میں اندھیرے میں اور بھی اضافہ کر دوں گا۔۔۔ مگر میں ایسا نہیں کروں گا اور جہاں تک مجھ سے ہو سکے گا، اپنا مافی الضمیر بیان کرنے کی کوشش کروں گا۔

زبان میں بہت کم لفظ فحش ہوتے ہیں۔ طریق استعمال ہی ایک ایسی چیز ہے جو پاکیزہ سے پاکیزہ الفاظ کو بھی فحش بنا دیتا ہے۔ میرا خیال ہے کہ کوئی بھی چیز فحش نہیں، لیکن گھر کی کرسی اور ہانڈی بھی فحش ہو سکتی ہے اگر ان کو فحش طریقے پر پیش کیا جائے۔۔۔ چیزیں فحش بنائی جاتی ہیں، کسی خاص غرض کے، ماتحت۔ عورت اور مرد کا رشتہ فحش نہیں، اس کا ذکر بھی فحش نہیں، لیکن جب اس رشتے کو چوراسی آسنوں یا جوڑ دار خفیہ دار تصویروں میں

تبدیل کر دیا جائے اور لوگوں کو ترغیب دی جائے کہ وہ تخلیے میں اس رشتے کو غلط زاویے سے دیکھیں تو میں اس فعل کو صرف فحش ہی نہیں بلکہ نہایت گھناؤنا، مکروہ اور غیر صحت مند کہوں گا۔

فحش اور غیر فحش میں تمیز کرنے کے لئے شاید یہ مثال کام دے سکے، ایک آرٹ گیلری میں نمائش کے لئے ننگی عورتوں کی بہت سی تصویریں پیش ہوئیں۔ ان میں سے کسی نے بھی جیسا کہ ظاہر ہے دیکھنے والوں کا اخلاق خراب نہ کیا اور نہ ان کے شہوانی جذبات کو ابھارا۔ البتہ ایک تصویر جس میں عورت کا سارا بدن کپڑوں میں مستور تھا اور ایک خاص حصہ اس ترکیب سے نیم عریاں چھوڑ دیا گیا کہ دیکھنے والوں کے جذبات میں گدگدی ہوتی تھی، فحش قرار دی گئی۔ کیوں۔۔۔اس لئے کہ آرٹسٹ کی نیت میں فرق تھا اور اس نے جان بوجھ کر لباس کو کچھ اس طرح اوپر اٹھا دیا تھا کہ دیکھنے والوں کے دل و دماغ میں ہلچل سی مچ جائے اور وہ اپنے تصور سے مدد لے کر اس نیم عریاں حصے کو عریاں دیکھنے کی کوشش کریں۔

تحریر و تقریر میں، شعر و شاعری میں، سنگ سازی و صنم تراشی میں فحاشی تلاش کرنے کے لئے سب سے پہلے اس کی ترغیب ٹٹولنی چاہیے، اگر یہ ترغیب موجود ہے، اگر اس کی نیت کا ایک شائبہ بھی نظر آ رہا ہے تو وہ تحریر، وہ تقریر، وہ شعر، وہ بت، قطعی طور پر فحش ہے۔ اب ہمیں دیکھنا ہے کہ یہ ترغیب 'دھواں' میں موجود ہے یا نہیں۔۔۔۔ آیئے! ہم افسانے کا تجزیہ کرتے ہیں،

مسعود ایک کم سن لڑکا ہے غالباً دس بارہ برس کا۔۔۔اس کے جسم میں جنسی بیداری کی پہلی لہر کس طرح پیدا ہوتی ہے۔ یہ اس افسانے کا موضوع ہے۔ ایک خاص فضا اور چند خاص چیزوں کا اثر بیان کیا گیا ہے، جو مسعود کے جسم میں دھندلے دھندلے خیالات پیدا کرتا ہے۔ ایسے خیالات جن کا رجحان جنسی بیداری کی طرف ہے۔ یہ بیداری وہ سمجھ نہیں سکتا لیکن نیم شعوری طور پر محسوس ضرور کرتا ہے۔ بے کھال کا بکرا جس میں سے دھواں اٹھتا ہے۔ سردیوں کا ایک دن جب کہ بادل گھرے ہوتے ہیں اور آدمی سردی کے باوجود ایک میٹھی میٹھی حرارت محسوس کرتا ہے۔ ہانڈی جس میں سے بھاپ اٹھ رہی ہے۔ بہن، جس کی ٹانگیں وہ دباتا ہے۔۔۔ یہ سب عناصر مل کر مسعود کے بدن میں جنسی بیداری پیدا کرتے ہیں۔ جوانی کی اس پہلی انگڑائی کو وہ غریب سمجھ نہیں سکتا اور انجام کار اپنی ہاکی سٹک توڑنے کی ناکام سعی کرتا تھک جاتا ہے۔۔۔۔ یہ تھکاوٹ اس بے نام سی چنگاری کو 'اس' کچھ کرنے کی تحریک کو دبا دیتی ہے۔

'دھواں' میں شروع سے لے کر آخر تک ایک کیفیت، ایک جذبے، ایک تحریک کا نہایت ہی ہموار نفسیاتی بیان ہے! اصل موضوع سے ہٹ کر اس میں دو راز کار باتیں نہیں کی گئیں۔ اس میں ہمیں کہیں بھی ایسی

ترغیب نظر نہیں آتی جو قارئین کو شہوانی لذتوں کے دائرے میں لے جائے، اس لیے کہ افسانے کا موضوع 'شہوت' نہیں ہے۔ استغاثہ اگر ایسا سمجھتا ہے تو یہ اس کی کم نظری ہے۔ خشخاش کے دانے افیم کی گولی بننے تک کافی مرحلے طے کرتے ہیں۔

میں نے اس کہانی میں کوئی سبق نہیں دیا۔ اخلاقیات پر یہ کوئی لیکچر بھی نہیں، کیوں کہ میں خود کو نام نہاد ناصح یا معلم اخلاق نہیں سمجھتا۔ البتہ اتنا ضرور سمجھتا ہوں کہ اس لڑکے کو مضطرب کرنے والی چیزیں خارجی تھیں۔ انسان اپنے اندر کوئی برائی لے کر پیدا نہیں ہوتا۔ خوبیاں اور برائیاں اس کے دل و دماغ میں باہر سے داخل ہوتی ہیں۔ بعض ان کی پرورش کرتے ہیں، بعض نہیں کرتے۔ میرے نزدیک قصائیوں کی دکانیں فحش ہیں کیونکہ ان میں ننگے گوشت کی بہت بدنما اور کھلے طور پر نمائش کی جاتی ہے۔ ۔۔ میرے نزدیک وہ باپ اپنی اولاد کو جنسی بیداری کا موقع دیتے ہیں جو دن کو بند کمروں میں کئی کئی گھنٹے اپنی بیوی سے سر دبوانے کا بہانہ لگا کر اس سے ہم بستری کرتے ہیں۔

ہندوستان میں بچوں کے اندر بہت کم سنی ہی میں جنسی بیداری پیدا ہو جاتی ہے۔ اس کی وجہ کسی حد تک آپ کو میرے افسانے کے مطالعے سے معلوم ہو سکتی ہے۔ ۔۔ اتنی چھوٹی عمر میں جنسی بیداری کا پیدا ہونا میرے نزدیک بہت ہی بھونڈی چیز ہے۔ یعنی اگر میں کسی چھوٹے بچے کو جنسیات کی طرف راغب دیکھوں تو مجھے کوفت ہوگی، میرے صناعانہ جذبات کو صدمہ پہنچے گا۔ افسانہ نگار اس وقت اپنا قلم اٹھاتا ہے جب اس کے جذبات کو صدمہ پہنچتا ہے۔ مجھے یاد نہیں کیوں کہ عرصہ گزر چکا ہے لیکن 'دھواں' لکھنے سے پہلے مجھے کوئی منظر، کوئی اشارہ یا کوئی واقعہ دیکھ کر ضرور ایسا صدمہ پہنچا ہوگا جو افسانہ نگار کے قلم کو حرکت بخشتا ہے۔ افسانے کا مطالعہ کرنے سے یہ امر اچھی طرح واضح ہو سکتا ہے کہ میں نے اس بے نام سی لذت میں جو مسعود کو محسوس ہو رہی تھی، خود کو یا قارئین کو کہیں شریک نہیں کیا۔ ۔۔ یہ ایک اچھے فن کار کے قلم کی خوبی ہے۔ اس افسانے میں سے چند سطور پیش کرتا ہوں جس سے افسانہ نگار کے غایت درجہ محتاط ہونے کا پتہ چلتا ہے۔ اس نے کہیں بھی مسعود کے دماغ میں شہوانی خیالات کی موجودگی کا ذکر نہیں کیا۔ ایسی لغزش افسانے کا ستیاناس کر دیتی۔

۱۔ مسعود کے وزن کے نیچے کلثوم کی چوڑی چکلی کمر میں خفیف سا جھکاؤ پیدا ہوا، جب اس نے پیروں سے دبانا شروع کیا۔ ٹھیک اسی طرح، جس طرح مزدور مٹی گوندھتے ہیں۔ ۔۔ تو کلثوم نے مزا لینے کی خاطر ہو لے

ہولے ہائے ہائے کر نا شروع کیا۔

۲۔ کلثوم کی رانوں میں اکڑی ہوئی مچھلیاں اس کے پیروں کے نیچے دب دب کر ادھر ادھر پھسلنے لگیں۔ مسعود نے ایک بار اسکول میں تنے ہوئے رسے پر ایک بازی گر کو چلتے دیکھا تھا۔ اس نے سوچا کہ بازی گر کے پیروں کے نیچے تنا ہوا رسا بھی اسی طرح پھسلتا ہوگا۔

۳۔ بکرے کے گرم گرم گوشت کا اسے بار بار خیال آتا تھا۔ ایک مرتبہ اس نے سوچا ”کلثوم کو اگر ذبح کیا جائے تو کھال اترنے پر کیا اس کے گوشت میں سے دھواں نکلے گا۔“

۴۔ لیکن ایسی بیہودہ باتیں سوچنے پر اس نے اپنے آپ کو مجرم محسوس کیا اور دماغ کو اس طرح صاف کر دیا، جس طرح وہ سلیٹ کو اسفنج سے صاف کیا کرتا تھا۔

خط کشیدہ الفاظ اس بات کے ضامن ہیں کہ مسعود کا ذہن کہیں بھی شہوت سے ملوث نہیں ہوا۔ وہ اپنی بہن کی کمر دباتا ہے جس طرح وہ مزدور مٹی گوندھتے ہیں۔ ٹانگیں دباتا ہے تو اس کا خیال بازی گر کی طرف چلا جاتا ہے، جس کا تماشا اس نے ایک بار اپنے اسکول میں دیکھا تھا۔۔۔ اور جب یہ سوچتا ہے کہ اس کی بہن ذبح کر دی جائے تو کیا اس کے گوشت میں سے دھواں نکلے گا تو فوراً اسے بری بات سمجھ کر اپنے دماغ سے نکال دیتا ہے اور خود کو مجرم سمجھتا ہے۔

خدا جانے استغاثہ اس افسانے کو فحش کیوں کہتا ہے جس میں فحاشی کا شائبہ تک موجود نہیں۔۔۔ اگر میں کسی عورت کے سینے کا ذکر کرنا چاہوں گا تو اسے عورت کا سینہ ہی کہوں گا۔۔۔ عورت کی چھاتیوں کو آپ مونگ پھلی، میز یا استرا نہیں کہہ سکتے۔۔۔ یوں تو بعض حضرات کے نزدیک عورت کا وجود ہی فحش ہے، مگر اس کا کیا علاج ہو سکتا ہے۔ میں ایسے لوگوں کو بھی جانتا ہوں جن کو بکری کا ایک معصوم بچہ ہی معصیت کی طرف لے جاتا ہے۔۔۔ دنیا میں ایسے اشخاص بھی موجود ہیں جو مقدس کتابوں سے شہوانی لذت حاصل کرتے ہیں۔۔۔ اور ایسے انسان بھی آپ کو مل جائیں گے، لوہے کی مشینیں جن کے جسم میں شہوت کی حرارت پیدا کر دیتی ہیں۔۔۔ مگر لوہے کی ان مشینوں کا، جیسا کہ آپ سمجھ سکتے ہیں، کوئی قصور نہیں۔ اسی طرح نہ بکری کے معصوم بچے کا، اور نہ مقدس کتابوں کا۔

ایک مریض جسم، ایک بیمار ذہن ہی ایسا غلط اثر لے سکتا ہے۔ جو لوگ روحانی، ذہنی اور جسمانی لحاظ سے تندرست ہیں، اصل میں انہیں کے لئے شاعر شعر کہتا ہے، افسانہ نگار افسانہ لکھتا ہے اور مصور تصویر بناتا ہے۔ میرے

افسانے تندرست اور صحت مند لوگوں کے لئے ہیں، ایسے انسانوں کے لئے جو عورت کے سینے کو عورت کا سینہ ہی سمجھتے ہیں اور اس سے زیادہ آگے نہیں بڑھتے۔۔۔ جو عورت اور مرد کے رشتے کو استنجاب کی نظر سے نہیں دیکھتے۔۔۔ جو کسی ادب پارے کو ایک ہی دفعہ نگل نہیں جاتے۔

روٹی کھانے کے متعلق ایک موٹا سا اصول ہے کہ ہر لقمہ اچھی طرح چبا کر کھاؤ، لعاب دہن میں اسے خوب حل ہونے دو تا کہ معدے پر زیادہ بوجھ نہ پڑے اور اس کی غذائیت برقرار رہے۔ پڑھنے کے لئے بھی یہی موٹا اصول ہے کہ ہر لفظ کو، ہر سطر کو، ہر خیال کو اچھی طرح ذہن میں چباؤ۔ اس لعاب کو جو پڑھنے سے تمہارے دماغ میں پیدا ہو گا، اچھی طرح حل کرو تا کہ جو کچھ تم نے پڑھا ہے، اچھی طرح ہضم ہو سکے، اگر تم نے ایسا نہ کیا تو اس کے نتائج برے ہوں گے جس کے لئے تم لکھنے والے کو ذمہ دار نہ ٹھہرا سکو گے۔ وہ روٹی جو اچھی طرح چبا کر نہیں کھائی گئی تمہاری بد ہضمی کی ذمہ دار کیسے ہو سکتی ہے!

میں ایک مثال سے اس کی وضاحت کرنا چاہتا ہوں۔۔۔ فرانس میں ایک بہت بڑا افسانہ نگار گائی دی موپاساں گزرا ہے۔ جنسیات اس کا محبوب موضوع تھا۔ بڑے بڑے ڈاکٹروں اور ماہرین نفسیات نے اس کے افسانوں کا اپنی علمی کتابوں میں حوالہ دیا ہے۔ اپنے ایک افسانے میں وہ ایک لڑکے اور لڑکی کی داستان بیان کرتا ہے جو بے حد الٹر تھے۔ پہلی رات کے متعلق دونوں نے سنی سنائی باتوں سے ایک عجیب و غریب تصویر اپنے ذہن میں کھینچ رکھی تھی۔ دونوں اس خیال سے کپکپا رہے تھے کہ خدا معلوم کتنی بڑی لذت ان کو پہلی رات کے ملاپ سے ملے گی۔

دونوں کی شادی ہو گئی۔۔۔ دولہا دلہن کو ایک ہوٹل میں لے گیا۔ وہاں پہلی رات کو۔۔۔ اس رات کو جس میں دونوں کے خیال کے مطابق شاید فرشتے اتر کر ان کو لوریاں دینے والے تھے، دولہا اور دلہن ہم بستر ہو گئے۔۔۔ دونوں لیٹے تھے اور بس۔۔۔ دلہن نے شامت اعمال سے اتنا کہہ دیا

"بس۔۔۔ کیا یہی ہماری پہلی رات تھی جس کے ہم دونوں اتنے شیریں خواب دیکھا کرتے تھے۔"

دولہا کو یہ بات کھا گئی۔ آخر مرد ہی تو تھا۔ اس نے سوچا یہ میری مردانگی پر حملہ ہے۔۔۔ چنانچہ اس کی مردانگی بالکل ہی ختم ہو گئی۔۔۔ عرق ندامت میں غرق وہ حجلہ عروسی سے باہر نکل گیا۔ اس غرض سے کہ اپنی ناکام زندگی کسی دریا کے سپرد کر دے۔

عین اس وقت جب یہ نیا نویلا دولہا اس خطرناک فیصلے پر پہنچا، فرانس کی ایک کسبی۔۔۔ ایک ویشیا پاس سے گزری جو غالباً کوئی گاہک تلاش کر رہی تھی۔ اس عصمت باختہ عورت نے اس کو اشارہ کیا۔ دولہا نے محض انتقام

لینے کے لئے۔۔۔ساری عورت ذات سے بدلہ لینے کے لئے اس کو اس اشارے کا جواب دیا کہ ہاں میں تیار ہوں۔وہ لکھیائی اسے اپنے گھر لے گئی۔اس کے غلیظ گھر میں دولہا وہ کام کرنے میں کامیاب ہو گیا جو وہ اپنے نفیس ہوٹل کے حجلہ عروسی میں نہ کر سکا تھا۔۔۔اب وہ اس ویشیا کو بھول گیا۔۔۔دوڑا دوڑا اپنی نئی بیاہتا بیوی کے پاس پہنچا جیسے اسے کھوئی ہوئی دولت مل گئی ہے۔۔۔دونوں پاس پاس لیٹے تھے مگر اب اس کی بیوی کو وہ شیریں خواب دیکھنے کی خواہش باقی نہیں رہی تھی جس کا اس نے پہلے گلہ کیا تھا۔

یہ افسانہ پڑھ کر اگر کوئی شخص جو پہلی رات کو ناکام رہا ہو، سیدھا ویشیا کے کوٹھے کا رخ کرے تو میں سمجھتا ہوں اس جیسا چغد اور کوئی نہیں ہو گا۔میرے ایک دوست نے یہی بے وقوفی کی اور اس کا نتیجہ یہ نکلا کہ اسے اپنا کھویا ہوا وقار تو مل گیا، پر اس کے ساتھ ہی ایک مکروہ مرض چمٹ گیا جس کے علاج کے لئے اسے کافی زحمت اٹھانا پڑی۔

پچھلے دنوں میں نے آل انڈیا ریڈیو بمبئی سے ایک تقریر نشر کی تھی۔اس میں، میں نے کہا تھا

''ادب ایک فرد کی اپنی زندگی کی تصویر نہیں۔جب کوئی ادیب قلم اٹھاتا ہے تو وہ اپنے گھر یلو معاملات کا روزنامچہ پیش نہیں کرتا۔اپنی ذاتی خواہشوں۔۔۔خوشیوں، رنجشوں، بیماریوں اور تندرستیوں کا فذ کرنہیں کرتا۔اس کی قلمی تصویروں میں بہت ممکن ہے آنسو اس کی دکھی بہن کے ہوں، مسکراہٹیں آپ کی ہوں اور قہقہے ایک خستہ حال مزدور کے۔۔۔اس لئے اپنی مسکراہٹوں، اپنے آنسووں اور اپنے قہقہوں کی ترازو میں ان تصویروں کو تولنا بہت بڑی غلطی ہے۔۔۔ہر ادب پارہ ایک خاص فضا، ایک خاص اثر، ایک خاص مقصد کے لئے پیدا ہوتا ہے، اگر اس میں یہ خاص اثر اور یہ خاص مقصد محسوس نہ کیا جائے تو یہ ایک بے جان لاش رہ جائے گی۔''

میں ایک زمانے سے لکھ رہا ہوں۔گیارہ کتابوں کا مصنف و مؤلف ہوں۔آل انڈیا ریڈیو کے تقریبا ہر اسٹیشن سے میرے ڈرامے اور فیچر براڈ کاسٹ ہوتے رہتے ہیں۔ان کی تعداد سو سے اوپر ہے۔۔۔میں تحریر و تصنیف کے جملہ آداب سے واقف ہوں۔۔۔میرے قلم سے بے ادبی شاذ و نادر ہی ہو سکتی ہے۔میں فحش نگار نہیں، افسانہ نگار ہوں۔دوسرے افسانے 'کالی شلوار' کے متعلق میں نے اس لئے کچھ نہیں کہا کہ لاہور کی سیشن کورٹ میں اسے فحاشی سے بری قرار دیا جا چکا ہے۔''

میرے اس بیان کا کچھ اثر نہ ہوا۔صفائی کے گواہوں میں ڈاکٹر سعید اللہ، ایم اے، ایل ایل بی، پی ایچ ڈی، ڈی ایس سی، پروفیسر کنھیا لال کپور، ایم اے، ایل ایل بی، ڈاکٹر آئی لطیف ایم اے، پی ایچ ڈی، مولانا باری علیگ، دیوندر ستیارتھی جیسے اہل الرائے ہستیاں موجود تھیں۔ان حضرات نے اپنا قیمتی وقت ضائع کر کے سارا سارا دن عدالت میں گزار کر میرے حق میں گواہی دی اور کہا کہ زیر عتاب افسانوں میں فحاشی کا شائبہ بھی موجود نہیں، لیکن رائے صاحب

لالہ سنت رام نے دونوں افسانے فحش قرار دیے اور مجھے دو سو روپیہ جرمانہ ادا کرنے کی سزا دی۔ عدم ادائیگی جرمانہ کی صورت میں کتنے مہینوں کی قید بامشقت تھی، تھی یا نہیں، اس کا مجھے علم نہیں۔ میں نے جب اپنی جیب سے دو سو روپے نکالے تو اسپیشل مجسٹریٹ صاحب کے ہونٹوں پر ایک اسپیشل مسکراہٹ نمودار ہوئی۔ آپ نے کہا

"ایسا معلوم ہوتا ہے کہ آپ کیل کانٹے سے لیس ہو کر آئے تھے۔"

باوجود کوشش کے میرے ہونٹوں پر اسپیشل مسکراہٹ پیدا نہ ہو سکی۔ سیشن میں اپیل کی گئی۔ پیروی مسٹر ہیرا لال سیبل نے کی۔ کئی مہینے گزرنے پر ایک روز ان کا تار آیا کہ مبارک ہو، سیشن کورٹ نے اپیل منظور کر لی ہے۔ جرمانہ واپس ہو جائے گا۔ تیسری دفعہ انجام بخیر ہوا!

ایک اور لطیفہ سنیے۔ چند روز ہوئے، ایک صاحب مجھ سے ملنے آئے، میں نے نوکر سے کہا

"پوچھو کون ہے؟"

جواب آیا

"سی آئی ڈی کا آدمی۔"

ظاہر ہے کہ لاہور سے گرفتاری کا وارنٹ تھا لیکن جب میں اس سی آئی ڈی کے آدمی سے ملا اور اس سے کہا

"فرمائیے، اب کی میری کس کہانی پر عتاب نازل ہوا ہے۔"

تو وہ جیسے کچھ سمجھا ہی نہیں۔ کہنے لگا

"ہم تپاس (پوچھ گچھ) کرنے آیا ہے۔ تمہارا نام ادھر کمیونسٹ پارٹی کے آفس میں چوپڑی (کتاب) میں لکھا تھا۔۔۔ بولو، تمہارا کیا تعلق ہے اس سے؟"

یہ سن کر مجھے تسلی ہوئی اور مذاق سوجھا

"چوپڑی سے یا کمیونسٹ پارٹی سے؟"

"کمیونسٹ پارٹی سے؟"

میں نے جواب دیا

"تعلق ہے مگر ناجائز۔"

"کیوں؟"

"اس لیے کہ تمہاری حکومت یہی سمجھتی ہے۔ ورنہ تم یہاں تپاس کرنے کیوں آتے!"

یہ قصہ بھی ختم ہوا۔

آخر میں ان تمام حضرات کا شکریہ ادا کرنا اپنا فرض سمجھتا ہوں جنہوں نے لاہور کی ایسی عدالت میں جہاں شریف انسانوں کو بیٹھنے کے لئے ایک ٹوٹی ہوئی کرسی بھی نہیں ملتی، گھنٹوں اپنا قیمتی وقت ضائع کر کے بھینسوں کے آگے بین بجائی۔ مسٹر اے ایس بخاری کا بھی ممنون و متشکر ہوں۔ متذکرہ صدر مقدمے کے فیصلے کے بعد یا اس سے کچھ دیر پہلے، آپ نے بمبئی ریڈیو اسٹیشن میں مجھے بلایا اور بڑی شفقت سے بتایا کہ وہ اور ڈاکٹر محمد دین تاثیر میرے اور عصمت کے عتاب زدہ افسانوں کے متعلق ہندوستان کے مشہور ادیبوں کی رائے مرتب کرنے والے ہیں، اور یہ کہ انہوں نے لاہور میں عدالت سے بیانات وغیرہ کی نقل لینے کے لئے ایک آدمی بھی متعین کر دیا ہے۔ یہ سن کر مجھے بہت خوشی ہوئی۔ آپ نے اتفاق سے میرا افسانہ نہیں پڑھا تھا، چنانچہ ان کے ارشاد کے مطابق ایک جلد اس کتاب کی ان کو دہلی روانہ کر دی۔ اس ملاقات کو تقریباً ایک برس ہو چکا ہے، امید ہے بخاری صاحب نے اپنا کام ختم کر لیا ہو گا۔

سفید جھوٹ

سعادت حسن منٹو

ماہوار رسالہ۔ ''ادبِ لطیف''، لاہور کے سالنامہ ۱۹۴۲ میں میرا ایک افسانہ بعنوان ''کالی شلوار''، شائع ہوا تھا جسے کچھ لوگ فحش سمجھتے ہیں میں ان کی غلط فہمی دور کرنے کے لیے ایک مضمون لکھ رہا ہوں۔ افسانہ نگاری میرا پیشہ ہے، میں اس کے تمام آداب سے واقف ہوں۔ اس سے پیشتر اس موضوع پر میں کئی افسانے لکھ چکا ہوں۔ ان میں سے کوئی بھی فحش نہیں۔ میں آئندہ بھی اس موضوع پر افسانے لکھوں گا جو فحش نہیں ہوں گے۔ قصّہ گوئی ہبوطِ آدم سے جاری ہے اور میرا خیال ہے کہ یہ قیامت تک جاری رہے گی۔ اس کی شکلیں بدلتی جائیں گی۔ لیکن انسان اپنے احساسات دوسرے اذہان تک پہنچانے کا سلسلہ جاری رکھے گا۔ بیسواؤں پر اب تک بہت کچھ لکھا جا چکا ہے اور بہت کچھ لکھا جائے گا۔ ہر اس شے کے متعلق لکھا یا کہا جاتا ہے جو سامنے موجود ہو۔ بیسوائیں اب سے نہیں ہزار ہا سال سے ہمارے درمیان موجود ہیں۔ ان کا تذکرہ الہامی کتابوں میں بھی موجود ہے۔ اب چونکہ کسی الہامی کتاب یا کسی پیغمبر کی گنجائش نہیں رہی، اس لئے موجودہ زمانے میں ان کا ذکر آپ آیات میں نہیں بلکہ ان اخباروں، کتابوں یا رسالوں میں دیکھتے ہیں جنہیں آپ عود اور لوبان جلائے بغیر پڑھ سکتے ہیں اور پڑھنے کے بعد ردی میں بھی اٹھوا سکتے ہیں۔

میں ایک ایسا انسان ہوں جو ایسے رسالوں اور ایسی کتابوں میں لکھتا ہوں اور اس لیے لکھتا ہوں کہ مجھے کچھ کہنا ہوتا ہے۔ میں جو کچھ دیکھتا ہوں، جس نظر اور جس زاویے سے دیکھتا ہوں، وہی نظر، وہی زاویہ میں دوسروں کے سامنے پیش کر دیتا ہوں۔ اگر تمام لکھنے والے پاگل تھے تو آپ میرا شمار بھی ان پاگلوں میں کر سکتے ہیں۔

''کالی شلوار'' کا پس منظر ایک ویشیا کا گھر ہے۔ یہ گھر بئے کے گھر کی طرح حیرت انگیز نہیں، جس کے متعلق عجیب

وغریب باتیں مشہور رہیں۔ دہلی میں ایسی عورتوں کے لیے ایک مقام منتخب کر کے بے شمار گھر بنائے گئے ہیں۔ میری سلطانہ ایسے ہی ایک بنے بنائے گھر میں رہتی تھی۔ اس نے بنے بنائے کی طرح یہ گھر خود نہیں بنایا تھا، وہ بنے کی طرح رات کو جگنو پکڑ پکڑ کر اپنا گھر روشن نہیں کرتی تھی۔ روشنی پیدا کرنے کے لیے بجلی موجود تھی۔ اور چونکہ یہ بجلی مفت نہیں مل سکتی اور نہ رہنے کے لیے مکان ہی کرائے کے بغیر مل سکتا ہے، اس لیے اسے مزدوری کرنا پڑتی تھی۔ وہ اگر بیاہی ہوتی تو اسے یہ سب چیزیں مفت میں مل جاتیں۔ لیکن وہ بیاہی نہیں تھی۔ وہ ایک عورت تھی۔۔۔ اور جب عورت کو بجلی کے پیسے دینے پڑیں، گھر کا کرایہ ادا کرنا پڑے اور جس کے پلّے خدا بخش سا آدمی پڑ جائے، جو خدا پر بھروسا رکھے اور فقیر کے پیچھے مارا مارا پھرے تو ظاہر ہے کہ وہ ایسی عورت نہیں ہوگی جو ہم اپنے گھروں میں دیکھتے ہیں۔ میری سلطانہ چکلے کی ایک عورت ہے۔ اس کا پیشہ وہی ہے جو چکلے کی عورتوں کا ہوتا ہے۔ چکلے کی عورتوں کو کون نہیں جانتا۔ قریب قریب ہر شہر میں ایک چکلہ موجود ہے۔ بدرو اور موری کو کون نہیں جانتا۔ ہر شہر میں بدرو وئیں اور موریاں موجود ہیں جو شہر کی گندگی کو باہر لے جاتی ہیں۔

ہم اگر اپنے مرمریں غسل خانوں میں باتیں کر سکتے ہیں، اگر ہم صابن اور لیونڈر کا ذکر کر سکتے ہیں تو ان موریوں اور بدروؤں کا ذکر کیں نہیں کر سکتے، جو ہمارے بدن کا میل پیتی ہیں۔ اگر ہم مندروں اور مسجدوں کا ذکر کر سکتے ہیں تو ان قحبہ خانوں کا ذکر کیوں نہیں کر سکتے جہاں سے لوٹ کر کئی انسان مندروں اور مسجدوں کا رخ کرتے ہیں۔۔۔ اگر ہم افیون، چرس، بھنگ اور شراب کے ٹھیکوں کا ذکر کر سکتے ہیں تو ان ٹھوں کا ذکر کیوں نہیں کر سکتے جہاں ہر قسم کا نشہ استعمال کیا جاتا ہے؟

بھنگیوں سے چھوت چھات کی جاتی ہے۔ اگر کوئی بھنگی ہمارے گھر سے گندگی کا ٹوکرا اٹھا کر باہر نکلے تو ہم اپنی ناک پر رومال ضرور رکھ لیں گے۔ ہمیں گھن بھی آئے گی مگر ہم بھنگیوں کے وجود سے تو منکر نہیں ہو سکتے۔ اس فضلے سے تو انکار نہیں کر سکتے جو ہر روز ہمارے جسم سے خارج ہوتا ہے۔ قبض، پیچش، اسہال وغیرہ دور کرنے کے لیے دوائیں اسی لیے موجود ہیں کہ ہمارے جسم سے فاسد مادے کا اخراج ضروری ہے۔ گندگی کے نکاس کے لیے نت نئے طریقے سوچے جاتے ہیں، اس لیے کہ گندگی ہر روز جمع ہو جاتی ہے۔ اگر ہمارے جسم میں ایک انقلاب برپا ہو جائے اور اس کے افعال بدل جائیں تو ہم قبض، پیچش اور اسہال کی باتیں نہیں کریں گے۔ یا اگر گندگی کے نکاس کے لیے کوئی میکانکی طریقہ ایجاد ہو جائے تو بھنگیوں کا وجود باقی نہ رہے گا۔

ہم اگر بھنگیوں کے متعلق بات کریں تو یقیناً کوڑے کرکٹ اور گندگی کا ذکر آئے گا۔ اگر ہم ویشیاؤں کے متعلق بات کریں تو یقیناً ان کے پیشے کا بھی ذکر آئے گا۔ ویشیا کے کوٹھے پر ہم نماز یا درود پڑھنے نہیں جاتے ہیں۔ وہاں جس

غرض سے ہم جاتے ہیں ظاہر ہے۔ وہاں ہم اس لیے جاتے ہیں کہ وہاں ہم جاسکتے ہیں۔ وہاں جاکر ہم اپنی مطلوبہ جنس بے روک ٹوک خرید سکتے ہیں۔ جب وہاں جانے کی ہمیں کھلی اجازت ہے۔ جب ہر عورت اپنی مرضی سے ویشیا بن سکتی ہے اور ایک لائسنس لے کر جسم فروشی شروع کرسکتی ہے، جب یہ تجارت قانوناً جائز تسلیم کی جاتی ہے تو اس کے متعلق ہم کیوں بات چیت نہیں کر سکتے؟ اگر ویشیا کا ذکر فحش ہے تو اس کا وجود بھی فحش ہے۔ اگر اس کا ذکر ممنوع ہے تو اس کا پیشہ بھی ممنوع ہونا چاہیے۔ اس کا ذکر خود بخود مٹ جائے گا۔

ہم و کیلوں کے متعلق کھلے بندوں بات کر سکتے ہیں۔ ہم نائیوں، دھوبیوں، کنجڑوں اور بھٹیاروں کے متعلق بات چیت کر سکتے ہیں۔ ہم چوروں، اچکوں، ٹھگوں اور راہزنوں کے قصے سنا سکتے ہیں۔ ہم جنوں اور پریوں کی داستانیں بیٹھ کر گڑھ سکتے ہیں۔ ہم یہ کہہ سکتے ہیں کہ ایک بیل اپنے سینگوں پر ساری دنیا اٹھائے ہوئے ہے۔ ہم داستانِ امیر حمزہ اور قصہ طوطا مینا تصنیف کر سکتے ہیں۔ لندھور پہلوان کے گرز کی تعریف کر سکتے ہیں۔ ہم عمرو عیار کی ٹوپی اور زنبیل کی باتیں کر سکتے ہیں، ہم ان طوطوں اور میناؤں کہ قصے سنا سکتے ہیں جو ہر زبان میں باتیں کرتے تھے۔ ہم جادوگروں کے منتروں اور ان کے توڑ کی باتیں کر سکتے ہیں، ہم عمل، ہم زاد اور کیمیاگری کے متعلق جو من میں آئے کہہ سکتے ہیں۔ ہم داڑھیوں، پاجاموں اور سر کے بالوں کی لمبائی پر لڑ جھگڑ سکتے ہیں۔ ہم روغنِ جوش، پلاؤ اور قورمہ بنانے کی نئی نئی ترکیبیں سوچ سکتے ہیں۔ ہم یہ سوچ سکتے ہیں کہ سبز رنگ کے کپڑے پر کس رنگ اور کس قسم کے بٹن سجیں گے۔۔۔۔ ہم ویشیا کے متعلق کیوں نہیں سوچ سکتے۔ اس کے پیشے کے بارے میں کیوں غور نہیں کر سکتے۔ ان لوگوں کے متعلق کیوں کچھ نہیں کہہ سکتے جو اس کے پاس جاتے ہیں۔

ہم ایک نوجوان لڑکی اور ایک نوجوان لڑکے کا باہمی رشتہ معاشقہ کرا سکتے ہیں۔ ان کی پہلی ملاقات داتا گنج بخش کے مزار میں کرا سکتے ہیں۔ ایک دلال بڑھیا بیچ میں لا سکتے ہیں، جوان دو بچھڑی روحوں کو بار بار ملاتی رہے۔ ہم آخر میں ان کے عشق کو نا کام بنا سکتے ہیں۔ دونوں کو زہر پلوا سکتے ہیں۔ ان دونوں کے جنازے، ایک اِس محلے سے اور ایک اُس محلے سے نکلوا سکتے ہیں، پھر ان دونوں کی قبریں ایک معجزے کے ذریعے ایک دوسرے سے ملوا سکتے ہیں۔ اور اگر ضرورت محسوس ہو تو اوپر سے فرشتوں کے ہاتھوں سے پھولوں کی بارش بھی کروا سکتے ہیں۔۔۔۔ ہم ویشیا کی زندگی کیوں بیان نہیں کر سکتے۔ اسے تو فرشتوں اور ان پھولوں کی ضرورت نہیں ہوتی۔ وہ اگر مرتی ہے تو دوسرے محلے سے کوئی جنازہ اس کی موت کا ساتھ نہیں دیتا۔ کوئی قبر اس کی قبر سے ملنے کی خواہش نہیں کرتی۔ ویشیا کا وجود خود ایک جنازہ ہے جو سماج خود اپنے کندھوں پر اٹھائے ہوئے ہے۔ وہ اسے جب تک کہیں دفن نہیں کرے گا، اس کے متعلق باتیں ہوتی رہیں گی۔ یہ لاش گلی سڑی سہی، بدبودار سہی، متعفن سہی، بھیانک سہی، گھناؤنی

سہی، لیکن اس کا منہ دیکھنے میں کیا حرج ہے۔۔۔ کیا یہ ہماری کچھ نہیں لگتی۔ کیا ہم اس کے عزیز و اقارب نہیں۔ ہم کبھی کبھی کفن ہٹا کر اس کا منہ دیکھتے رہیں گے اور دوسروں کو دکھاتے رہیں گے۔ میں نے "کالی شلوار" میں ایسی لاش کا منہ دکھایا ہے۔ ملاحظہ ہو

"سٹرک کی دوسری طرف مال گودام تھا۔ جو اس کونے سے اس کونے تک پھیلا ہوا تھا۔ دہنے ہاتھ کو لوہے کی چھت کے نیچے بڑی بڑی گانٹھیں پڑی رہتی تھیں اور ہر قسم کے مال و اسباب کے ڈھیر لگے رہتے تھے۔ بائیں ہاتھ کو کھلا میدان تھا جس میں بے شمار ریل کی پٹریاں بچھی ہوئی تھیں۔ دھوپ میں لوہے کی یہ پٹریاں چمکتیں تو سلطانہ اپنے ہاتھوں کی طرف دیکھتی، جن پر نیلی نیلی رگیں بالکل ان پٹریوں کی طرح ابھری رہتی تھیں۔ اس لمبے اور کھلے میدان میں ہر وقت انجن اور گاڑیاں چلتی رہتی تھیں، کبھی ادھر کبھی ادھر۔ ان انجنوں اور گاڑیوں کی چھِک چھِک پھک پھک سدا گونجتی رہتی تھی۔ صبح سویرے جب وہ اٹھ کر بالکنی میں آتی تو ایک عجیب سماں اسے نظر آتا۔

دھند لکے میں انجنوں کے منہ میں سے گاڑھا گاڑھا دھواں نکلتا تھا اور گدلے آسمان کی جانب موٹے اور بھاری آدمیوں کی طرح اٹھتا دکھائی دیتا تھا۔ بھاپ کے بڑے بڑے بادل بھی ایک شور کے ساتھ اٹھتے تھے اور آنکھ جھپکنے کی دیر میں ہوا کے اندر گھل مل جاتے تھے۔ پھر کبھی کبھی جب وہ گاڑی کے کسی ڈبے کو جسے انجن نے دھکا دے کر چھوڑ دیا ہو، اکیلے پٹریوں پر چلتا دیکھتی تو اسے اپنا خیال آتا۔ وہ سوچتی کہ اسے بھی کسی نے زندگی کی پٹری پر دھکا دے کر چھوڑ دیا ہے اور خود بخود جا رہی ہے۔ دوسرے لوگ کانٹے بدل رہے ہیں اور وہ چلی جا رہی ہے۔ نہ جانے کہاں۔ پھر ایک دن ایسا آئے گا، جب اس دھکے کا زور آہستہ آہستہ ختم ہو جائے گا اور وہ کہیں رک جائے گی۔ کسی ایسے مقام پر جو اس کا دیکھا بھالا نہ ہو گا۔

ذہین پڑھنے والوں کے لئے اس سے اچھے اشارے اور کیا ہو سکتے ہیں۔ سلطانہ کی زندگی کا اصل نقشہ ان اشاروں اور کنایوں سے میں نے پیش کرنے کی کامیاب سعی کی ہے۔ دہلی کی میونسپلٹی نے دہلی کی ویشیاؤں کے لئے ایک خاص جگہ مقرر کرتے وقت یہ نہ سوچا ہو گا کہ مال گودام ان کی زندگی کا اصل نقشہ پیش کرتا ہے لیکن جو صاحب نظر ہیں وہ مکانوں اور مال گودام کو دیکھ کر "کالی شلوار" جیسے کئی افسانے لکھیں گے۔ اسی لاش کا ایک بار میں نے یوں بھی منہ دکھایا تھا۔ میں اپنے مشہور افسانے "ہتک" کا آغاز ان سطور سے کرتا ہوں،

دن بھر کی تھکی ماندی وہ ابھی ابھی اپنے بستر پر لیٹی تھی اور لیٹتے ہی سوگئی تھی۔ میونسپل کمیٹی

کا داروغہ صفائی جسے وہ سیٹھ کے نام سے پکارتی تھی، ابھی ابھی اس کی ہڈیاں پسلیاں نچوڑ کر شراب کے نشے میں چور، گھر کو واپس گیا تھا۔ وہ رات یہیں ٹھہرتا، پر اسے اپنی دھرم پتنی کا بہت خیال تھا جو اس سے بے حد پریم کرتی تھی۔

وہ روپے جو اس نے اپنی جسمانی مشقت کے بدلے اس داروغے سے وصول کیے تھے، اس کی چست تھوک بھری چولی سے نیچے سے اوپر کو ابھرے ہوئے تھے۔ کبھی کبھی سانس کے اتار چڑھاؤ سے چاندی کے یہ سکے کھنکھنانے لگتے اور ان کی کھنکھناہٹ اس کی دل کی غیر آہنگ دھڑکنوں میں گھل مل جاتی۔ اور ایسا معلوم ہوتا کہ ان سکوں کی چاندی پگھل کر اس کے دل کے خون میں ٹپک رہی ہے۔ اس کا سینہ اندر سے تپ رہا تھا۔ یہ گرمی کچھ تو اس برانڈی کا باعث تھی جس کا آدھا داروغہ اپنے ساتھ لایا تھا۔ اور کچھ اس ''بیوڑا'' کا نتیجہ تھی، جس کو سوڈا ختم ہونے پر دونوں نے پانی ملا کر پیا۔

وہ ساگوان کے لمبے چوڑے پلنگ پر اوندھے منہ لیٹی تھی۔ اس کی بانہیں جو کاندھوں تک ننگی تھیں، پلنگ کی اس کانپ کی طرح پیلی تھیں جو رات اوس میں بھیگ جانے کے باعث پیلے کاغذ سے جدا ہو جائے۔ دائیں بازو کی بغل میں شکن آلود گوشت ابھرا ہوا تھا جو بار بار مونڈنے کے باعث سیاہی مائل رنگت اختیار کر گیا تھا۔ ایسا معلوم ہوتا تھا کہ نچی ہوئی مرغی کی کھال کا ایک ٹکڑا وہاں پر رکھ دیا گیا ہے۔''

یہ سلطانہ کی ایک بہن سوگندھی کی تصویر ہے۔ اس کے پاس خدا بخش کے بجائے ایک خارش زدہ کتا تھا۔ خدا بخش سلطانہ کا دل نہ بہلا سکا مگر یہ خارش زدہ کتا سوگندھی کے بہت کام آیا۔ میں اس افسانے کے آخر میں لکھتا ہوں

''کتا اپنی ٹنڈ منڈ دم ہلاتا سوگندھی کے پاس واپس آیا اور اس کے قدموں کے پاس بیٹھ کے کان پھر پھٹرانے لگا۔ سوگندھی چونکی۔ اس نے اپنے چاروں طرف ایک ہولناک سناٹا دیکھا۔ ایسا سناٹا جو اس نے پہلے کبھی نہیں دیکھا تھا۔ اسے ایسا معلوم ہوتا تھا کہ ہر شے خالی ہے جیسے مسافروں سے لدی ہوئی ریل گاڑی سب اسٹیشنوں پر مسافرات ار کر اب لوہے کے شیڈ میں بالکل اکیلی کھڑی ہے۔ یہ خلا جو اچانک سوگندھی کے اندر پیدا ہو گیا تھا، اسے بہت تکلیف دے رہا تھا۔ اس نے کافی دیر تک اس خلا کو بھرنے کی کوشش کی مگر بے سود۔ وہ ایک ہی وقت میں بے شمار خیالات اپنے دماغ میں ٹھونستی تھی۔ مگر بالکل چھلنی کا سا حساب تھا۔ اِدھر وہ دماغ کو پر کرتی تھی اُدھر وہ خالی ہو جاتا تھا۔ بہت دیر تک وہ بید کی کرسی پر بیٹھی رہی۔ سوچ بچار کے بعد بھی جب اس کو اپنا دل پر چانے کا کوئی طریقہ نہ ملا تو اس نے

اپنے خارش زدہ کتے کو گود میں اٹھایا اور سگوان کے چوڑے پلنگ پر اسے اپنے پہلو میں لٹاکر سوگئی۔''

کون ہے جو یہ تصویریں دیکھ کر لذت حاصل کرنے کے واسطے ان ویشیاؤں کے کوٹھے پر جائے گا۔ میری سلطانہ اور میری سوگندھی تنہائی میں دیکھنے والی تصویریں نہیں ہیں جن کے اشتہار آئے دن اخباروں میں چھپتے رہتے ہیں۔ وہ کوئی نیا جوڑدار آسن پیش نہیں کرتیں، وہ امساک کا کوئی خاندانی نسخہ نہیں بتاتیں، وہ کوئی لچھے دار آپ بیتی نہیں سناتیں کہ شہوانی جذبات ابھر آئیں۔

میرا زیرِ بحث افسانہ ''کالی شلوار،'' اگر آپ غور سے پڑھیں تو ذیل کی باتیں آپ کے ذہن میں آئیں گی۔

سلطانہ ایک معمولی ویشیا ہے۔ پہلے انبالے میں پیشہ کراتی تھی، بعد میں اپنے دوست خدا بخش کے کہنے پر دہلی چلی آئی۔ یہاں اس کا کاروبار نہ چلا۔

خدا بخش خدا پر بھروسا کرنے اور فقیروں کی کرامات پر ایمان لانے والا آدمی تھا۔

سلطانہ کا جب کاروبار نہ چلا تو وہ بہت افسردہ ہوئی۔ اس کی افسردگی میں اور اضافہ ہو گیا جب خدا بخش فقیروں کے پیچھے ماراما را پھرنے لگا۔

محرم سر پر آ گیا۔ سلطانہ کی دوسری سہیلیوں نے کالے کپڑے بنوالئے مگر وہ نہ بنوا سکی۔ اس لیے کہ اس کے پاس کچھ نہیں تھا۔

اس موقع پر شنکر آتا ہے۔ ایک آوارہ گرد۔ ذہانت، حاضر جوابی اور خوش گفتاری کے علاوہ اس کے پاس اس کے پاس بھی کچھ نہیں۔ وہ سلطانہ کے پاس آتا ہے اور اپنی ان خوبیوں کے معاوضے میں اس سے وہ جنس طلب کرتا ہے جسے وہ دام لے کر فروخت کرتی ہے۔ سلطانہ یہ سودا قبول نہیں کرتی۔

دوسری مرتبہ شنکر خود نہیں آتا بلکہ ادا اس سلطانہ اسے خود بلاتی ہے اور اسے اپنے ٹھہرے پانی جیسی زندگی میں ایک حادثے کی طرح قبول کر لیتی ہے۔ اس سے مل کر وہ خوش ہوتی ہے مگر یہ احساس اس کا پیچھا نہیں چھوڑتا کہ محرم کے لئے اس کے پاس ایک کالی شلوار کی کمی ہے۔ وہ شنکر سے کہتی ہے ''محرم آ رہا ہے میرے پاس اتنے پیسے نہیں کہ میں کالی شلوار بنوا سکوں۔ یہاں کے سارے دھڑے تو تم مجھ سے ہی سن چکے ہو۔ قمیص اور دوپٹہ میرے پاس موجود تھا جو میں نے آج رنگوانے کے لئے دے دیا ہے۔''

شنکر محرم کی پہلی تاریخ کو سلطانہ کے لئے ایک کالی شلوار لے کر آتا ہے۔۔۔ خدا بخش کا خدا اور خدا رسیدہ بزرگوں پر اعتقاد کام نہیں آتا لیکن شنکر کی ذہانت کام آتی ہے۔

یہ افسانہ پڑھ کر دل و دماغ پر کیا اثر ہوتا ہے؟ کیا اس کا پلاٹ یا اس کا اندازِ بیان لوگوں کو ویشیا کی طرف کھینچتا ہے؟ میں اس کے جواب میں کہوں گا ہرگز نہیں۔ اس لئے کہ اس مقصد کے لئے نہیں لکھا گیا۔ اگر اس کو پڑھ کر ایسا اثر پیدا نہیں ہوتا تو یہ افسانہ اخلاقیات سے گرا ہوا نہیں ہے، اگر یہ اخلاقیات سے گرا ہوا نہیں تو یہ افسانہ ایسا گیت نہیں جسے حظ اٹھانے کی خاطر لوگ گائیں اور بار بار گائیں۔ کوئی گراموفون کمپنی اس کے ریکارڈ نہیں بھرے گی۔ اس لئے کہ اس میں جذبات ابھارنے والے دادرے اور ٹھمریاں نہیں ہیں۔

''کالی شلوار''، جیسے افسانے تفریح کی خاطر نہیں لکھے جاتے۔ ان کو پڑھ کر شہوانی جذبات کی دال نہیں ٹپکنے لگتی۔۔۔ اس کو لکھ کے میں نے کوئی شرمناک فعل کا مرتکب نہیں ہوا۔ مجھے فخر ہے کہ میں اس کا مصنف ہوں۔ میں شکر کرتا ہوں کہ میں نے کوئی ایسی مثنوی نہیں لکھی، جس کے اشعار میں آپ کی خدمت میں نمونے کے طور پر پیش کرتا ہوں۔

ہاتھا پائی سے ہانپتے جانا

کھلتے جانے میں ڈھانپتے جانا

وہ ترا منہ سے منہ بھڑا دینا

وہ ترا جیب کا لڑا دینا

وہ ترا پیار سے لپٹ جانا

اور دل کھول کے چمٹ جانا

ہولے ہولے پکارنے لگنا

ڈھیلے ہاتھوں سے مارنے لگنا

منہ سے کچھ کچھ پڑے بکے جانا

چھوٹ جانے کے گوں تکے جانا

تھک کے کہنا خدا کے واسطے چھوڑ

نیند آئی ہے اب مجھے نہ جھنجوڑ

وہ ترا ڈھیلے چھوڑنا بے بس

وہ ترا سست ہو کے کہنا بس

بات باقی نہیں رہی اب تو

رات باقی نہیں رہی اب تو

کہیں تیری یہ بات نبڑے گی

یا یونہی ساری رات نبڑے گی

مجھ میں باقی کچھ اب تو بات نہیں

صبح بھی ہو چکی ہے رات نہیں

دیکھ اب آگے مار بیٹھوں گی

یا کسو کو پکار بیٹھوں گی

آدمی کی جو رتیج نکلے گی

منہ سے کیونکر نہ چیخ نکلے گی

کبھو پھر بھی تو کام ہووے گا

دیکھیو کون ساتھ سووے گا

—— (اقتباسات از مثنوی میر درد مطبوعہ انجمن ترقی اردو)

شکر ہے کہ میں نے اپنی پیاس اور بھوک کی خواہشاتِ نفسانی کو پر چانے کے لیے ایسے اشعار نہیں لکھے۔

لب سے لب مرے ملائے رکھنا

بازو سے وہ سر اٹھائے رکھنا

وہ سینے پہ لیٹ کے ستانا

مطلب کہ سخن پہ روٹھ جانا

وہ منہ میں زبان کی لذتیں ہائے

ظاہر حرکت سے رغبتیں ہائے

اپنا جو ہوا کچھ اور ارادہ

جی چاہا کہ اس سے بھی زیادہ

وہ ہاتھ کو رکھ کے جوش انکار

وا کرنے نہ دینا بندِ شلوار

وہ ہاتھ کو دم بدم جھٹکنا

وہ تکیے پر سر کو دے پٹکنا

آہستہ لگانی آہ لاتیں

حیلہ کی وہ کیسی کیسی باتیں

وہ ہاتھ کو زور سے چھڑانا

وہ ہو کے تنگ کاٹ کھانا

وہ نیچے پڑے ہی تلملانا

قابو سے تڑپ کے نکلے جانا

وہ چیں بجبیں ہو کے کہنا

کن بے کسوں سے رو کے کہنا

بس تم کو یہی شغل دن رات

اچھی نہیں لگتی مجھ کو یہ بات

بھرتا ہی نہیں ہے تیرا جی بس

کرتا ہی نہیں ہے تو کبھی بس

— (کلیاتِ مومن ۔۔ مثنوی دوم ۔۔ مطبوعہ نول کشور لکھنؤ)

عورت اور مرد کے جنسی رشتے کے متعلق اگر اس انداز میں کچھ کہا جائے تو اسے معیوب سمجھوں گا، اس لئے کہ یہ ہر بالغ شخص کو معلوم ہے۔ تنہائی میں جب مرد اور عورت ایک بستر پر اس غرض سے لیٹتے ہیں تو اسی قسم کی حیوانی حرکات کرتے ہیں، لیکن وہ ایسی خوبصورت نہیں ہوتیں جیسا کہ ان اشعار میں ظاہر کی گئی ہیں۔ ان کی حیوانیت کو شاعری کے پردے میں چھپا دیا گیا۔ یہ لکھنے والے کی شرارت ہے، جو یقیناً قابلِ گرفت ہے۔ اگر مرد اور عورت کے اس حیوانی فعل کی فلم بنا کر پردے پر پیش کی جائے تو مجھے یقین ہے کہ اس کو دیکھ کر تمام سلیم ال دماغ آدمی نفرت سے منہ پھیر لیں گے۔ لیکن جو اشعار میں نے اوپر نمونے کے طور پر پیش کئے ہیں، وہ اس حیوانی فعل کی

ایک غلط تصویر پیش کرتے ہیں۔

ایسی شاعری ''دماغی جلق'' ہے۔ لکھنے والوں اور پڑھنے والوں دونوں کے لئے اسے میں معیوب سمجھتا ہوں۔ میرے افسانے ''کالی شلوار'' میں ایسا کوئی عیب نہیں۔ میں نے اس میں کہیں بھی مرد اور عورت کے جنسی ملاپ کو لذیذ انداز میں پیش نہیں کیا۔ میری سلطانہ سے جو اپنے گاہک گوروں کو اپنی زبان میں گالیاں دیا کرتی تھی، اور ان کو الو کے پٹھے سمجھتی تھی، کس قسم کی لذت یا کس قسم کے حظ کی توقع کی جاسکتی ہے۔ وہ ایک دکاندار تھی، ٹھیٹھ قسم کی دکاندار۔ اگر ہم شراب کی دکان پر شراب کی بوتلیں لینے جائیں تو یہ توقع نہیں کریں گے کہ وہ عمر خیام بنا بیٹھا ہو گا۔ یا اس کو حافظ کا سارا دیوان ازبر یاد ہو گا۔ شراب کے ٹھیکے دار شربت بیچتے ہیں، عمر خیام کی رباعیاں اور حافظ شیرازی کے شعر نہیں بیچتے۔

میری سلطانہ عورت بعد میں ہے، ویشیا سب سے پہلے ہے کیونکہ انسان کی زندگی میں اس کا پیٹ سب سے زیادہ اہم ہے۔ شنکر اس سے پوچھتا ہے

''تم بھی کچھ نہ کچھ ضرور کرتی ہو گی؟''

سلطانہ جواب دیتی ہے

''جھک مارتی ہوں۔۔۔''

وہ یہ نہیں کہتی کہ میں گندم کا بیوپار کرتی ہوں یا سونے چاندی کی تجارت کرتی ہوں، اسے معلوم ہے کہ وہ کیا کرتی ہے۔ اگر کسی ٹائپسٹ سے پوچھا جائے کہ تم کیا کام کرتے ہو تو وہ یہی جواب دے گا

''ٹائپ کرتا ہوں۔''

میری سلطانہ اور ایک ٹائپسٹ میں زیادہ فرق نہیں ہے۔

جن افسانوں پر مقدمات ہوئے

دھواں

اس افسانے پر تقسیم سے پہلے ہندوستان میں بے حیائی کے الزام پر مقدمہ ہوا

۵۹ جب اسکول کی طرف روانہ ہوا تو اس نے راستے میں ایک قصائی دیکھا، جس کے سر پر ایک بہت بڑا ٹوکرا تھا۔ اس ٹوکرے میں دو تازہ ذبح کیے ہوئے بکرے تھے۔ کھالیں اتری ہوئی تھیں، اور ان کے ننگے گوشت میں سے دھواں اٹھ رہا تھا۔ جگہ جگہ پر یہ گوشت جس کو دیکھ کر مسعود کے ٹھنڈے گالوں پر گرمی کی لہریں سی دوڑ جاتی تھیں، پھڑک رہا تھا جیسے کبھی کبھی اس کی آنکھ پھڑکا کرتی تھی۔

اس وقت سوا نو بجے ہوں گے مگر جھکے ہوئے خاکستری بادلوں کے باعث ایسا معلوم ہوتا تھا کہ بہت سویرا ہے۔ سردی میں شدت نہیں تھی، لیکن راہ چلتے آدمیوں کے منہ سے گرم گرم سماوار کی ٹونٹیوں کی طرح گاڑھا سفید دھواں نکل رہا تھا۔ ہر شے بوجھل دکھائی دیتی تھی جیسے بادلوں کے وزن کے نیچے دبی ہوئی ہے۔ موسم کچھ ایسی ہی کیفیت کا حامل تھا جو ربڑ کے جوتے پہن کر چلنے سے پیدا ہوتی ہو۔ اس کے باوجود کہ بازار میں لوگوں کی آمد و رفت جاری تھی اور دکانوں میں زندگی کے آثار پیدا ہو چکے تھے؛ آوازیں مدھم تھیں، جیسے سرگوشیاں ہو رہی ہیں، چپکے چپکے، دھیرے دھیرے باتیں ہو رہی ہیں، ہولے ہولے لوگ قدم اٹھا رہے ہیں کہ زیادہ اونچی آواز پیدا نہ ہو۔

مسعود بغل میں بستہ دبائے اسکول جا رہا تھا۔ آج اس کی چال بھی سست تھی۔ جب اس نے بے کھال تازہ ذبح کیے ہوئے بکروں کے گوشت سے سفید سفید دھواں اٹھتا دیکھا تو اسے راحت محسوس ہوئی۔ اس دھوئیں نے اس کے ٹھنڈے ٹھنڈے گالوں پر گرم گرم لکیروں کا ایک جال سا بن دیا۔ اس گرمی نے اسے راحت پہنچائی اور وہ سوچنے لگا کہ سردیوں میں ٹھنڈے یخ ہاتھوں پر بید کھانے کے بعد اگر یہ دھواں مل جایا کرے تو کتنا اچھا ہو۔

فضا میں اجلا پن نہیں تھا۔ روشنی تھی مگر دھندلی۔ کہر کی ایک پتلی سی تہ ہر شے پر چڑھی ہوئی تھی جس سے فضا میں گدلا پن پیدا ہو گیا تھا۔ یہ گدلا پن آنکھوں کو اچھا معلوم ہوتا تھا اس لیے کہ نظر آنے والی چیزوں کی نوک پلک کچھ مدھم پڑ گئی تھی۔

مسعود جب اسکول پہنچا تو اسے اپنے ساتھیوں سے یہ معلوم کر کے قطعی طور پر خوشی نہ ہوئی کہ اسکول سکتر صاحب کی موت کے باعث بند کر دیا گیا ہے۔ سب لڑکے خوش تھے جس کا ثبوت یہ تھا کہ وہ اپنے بستے ایک جگہ پر رکھ کر اسکول کے صحن میں اوٹ پٹانگ کھیلوں میں مشغول تھے۔ کچھ چھٹی کا پتہ معلوم کرتے ہی گھر چلے گئے۔ کچھ آ رہے تھے اور کچھ نوٹس بورڈ کے پاس جمع تھے اور بار بار ایک ہی عبارت پڑھ رہے تھے۔

مسعود نے جب سنا کہ سکتر صاحب مر گئے ہیں تو اسے بالکل افسوس نہ ہوا۔ اس کا دل جذبات سے بالکل خالی تھا۔ البتہ اس نے یہ ضرور سوچا کہ پچھلے برس جب اس کے دادا جان کا انتقال ان ہی دنوں میں ہوا تو ان کا جنازہ لے جانے میں بڑی دقت ہوئی تھی اس لیے کہ بارش شروع ہو گئی تھی۔ وہ بھی جنازے کے ساتھ گیا تھا اور قبرستان میں چکنی کیچڑ کے باعث ایسا پھسلا تھا کہ کھدی ہوئی قبر میں گرتے گرتے بچا تھا۔ یہ سب باتیں اس کو اچھی طرح یاد تھیں۔ سردی کی شدت، اس کے کیچڑ سے لت پت کپڑے، سرخی مائل نیلے ہاتھ جن کو دبانے سے سفید سفید دھبے پڑ جاتے تھے، ناک جو کہ برف کی ڈلی معلوم ہوتی تھی اور پھر آ کر ہاتھ پاؤں دھونے اور کپڑے بدلنے کا مرحلہ ۔۔۔۔ یہ سب کچھ اس کو اچھی طرح یاد تھا۔ چنانچہ جب اس نے سکتر صاحب کی موت کی خبر سنی تو اسے یہ بیتی ہوئی باتیں یاد آ گئیں اور اس نے سوچا، جب سکتر صاحب کا جنازہ اٹھے گا تو بارش شروع ہو جائے گی اور قبرستان میں اتنی کیچڑ ہو جائے گی کہ کئی لوگ پھسلیں گے اور ان کو ایسی چوٹیں آئیں گی کہ بلبلا اٹھیں گے۔

مسعود نے یہ خبر سن کر سیدھا اپنی کلاس کا رخ کیا۔ کمرے میں پہنچ کر اس نے اپنے ڈسک کا تالا کھولا۔ دو تین کتابیں جو کہ اسے دوسرے روز پھر لانا تھیں، اس میں رکھیں اور باقی بستہ اٹھا کر گھر کی جانب چل پڑا۔

راستے میں اس نے پھر وہی دو تازہ ذبح کیے ہوئے بکرے دیکھے۔ ان میں سے ایک کو اب قصائی نے لٹکا دیا تھا دوسرا تختے پر پڑا تھا۔ جب مسعود دکان پر سے گزرا تو اس کے دل میں خواہش پیدا ہوئی کہ وہ گوشت کو جس میں سے دھواں اٹھ رہا تھا، چھو کر دیکھے۔ چنانچہ آگے بڑھ کر اس نے انگلی سے بکرے کے اس حصے کو چھو کر دیکھا جو ابھی تک پھڑک رہا تھا۔ گوشت گرم تھا۔ مسعود کی ٹھنڈی انگلی کو یہ حرارت بہت بھلی معلوم ہوئی۔ قصائی دکان کے اندر چھریاں تیز کرنے میں مصروف تھا۔ چنانچہ مسعود نے ایک بار پھر گوشت کو چھو کر دیکھا اور وہاں سے چل پڑا۔ گھر پہنچ کر اس نے جب اپنی ماں کو سکتر صاحب کی موت کی خبر سنائی تو اسے معلوم ہوا کہ اس کے اباجی انہی کے

جنازے کے ساتھ گئے ہیں۔اب گھر میں صرف دو آدمی تھے۔ماں اور بڑی بہن۔ماں باورچی خانہ میں بیٹھی سالن پکا رہی تھی اور بڑی بہن کلثوم پاس ہی ایک کانگڑی لیے درباری کی سرگم یاد کر رہی تھی۔

چونکہ گلی کے دوسرے لڑکے گورنمنٹ اسکول میں پڑھتے تھے جس پر اسلامیہ اسکول کے سکتر کی موت کا کچھ اثر نہیں پڑا تھا۔اس لیے مسعود نے خود کو بالکل بے کار محسوس کیا۔اسکول کا کوئی کام بھی نہیں تھا۔چھٹی جماعت میں جو کچھ پڑھایا جاتا ہے وہ گھر میں اپنے اباجی سے پڑھ چکا تھا۔کھیلنے کے لیے بھی اس کے پاس کوئی چیز نہ تھی۔ ایک میلا کچیلا تاش طاق میں پڑا تھا مگر اس سے مسعود کو کوئی دلچسپی نہیں تھی۔لوڈو اور اسی قسم کے دوسرے کھیل جو اس کی بڑی بہن اپنی سہیلیوں کے ساتھ ہر روز کھیلتی تھی اس کی سمجھ سے بالاتر تھے۔سمجھ سے بالاتر یوں تھے کہ مسعود نے کبھی ان کو سمجھنے کی کوشش ہی نہیں کی تھی۔اس کو فطرتاً ایسے کھیلوں سے کوئی لگاؤ نہیں تھا۔

بستہ اپنی جگہ پر رکھنے اور کوٹ اتارنے کے بعد وہ باورچی خانے میں اپنی ماں کے پاس بیٹھ گیا اور درباری کی سرگم سنتار ہا جس میں کئی دفعہ سارے گاما آتا تھا۔اس کی ماں پالک کاٹ رہی تھی۔پالک کاٹنے کے بعد اس نے سبز پتوں کا گیلا گیلا ڈھیر اٹھا کر ہنڈیا میں ڈال دیا۔تھوڑی دیر کے بعد جب پالک کو آنچ لگی تو اس میں سے سفید سفید دھواں اٹھنے لگا۔اس دھوئیں کو دیکھ کر مسعود کو بکرے کا گوشت یاد آ گیا۔چنانچہ اس نے اپنی ماں سے کہا،

"می جان، آج میں نے قصائی کی دکان پر دو بکرے دیکھے۔کھال اتری ہوئی تھی اور ان میں سے دھواں نکل رہا تھا بالکل ایسے ہی جیسا کہ صبح سویرے میرے منہ سے نکلا کرتا ہے۔"

"اچھا۔۔۔!"

یہ کہہ کر اس کی ماں چولھے میں لکڑیوں کے کوئلے جھاڑنے لگی۔

"ہاں اور میں نے گوشت کو اپنی انگلی سے چھو کر دیکھا تو وہ گرم تھا۔"

"اچھا۔۔۔!"

یہ کہہ کر اس کی ماں نے وہ برتن اٹھایا جس میں اس نے پالک کا ساگ دھویا تھا اور باورچی خانہ سے باہر چلی گئی۔

"اور یہ گوشت کئی جگہ پر پھڑکتا بھی تھا۔"

"اچھا۔۔۔"

مسعود کی بڑی بہن نے درباری سرگم یاد کرنا چھوڑ دی اور اس کی طرف متوجہ ہوئی۔

"کیسے پھڑکتا تھا؟"

"یوں۔۔۔یوں۔"

مسعود نے انگلیوں سے پھر کن پیدا کر کے اپنی بہن کو دکھائی۔

"تو پھر کیا ہوا؟"

یہ سوال کلثوم نے اپنے سرِ غم بھرے دماغ سے کچھ اس طور پر نکالا کہ مسعود ایک لحظے کے لیے بالکل خالی الذہن ہو گیا۔

"پھر کیا ہونا تھا، میں نے تو ایسے ہی آپ سے بات کی تھی کہ قصائی کی دکان پر گوشت پھڑک رہا تھا۔ میں نے انگلی سے چھو کر بھی دیکھا تھا۔ گرم تھا۔"

"گرم تھا۔۔۔ اچھا مسعود یہ بتاؤ تم میرا ایک کام کرو گے۔"

"بتائیے۔"

"آؤ، میرے ساتھ آؤ۔"

"نہیں آپ پہلے بتائیے۔ کام کیا ہے۔"

"تم آؤ تو سہی میرے ساتھ۔"

"جی نہیں۔۔۔ آپ پہلے کام بتائیے۔"

"دیکھو میری کمر میں بڑا درد ہو رہا ہے۔۔۔ میں پلنگ پر لیٹتی ہوں، تم ذرا پاؤں سے دبا دینا۔۔۔ اچھے بھائی جو ہوئے۔ اللہ کی قسم بڑا درد ہو رہا ہے۔"

یہ کہہ کر مسعود کی بہن نے اپنی کمر پر مکیاں مارنا شروع کر دیں۔

"یہ آپ کی کمر کو کیا ہو جاتا ہے۔ جب دیکھو درد ہو رہا ہے، اور پھر آپ دبواتی بھی مجھی سے ہیں، کیوں نہیں اپنی سہیلیوں سے کہتیں۔"

مسعود اٹھ کھڑا ہوا۔

"چلیے، لیکن یہ آپ سے کہے دیتا ہوں کہ دس منٹ سے زیادہ میں بالکل نہیں دباؤں گا۔"

"شاباش۔۔۔ شاباش۔"

اس کی بہن اٹھ کھڑی ہوئی اور سرگموں کی کاپی سامنے طاق میں رکھ کر اس کمرے کی طرف روانہ ہوئی جہاں وہ اور مسعود دونوں سوتے تھے۔ صحن میں پہنچ کر اس نے اپنی دکھتی ہوئی کمر سیدھی کی اور اوپر آسمان کی طرف دیکھا۔ میلے بادل جھکے ہوئے تھے۔

"مسعود، آج ضرور بارش ہو گی۔"

یہ کہہ کر اس نے مسعود کی طرف دیکھا مگر وہ اندر اپنی چارپائی پر لیٹا تھا۔

جب کلثوم اپنے پلنگ پر اوندھے منہ لیٹ گئی تو مسعود نے اٹھ کر گھڑی میں وقت دیکھا۔

’’دیکھیے باجی گیارہ بجنے میں دس منٹ باقی ہیں۔ میں پورے گیارہ بجے آپ کی کمر دابنا چھوڑ دوں گا۔‘‘

’’بہت اچھا، لیکن تم اب خدا کے لیے زیادہ نخرے نہ بگھارو۔ ادھر میرے پلنگ پر آ کر جلدی کمر دابو ورنہ یاد رکھو بڑے زور سے کان اینٹھوں گی۔‘‘

کلثوم نے مسعود کو ڈانٹ پلائی۔ مسعود نے اپنی بڑی بہن کے حکم کی تعمیل کی اور دیوار کا سہارا لے کر پاؤں سے اس کی کمر دابنا شروع کر دی۔ مسعود کے وزن کے نیچے کلثوم کی چوڑی چکلی کمر میں خفیف سا جھکاؤ پیدا ہو گیا۔ جب اس نے پیروں سے دبانا شروع کیا، ٹھیک اسی طرح جس طرح مزدور مٹی گوندھتے ہیں تو کلثوم نے مزا لینے کی خاطر ہولے ہولے ہائے ہائے کرنا شروع کیا۔

کلثوم کے کولہوں پر گوشت زیادہ تھا، جب مسعود کا پاؤں اس حصے پر پڑتا تو اسے ایسا محسوس ہوا کہ وہ اس بکرے کے گوشت کو دبا رہا ہے جو اس نے قصائی کی دکان میں اپنی انگلی سے چھو کر دیکھا تھا۔ اس احساس نے چند لمحات کے لیے اس کے دل و دماغ میں ایسے خیالات پیدا کیے جن کا کوئی سرتہ نہ پیر، وہ ان کا مطلب نہ سمجھ سکا اور سمجھتا بھی کیسے جب کہ کوئی خیال مکمل نہیں تھا۔

ایک دو بار مسعود نے یہ بھی محسوس کیا کہ اس کے پیروں کے نیچے گوشت کے لوتھڑوں میں حرکت پیدا ہوئی ہے، اسی قسم کی حرکت جو اس نے بکرے کے گرم گرم گوشت میں دیکھی تھی۔ اس نے بڑی بددلی سے کمر دابنا شروع کی تھی مگر اب اسے اس کام میں لذت محسوس ہونے لگی۔ اس کے وزن کے نیچے کلثوم ہولے ہولے کراہ رہی تھی۔ یہ بھنچی بھنچی آواز جو کہ مسعود کے پیروں کی حرکت کا ساتھ دے رہی تھی اس گم نام سی لذت میں اضافہ کر رہی تھی۔ ٹائم پیس میں گیارہ بج گئے مگر مسعود اپنی بہن کلثوم کی کمر دبا تا رہا۔ جب کمر اچھی طرح دبائی جا چکی تو کلثوم سیدھی لیٹ گئی اور کہنے لگی۔

’’شاباش مسعود، شاباش۔ لو اب لگے ہاتھوں ٹانگیں بھی دبا دو، بالکل اسی طرح۔۔۔شاباش میرے بھائی۔‘‘

مسعود نے دیوار کا سہارا لے کر کلثوم کی رانوں پر جب اپنا پورا وزن ڈالا تو اس کے نیچے مچھلیاں سی تڑپ گئیں۔ بے اختیار وہ ہنس پڑی اور دوہری ہو گئی۔ مسعود گرتے گرتے بچا، لیکن اس کے تلووں میں مچھلیوں کی وہ تڑپ منجمد سی ہو گئی۔ اس کے دل میں خواہش پیدا ہوئی کہ وہ پھر اسی طرح دیوار کا سہارا لے کر اپنی بہن کی رانیں دبائے، چنانچہ اس نے کہا

"یہ آپ نے ہنسنا کیوں شروع کر دیا۔ سیدھی لیٹ جائیے۔ میں آپ کی ٹانگیں دبادوں۔"

کلثوم سیدھی لیٹ گئی۔ رانوں کی مچھلیاں ادھر ادھر ہونے کے باعث جو گدگدی پیدا ہوئی تھی اس کا اثر ابھی تک اس کے جسم میں باقی تھا۔

"نا بھائی میرے گدگدی ہوتی ہے۔ تم اوٹ پٹانگ طریقے سے دباتے ہو۔"

مسعود نے خیال کیا کہ شاید اس نے غلط طریقہ استعمال کیا ہے۔ "نہیں، اب کی دفعہ میں پورا بوجھ آپ پر نہیں ڈالوں گا۔۔۔ آپ اطمینان رکھیے۔ اب ایسی اچھی طرح دباؤں گا کہ آپ کو کوئی تکلیف نہ ہوگی۔"

دیوار کا سہارا لے کر مسعود نے اپنے جسم کو تولا اور اس انداز سے آہستہ آہستہ کلثوم کی رانوں پر اپنے پیر جمائے کہ اس کا آدھا بوجھ کہیں غائب ہو گیا۔ ہولے ہولے بڑی ہوشیاری سے اس نے اپنے پیر چلانے شروع کیے۔ کلثوم کی رانوں میں اکڑی ہوئی مچھلیاں اس کے پیروں کے نیچے دب دب کر ادھر ادھر پھسلنے لگیں۔ مسعود نے ایک بار اسکول میں تنے ہوئے رسے پر ایک بازیگر کو چلتے دیکھا تھا۔ اس نے سوچا کہ بازیگر کے پیروں کے نیچے تنا ہوا رسا اسی طرح پھسلتا ہوگا۔

اس سے پہلے کئی بار اس نے اپنی بہن کلثوم کی ٹانگیں دبائی تھیں مگر وہ لذت جو کہ اسے اب محسوس ہو رہی تھی پہلے کبھی محسوس نہیں ہوئی تھی۔ بکرے کے گرم گرم گوشت کا اسے بار بار خیال آتا تھا۔ ایک دو مرتبہ اس نے سوچا "کلثوم کو اگر ذبح کر دیا جائے تو کھال اتر جانے پر کیا اس کے گوشت میں سے بھی دھواں نکلے گا؟"

لیکن ایسی بے ہودہ باتیں سوچنے پر اس نے اپنے آپ کو مجرم محسوس کیا اور دماغ کو اس طرح صاف کر دیا جیسے وہ سلیٹ کو اسفنج سے صاف کیا کرتا تھا۔

"بس بس۔"

کلثوم تھک گئی۔

"بس بس۔"

مسعود کو ایک دم شرارت سوجھی۔ وہ پلنگ پر سے نیچے اترنے لگا تو اس نے کلثوم کی دونوں بغلوں میں گدگدی کرنا شروع کر دی۔ ہنسی کے مارے وہ لوٹ پوٹ ہو گئی۔ اس میں اتنی سکت نہیں تھی کہ وہ مسعود کے ہاتھوں کو پرے جھٹک دے۔ لیکن جب اس نے ارادہ کر کے اس کے لات جمانی چاہی تو مسعود اچھل کر زد سے باہر ہو گیا اور سلیپر پہن کر کمرے سے نکل گیا۔

جب وہ صحن میں داخل ہوا تو اس نے دیکھا کہ ہلکی ہلکی بوندا باندی ہو رہی ہے۔ بادل اور بھی جھک کر آئے تھے۔ پانی

کے ننھے ننھے قطرے آواز پیدا کیے بغیر صحن کی اینٹوں میں آہستہ آہستہ جذب ہو رہے تھے۔ مسعود کا جسم ایک دل نواز حرارت محسوس کر رہا تھا۔ جب ہوا کا ٹھنڈا ٹھنڈا جھونکا اس کے گالوں کے ساتھ مس ہوا اور دو تین ننھی ننھی بوندیں اس کی ناک پر پڑیں تو ایک جھری جھری سی اس کے بدن میں لہرا اٹھی۔ سامنے کوٹھے کی دیوار پر ایک کبوتر اور کبوتری پاس پاس پر پھلائے بیٹھے تھے، ایسا معلوم ہوتا تھا کہ دونوں دم پخت کی ہوئی ہنڈیا کی طرح گرم ہیں۔ گل داؤدی اور نیاز بو کے ہرے ہرے پتے اور پر لال لال گملوں میں نہار ہے تھے۔ فضا میں نیندیں کھلی ہوئی تھیں۔ ایسی نیندیں جن میں بیداری زیادہ ہوتی ہے اور انسان کے ارد گرد نرم نرم خواب یوں لپٹ جاتے ہیں جیسے اونی کپڑے۔

مسعود ایسی باتیں سوچنے لگا۔ جن کا مطلب اس کی سمجھ میں نہیں آتا تھا۔ وہ ان باتوں کو چھو کر دیکھ سکتا تھا مگر ان کا مطلب اس کی گرفت سے باہر تھا، پھر بھی ایک گم نام سامزا اس سوچ بچار میں اسے آ رہا تھا۔

بارش میں کچھ دیر کھڑے رہنے کے باعث جب مسعود کے ہاتھ بالکل یخ ہو گئے اور دبانے سے ان پر سفید دھبے پڑنے لگے تو اس نے مٹھیاں کس لیں اور ان کو منہ کی بھاپ سے گرم کرنا شروع کیا۔ ہاتھوں کو اس عمل سے کچھ گرمی تو پہنچی مگر وہ نم آلود ہو گئے۔ چنانچہ آگ تاپنے کے لیے وہ باورچی خانہ میں چلا گیا۔ کھانا تیار تھا، ابھی اس نے پہلا لقمہ ہی اٹھایا تھا کہ اس کا باپ قبرستان سے واپس آ گیا۔

باپ بیٹے میں کوئی بات نہ ہوئی۔ مسعود کی ماں اٹھ کر فوراً دوسرے کمرے میں چلی گئی اور وہاں دیر تک اپنے خاوند کے ساتھ باتیں کرتی رہی۔

کھانے سے فارغ ہو کر مسعود بیٹھک میں چلا گیا اور کھڑکی کھول کر فرش پر لیٹ گیا۔ بارش کی وجہ سے سردی کی شدت بڑھ گئی تھی کیوں کہ اب ہوا بھی چل رہی تھی، مگر یہ سردی ناخوشگوار معلوم نہیں ہوتی تھی۔ تالاب کے پانی کی طرح یہ اوپر ٹھنڈی اور اندر گرم تھی۔

مسعود جب فرش پر لیٹا تو اس کے دل میں خواہش پیدا ہوئی کہ وہ اس سردی کے اندر دھنس جائے جہاں اس کے جسم کو راحت انگیز گرمی پہنچے۔ دیر تک وہ ایسی شیر گرم باتوں کے متعلق سوچتا رہا جس کے باعث اس کے پٹھوں میں ہلکی ہلکی سی دکھن پیدا ہو گئی۔ ایک دو بار اس نے انگڑائی لی تو اسے مزا آیا۔ اس کے جسم کے کسی حصے میں، یہ اس کو معلوم نہیں تھا کہ کہاں، کوئی چیز اٹک سی گئی تھی، یہ چیز کیا تھی۔ اس کے متعلق بھی مسعود کو علم نہیں تھا۔ البتہ اس اٹکاؤ نے اس کے سارے جسم میں اضطراب، ایک دبے ہوئے اضطراب کی کیفیت پیدا کر دی تھی۔ اس کا سارا جسم کھنچ کر لمبا ہو جانے کا ارادہ بن گیا تھا۔

دیر تک گدے گدے قالین پر کروٹیں بدلنے کے بعد وہ اٹھا اور باورچی خانہ سے ہوتا ہوا صحن میں آ نکلا۔ نہ کوئی باورچی

خانہ میں تھااور نہ صحن میں۔ادھر ادھر جتنے کمرے تھے سب کے سب بند تھے۔بارش اب رک گئی تھی۔مسعود نے ہاکی اور گیند نکالی اور صحن میں کھیلنا شروع کر دیا۔ایک بار جب اس نے زور سے ہٹ لگائی تو گیند صحن کے دائیں ہاتھ والے کمرے کے دروازے پر لگی۔اندر سے مسعود کے باپ کی آواز آئی

‘‘کون؟’’

‘‘جی میں ہوں مسعود!’’

اندر سے آواز آئی

‘‘کیا کر رہے ہو؟’’

‘‘جی کھیل رہا ہوں۔’’

‘‘ کھیلو۔۔۔’’

پھر تھوڑے سے توقف کے بعداس کے باپ نے کہا

‘‘تمہاری ماں میرا سر دبا رہی ہے۔۔۔زیادہ شور نہ مچانا۔’’

یہ سن کر مسعود نے گیند وہیں پڑی رہنے دی اور ہاکی ہاتھ میں لیے سامنے والے کمرے کا رخ کیا۔اس کا ایک دروازہ بند تھااور دوسرا نیم وا۔۔۔مسعود کو ایک شرارت سوجھی۔دبے پاؤں وہ نیم وا دروازے کی طرف بڑھااور دھماکے کے ساتھ دونوں پٹ کھول دیے۔دو چیخیں بلند ہوئیں اور کلثوم اور اس کی سہیلی بملا نے جو کہ پاس پاس لیٹی تھی، خوف زدہ ہو کر جھٹ سے لحاف اوڑھ لیا۔

بملا کے بلاؤز کے بٹن کھلے ہوئے تھے اور کلثوم اس کے عریاں سینے کو گھور رہی تھی۔

مسعود کچھ سمجھ نہ سکا،اس کے دماغ میں دھواں ساچھا گیا۔وہاں سے الٹے قدم لوٹ کر وہ بیٹھک کی طرف روانہ ہوا تو اسے معاً اپنے اندر ایک انتھاہ طاقت کا احساس ہوا جس نے کچھ دیر کے لیے اس کی سوچنے سمجھنے کی قوت بالکل کمزور کر دی۔بیٹھک میں کھٹر کی کے پاس بیٹھ کر جب مسعود نے ہاکی کو دونوں ہاتھوں سے پکڑ کر گھٹنے پر رکھا تو یہ سوچا کہ ہلکا سا باؤ ڈالنے پر ہاکی میں خم پیدا ہو جائے گا،اور زیادہ زور لگانے پر ہینڈل چٹاخ سے ٹوٹ جائے گا۔

اس نے گھٹنے پر ہاکی کے ہینڈل میں خم تو پیدا کر لیا مگر زیادہ سے زیادہ زور لگانے پر بھی وہ نہ ٹوٹ سکا۔دیر تک وہ ہاکی کے ساتھ کشتی لڑتا رہا۔جب وہ تھک کر ہار گیا تو جھنجلا کر اس نے ہاکی پرے پھینک دی۔

بُو

اس افسانے پر تقسیم سے پہلے ہندوستان میں بے حیائی کے الزام پر مقدمہ ہوا

برسات کے یہی دن تھے۔ کھڑکی کے باہر پیپل کے پتے اسی طرح نہار ہے تھے۔ ساگوان کے اس اسپرنگ دار پلنگ پر، جو اب کھڑکی کے پاس سے تھوڑا ادھر سرکا دیا گیا تھا، ایک گھاٹن لونڈیا رندھیر کے ساتھ چمٹی ہوئی تھی۔

کھڑکی کے پاس باہر پیپل کے نہائے ہوئے پتے رات کے دو دھیالے اندھیرے میں جھمکوں کی طرح تھرتھرا رہے تھے۔۔۔ اور شام کے وقت جب دن بھر ایک انگریزی اخبار کی ساری خبریں اور اشتہار پڑھنے کے بعد، جب وہ بالکنی میں ذرا تفریح کی خاطر آ کھڑا ہوا تھا تو اس نے اس گھاٹن لڑکی کو، جو ساتھ والے رسیوں کے کارخانے میں کام کرتی تھی اور بارش سے بچنے کے لیے املی کے پیڑ کے نیچے کھڑی تھی، کھانس کھانس کر اپنی طرف متوجہ کر لیا تھا اور اس کے بعد ہاتھ کے اشارے سے اوپر بلا لیا تھا۔

وہ کئی دن سے شدید قسم کی تنہائی محسوس کر رہا تھا۔ جنگ کے باعث بمبئی کی تقریباً تمام کرسچین چھوکریاں جو سستے داموں مل جایا کرتی تھیں، عورتوں کی اگزلری فورس Auxilliary Force میں بھرتی ہو گئی تھیں، ان میں سے کئی ایک نے فورٹ کے علاقے میں ڈانس اسکول کھول لیے تھے جہاں صرف فوجی گوروں کو جانے کی اجازت تھی۔۔۔ رندھیر بہت اداس ہو گیا تھا۔

اس کی اداسی کی ایک وجہ تو یہ تھی کہ کرسچین چھوکریاں نایاب ہو گئی تھیں۔ دوسری وجہ یہ بھی تھی کہ فوجی گوروں کے مقابلے میں کہیں زیادہ مہذب، تعلیم یافتہ، صحت مند اور خوبصورت تھا، صرف اس لیے اس پر قہوہ خانوں کے

دروازے بند کر دیے گئے تھے کہ اس کی چٹری سفید نہیں تھی۔

جنگ سے پہلے رندھیر ناگپاڑہ اور تاج ہوٹل کی کئی مشہور و معروف کرسچین لڑکیوں سے جسمانی تعلقات قائم کر چکا تھا۔ اسے بخوبی علم تھا کہ اس قسم کے تعلقات کی کرسچین لڑکوں کے مقابلے میں کہیں زیادہ معلومات رکھتا تھا جن سے لڑکیاں فیشن کے طور پر رومانس لڑاتی ہیں اور بعد میں کسی چغد سے شادی کر لیتی ہیں۔

رندھیر نے محض دل ہی دل میں ہی ہیزل سے بدلہ لینے کی خاطر اس گھاٹن لڑکی کو اشارے سے اوپر بلایا تھا۔ ہیزل اس کے فلیٹ کے نیچے رہتی تھی اور ہر روز صبح وردی پہن کر کٹے ہوئے بالوں پر خاکی رنگ کی ٹوپی ترچھے زاویے سے جما کر باہر نکلتی تھی اور اس انداز سے چلتی تھی گویا فٹ پاتھ پر تمام جاننے والے اس کے قدموں کے آگے ٹاٹ کی طرح بچھتے چلے جائیں گے۔

رندھیر نے سوچا تھا کہ آخر کیوں وہ ان کرسچین چھوکریوں کی طرف اتنا زیادہ راغب ہے۔ اس میں کوئی شک نہیں کہ وہ اپنے جسم کی تمام قابلِ نمائش چیزوں کی اچھی طرح نمائش کرتی ہیں۔ کسی قسم کی جھجک محسوس کیے بغیر اپنے ایام کی بے ترتیبی کا ذکر کر دیتی ہیں۔ اپنے پرانے معاشقوں کا حال سناتی ہیں۔۔۔ جب ڈانس کی دھن سنتی ہیں تو اپنی ٹانگیں تھرکانا شروع کر دیتی ہیں۔ یہ سب ٹھیک ہے لیکن کوئی بھی عورت ان تمام خوبیوں کی حامل ہو سکتی ہے۔

رندھیر نے جب گھاٹن لڑکی کو اشارے سے اوپر بلایا تو اسے کسی طرح بھی اس بات کا یقین نہیں تھا کہ وہ اسے اپنے ساتھ سلائے گا لیکن تھوڑی ہی دیر کے بعد اس نے اس کے بھیگے ہوئے کپڑے دیکھ کر یہ خیال کیا تھا کہیں ایسا نہ ہو کہ بیچاری کو نمونیا ہو جائے تو رندھیر نے اس سے کہا تھا

''یہ کپڑے اتار دو۔ سردی لگ جائے گی''۔

وہ رندھیر کی اس بات کا مطلب سمجھ گئی تھی کیوں کہ اس کی آنکھوں میں شرم کے لال ڈورے تیر گئے تھے لیکن بعد میں جب رندھیر نے اسے اپنی دھوتی نکال کر دی تو اس نے کچھ دیر سوچ کر اپنا کاشٹا کھولا جس پر میل بھگنے کی وجہ سے اور بھی نمایاں ہو گیا تھا۔۔۔ کاشٹا کھول کر اس نے ایک طرف رکھ دیا اور جلدی سے دھوتی اپنی رانوں پر ڈال لی۔ پھر اس نے اپنی پھنسی پھنسی چولی اتارنے کی کوشش کی جس کے دونوں کناروں کو ملا کر اس نے ایک گانٹھ دے رکھی تھی۔ وہ گانٹھ اس کے تندرست سینے کے ننھے میلے گڑھے میں جذب سی ہو گئی تھی۔

دیر تک وہ اپنے گھسے ہوئے ناخنوں کی مدد سے چولی کی گانٹھ کھولنے کی کوشش کرتی رہی جو بھگنے کی وجہ سے بہت زیادہ مضبوط ہو گئی تھی۔ جب تھک ہار کر بیٹھ گئی تو اس نے مراٹھی زبان میں رندھیر سے کچھ کہا جس کا مطلب یہ تھا

''میں کیا کروں۔۔۔ نہیں کھلتی۔''

رندھیر اس کے پاس بیٹھ گیا اور گرہ کھولنے لگا۔ تھک ہار کر اس نے ایک ہاتھ میں چولی کا ایک سرا پکڑا، دوسرے ہاتھ میں دوسرا۔ اور زور سے کھینچا، گرہ ایک دم پھسلی، رندھیر کے ہاتھ زور میں ادھر ادھر ہٹے، اور رد و دھڑکتی ہوئی چھاتیاں نمودار ہوئیں۔

لمحہ بھر کے لیے رندھیر نے سوچا کہ اس کے اپنے ہاتھوں نے اس گھاٹن لڑکی کے سینے پر، نرم نرم گندھی ہوئی مٹی کو ماہر کمہار کی طرح دو پیالوں کی شکل بنا دی ہے۔

اس کی صحت مند چھاتیوں میں وہی گدراہٹ، وہی جاذبیت، وہی طراوت، وہی گرم گرم ٹھنڈ کتھی جو کمہار کے ہاتھوں سے نکلے ہوئے تازہ تازہ کچے برتنوں میں ہوتی ہے۔

مٹمیلے رنگ کی ان جوان چھاتیوں میں جو بالکل بے داغ تھیں، ایک عجیب قسم کی چمک محلول تھی، سیاہی مائل گندمی رنگ کے نیچے دھندلی روشنی کی ایک تہہ سی تھی جس نے ایک عجیب و غریب قسم کی چمک پیدا کر دی تھی جو چمک ہوتے ہوئے بھی چمک نہیں تھی۔ اس کے سینے پر چھاتیوں کے یہ ابھار ایسے دیے معلوم ہوتے تھے جو تالاب کے گدلے پانی پر جل رہے ہوں۔

برسات کے یہی دن تھے۔ کھڑکی کے باہر پیپل کے پتے اسی طرح کپکپا رہے تھے۔ لڑکی کے دونوں کپڑے جو پانی میں شرابور ہو چکے تھے ایک غلیظ ڈھیری کی شکل میں فرش پر پڑے تھے اور وہ رندھیر کے ساتھ چمٹی ہوئی تھی۔ اس کے ننگے اور میلے بدن کی گرمی رندھیر کے جسم میں وہ کیفیت پیدا کر رہی تھی جو سخت سردیوں میں نائیوں کے غلیظ گرم حمام میں نہاتے وقت محسوس ہوا کرتی ہے۔

ساری رات وہ رندھیر کے ساتھ چمٹی رہی۔۔۔ دونوں جیسے ایک دوسرے کے مدغم ہو گئے تھے۔ انھوں نے بہ مشکل ایک دو باتیں کی ہوں گی۔ کیوں کہ جو کچھ انہیں کہنا تھا، سانسوں، ہونٹوں اور ہاتھوں سے طے ہو رہا تھا۔ رندھیر کے ہاتھ ساری رات اس کی چھاتیوں پر ہوائی لمس کی طرح پھرتے رہے۔ چھوٹی چھوٹی چوچیاں اور وہ موٹے موٹے مسام جو چاروں طرف ایک سیاہ دائرے کی شکل میں پھیلے ہوئے تھے، اس ہوائی لمس سے جاگ اٹھتے اور اس گھاٹن لڑکی کے سارے جسم میں ایسا ارتعاش پیدا ہو جاتا کہ رندھیر خود بھی ایک لحظے کے لیے کپکپا اٹھتا۔

ایسی کپکپاہٹوں سے رندھیر کا سیکڑوں بار واسطہ پڑ چکا تھا۔ وہ ان کو بخوبی جانتا تھا۔ کئی لڑکیوں کے نرم و ناز ک اور سخت سینوں سے اپنا سینہ ملا کر کئی راتیں گزار چکا تھا۔ وہ ایسی لڑکیوں کے ساتھ بھی رہ چکا تھا جو بالکل اس کے ساتھ لپٹ کر گھر کی وہ ساری باتیں سنا دیا کرتی تھیں جو کسی غیر کے لیے نہیں ہوتیں۔ وہ ایسی لڑکیوں سے بھی جسمانی تعلق قائم کر چکا تھا جو ساری مشقت کرتی تھیں اور اسے کوئی تکلیف نہیں دیتی تھیں۔۔۔ لیکن یہ گھاٹن لڑکی جو پیڑ کے

نیچے بھیگی ہوئی کھڑی تھی اور جسے اس نے اشارے سے اوپر بلالیا تھا، مختلف تھی۔

ساری رات رندھیر کو اس کے جسم سے ایک عجیب قسم کی بو آتی رہی تھی۔ اس بو کو جو بیک وقت خوشبو بھی تھی اور بدبو بھی۔۔۔وہ تمام رات پیتا رہا تھا۔ اس کی بغلوں سے، اس کی چھاتیوں سے، اس کے بالوں سے، اس کے پیٹ سے، ہر جگہ سے، یہ جو بدبو بھی تھی اور خوشبو بھی، رندھیر کے ہر سانس میں موجود تھی۔ تمام رات وہ سوچتا رہا تھا کہ یہ گھاٹن لڑکی بالکل قریب ہونے پر بھی ہرگز ہرگز اتنی زیادہ قریب نہ ہوتی اگر اس کے جسم سے یہ بو نہ اڑتی۔۔۔۔ یہ بو جو اس کے دل و دماغ کی ہر سلوٹ میں رینگ رہی تھی۔ اس کے تمام پرانے اور نئے خیالوں میں رچ گئی تھی۔ اس بو نے اس لڑکی کو اور رندھیر کو ایک رات کے لیے آپس میں حل کر دیا تھا۔ دونوں ایک دوسرے کے اندر داخل ہو گئے تھے۔ عمیق ترین گہرائیوں میں اتر گئے تھے؛ جہاں پہنچ کر وہ ایک خالص انسانی لذت میں تبدیل ہو گئے تھے۔ ایسی لذت جو لمحاتی ہونے کے باوجود دائمی تھی، جو مائل پرواز ہونے کے باوجود ساکن اور جامد تھی۔۔۔۔ وہ دونوں ایک ایسا پنچھی بن گئے تھے جو آسمان کی نیلاہٹوں میں اڑتا اور تغیر متحرک دکھائی دیتا ہے۔

اس بو کو جو اس گھاٹن لڑکی کے ہر مسام سے باہر نکلتی تھی، رندھیر اچھی طرح سمجھتا تھا، حالانکہ وہ اس کا تجزیہ یہ نہیں کر سکتا تھا جس طرح بعض اوقات مٹی پر پانی چھڑکنے سے سوندھی سوندھی باس پیدا ہوتی ہے۔۔۔۔لیکن نہیں، وہ کچھ اور ہی قسم کی تھی۔ اس میں لونڈر اور عطر کا مصنوعی پن نہیں تھا، وہ بالکل اصلی تھی۔۔۔عورت اور مرد کے باہمی تعلقات کی طرح اصلی اور ازلی۔

رندھیر کو پسینے کی بو سے سخت نفرت تھی۔ وہ نہانے کے بعد عام طور پر اپنی بغلوں وغیرہ میں خوشبو دار پوڈر لگا تا تھا یا کوئی ایسی دوا استعمال کرتا تھا جس سے پسینے کی بو دب جائے۔ لیکن حیرت ہے کہ اس نے کئی بار۔۔۔۔ ہاں کئی بار اس گھاٹن لڑکی کی بالوں بھری بغلوں کو چوما اور اسے بالکل گھن نہ آئی بلکہ عجیب طرح کی لذت محسوس ہوئی۔ اس کی بغلوں کے نرم نرم بال پسینے کے باعث گیلے ہو رہے تھے۔ ان سے وہی بو نکلتی تھی جو غایت درجہ قابل فہم ہونے کے باوجود ناقابل فہم تھی۔ رندھیر کو ایسا لگتا تھا کہ وہ اس بو کو جانتا ہے، پہچانتا ہے، اس کا مطلب بھی سمجھتا ہے لیکن کسی اور کو سمجھا نہیں سکتا۔

برسات کے یہی دن تھے۔۔۔یہی، کھڑکی کے باہر جب اس نے دیکھا تو پیپل کے پتے لرز لرز کر نہا رہے تھے۔ ہوا میں سرسراہٹیں اور پھر پھر اہٹیں گھلی ہوئی تھیں۔ اندھیرا تھا مگر اس میں دبی دبی، دھندلی سی روشنی بھی سموئی ہوئی تھی جیسے بارش کے قطروں کے ساتھ لگ کر تاروں کی تھوڑی تھوڑی روشنی اتر آئی ہو۔۔۔۔ برسات کے یہی دن تھے جب رندھیر کے اس کمرے میں ساگوان کا صرف ایک پلنگ ہوتا تھا مگر اب اس کے ساتھ ہی ایک دوسرا بھی

پڑا تھا اور کونے میں ایک نئی ڈریسنگ ٹیبل بھی موجود تھی۔ دن یہی برسات کے تھے، موسم بھی بالکل ایسا ہی تھا، مگر فضا میں عطر کی تیز خوشبو بسی ہوئی تھی۔

دوسرا پلنگ خالی تھا۔ اس پلنگ پر جس پر رندھیر اوندھے منہ لیٹا کھڑکی کے باہر پیپل کے لرزتے ہوئے پتوں پر بارش کے قطروں کا رقص دیکھ رہا تھا، ایک گوری چٹی لڑکی اپنے ستر کو ننگے جسم سے چھپانے کی ناکام کوشش کرتے کرتے غالباً سو گئی تھی۔ اس کی لال ریشمی شلوار دوسرے پلنگ پر پڑی تھی اس کے گہرے سرخ ازار بند کا ایک پھندنا نیچے لٹک رہا تھا۔ پلنگ پر اس کے دوسرے اترے ہوئے کپڑے بھی پڑے تھے۔ اس کی سنہری پھولوں والی قمیص، انگیا، جانگیا اور دوپٹہ۔۔۔ سب کا رنگ سرخ تھا۔۔۔ بے حد سرخ۔ یہ سب کپڑے حنا کے عطر کی تیز خوشبو میں بسے ہوئے تھے۔ لڑکی کے سیاہ بالوں میں میشس کے ذرّے گرد کی طرح جمے ہوئے تھے۔ چہرے پر غازے، سرخی اور میشس کے ان ذرات نے مل جل کر ایک عجیب و غریب رنگ پیدا کر دیا تھا۔۔۔ بے جان سا ساڑا اڑا رنگ اور اس کے گورے سینے پر انگیا کے کچے رنگ نے جا بجا لال لال دھبے ڈال دیے تھے۔

چھاتیاں دودھ کی طرح سفید تھیں جس میں تھوڑی تھوڑی نیلاہٹ بھی تھی۔ بغلوں کے بال منڈے ہوئے تھے جس کے باعث وہاں سرمئی غبار سا پیدا ہو گیا تھا۔ رندھیر کئی بار اس لڑکی کی طرف دیکھ کر سوچ چکا تھا۔۔۔ کیا ایسا نہیں لگتا جیسے میں نے ابھی ابھی کپیلیں اکھیڑ کر اس کو لکڑی کے بند بکس میں سے نکالا ہے۔ کتابوں اور چینی کے برتنوں کی طرح۔ کیونکہ جس طرح کتابوں پر داب کے نشان ہوتے ہیں، چینی کے برتنوں ملنے جلنے سے خراشیں آ جاتی ہیں، ٹھیک اسی طرح اس لڑکی کے بدن پر بھی کئی نشان تھے۔

جب رندھیر نے اس کی تنگ اور چست انگیا کی ڈوریاں کھولی تھیں تو اس کی پیٹھ پر اور سامنے سینے کے نرم نرم گوشت پر جھریاں سی بنی ہوئی تھیں اور کمر کے اردگرد کس کر باندھے ہوئے ازار بند کا نشان۔۔۔ وزنی اور نکیلے جڑاؤ نیکلس سے اس کے سینے پر کئی جگہ خراشیں پڑ گئی تھیں۔ جیسے ناخنوں سے بڑے زور سے کھجایا گیا ہو۔ برسات کے وہی دن تھے۔۔۔ پیپل کے نرم کومل پتوں پر بارش کے قطرے گرنے سے ویسی ہی آواز پیدا ہو رہی تھی جیسی رندھیر اس دن ساری رات سنتا رہا تھا۔ موسم بہت خوش گوار تھا۔ ٹھنڈی ٹھنڈی ہوا چل رہی تھی لیکن اس میں حنا کے عطر کی تیز خوشبو گھلی ہوئی تھی۔

رندھیر کے ہاتھ بہت دیر تک اس گوری چٹی لڑکی کے کچے دودھ ایسے سفید سینے پر ہوا ئی لمس کی طرح پھرتے رہے۔ اس کی انگلیوں نے اس گورے جسم میں کئی ارتعاش دوڑتے ہوئے محسوس کیے تھے۔ اس کے نرم نرم جسم کے کئی گوشوں میں سمٹی ہوئی کپکپاہٹوں کا بھی پتہ چلا تھا جب اس نے اپنا سینہ اس کے سینے کے ساتھ ملایا

تورندھیر کے جسم کے ہر مسام نے اس لڑکی کے بدن کے چھٹے ہوئے تاروں کی آواز سنی۔۔۔لیکن وہ پکار کہاں تھی؟ وہ پکار جو اس نے گھاٹن لڑکی کے جسم کی بو میں سونگھی تھی۔۔۔وہ پکار جو دودھ کے پیاسے بچے کے رونے سے کہیں زیادہ قابلِ فہم تھی، وہ پکار جو صوتی حدود سے نکل کر بے آواز ہو گئی تھی۔

رندھیر سلاخوں والی کھڑکی سے باہر دیکھ رہا تھا۔ اس کے بہت قریب پیپل کے پتے لرز رہے تھے۔ مگر وہ ان کی لرزشوں کے اس پار کہیں بہت دور دیکھنے کی کوشش کر رہا تھا، جہاں اس مٹ میلے بادلوں میں عجیب قسم کی دھندلی روشنی دکھائی دیتی تھی۔۔۔ٹھیک ویسے ہی جیسی اس گھاٹن لڑکی کے سینے میں اسے نظر آئی تھی۔ ایسی روشنی جو رازِ بات کی طرح چھپی ہوئی مگر ظاہر تھی۔

رندھیر کے پہلو میں ایک گوری چٹی لڑکی۔۔۔جس کا جسم دودھ اور گھی ملے آٹے کی طرح ملائم تھا، لیٹی تھی۔۔۔اس کے سوئے ہوئے جسم سے حنا کے عطر کی خوشبو آ رہی تھی۔۔۔جو ابھی تھکی تھکی معلوم ہوتی تھی۔ رندھیر کو یہ دم توڑتی اور حالتِ نزع کو پہنچی ہوئی خوشبو بہت ناگوار معلوم ہوئی۔ اس میں کچھ کھٹاس تھی۔۔۔ایک عجیب قسم کی کھٹاس جس طرح بدہضمی کے ڈکاروں میں ہوتی ہے۔ اداس۔۔۔بے رنگ۔۔۔بے کیف۔

رندھیر نے اپنے پہلو میں لیٹی ہوئی لڑکی کی طرف دیکھا۔ جس طرح پھٹے ہوئے دودھ میں سفید سفید بے جان بھٹکیاں بے رنگ پانی میں ساکن ہوتی ہیں، اسی طرح اس لڑکی کی نسوانیت اس کے وجود میں ٹھہری ہوئی تھی، سفید سفید دھبوں کی صورت میں۔ اصل میں رندھیر کے دل و دماغ میں وہ بوبسی ہوئی تھی جو اس گھاٹن لڑکی کے جسم سے بغیر کسی بیرونی کوشش کے باہر نکل رہی تھی۔ وہ بو جو حنا کے عطر سے کہیں زیادہ ہلکی پھلکی اور دور رس تھی۔ جس میں سونگھے جانے کا اضطراب نہیں تھا۔ جو خود بخود ناک کے راستے داخل ہو کر اپنی صحیح منزل پر پہنچ گئی تھی۔

رندھیر نے آخری کوشش کرتے ہوئے اس لڑکی کے دودھیالے جسم پر ہاتھ پھیرا مگر اسے کوئی کپکپاہٹ محسوس نہ ہوئی۔۔۔اس کی نئی نویلی بیوی جو فرسٹ کلاس مجسٹریٹ کی لڑکی تھی، جس نے بی۔اے تک تعلیم پائی تھی اور جو اپنے کالج میں سیکڑوں لڑکوں کے دل کی دھڑکن تھی۔ رندھیر کی نبض تیز نہ کر سکی۔ وہ حنا کی مرتی ہوئی خوشبو میں اس بو کی جستجو کرتا رہا جو برسات کے انھیں دنوں میں، جب کھڑکی کے باہر پیپل کے پتے بارش میں نہار ہے تھے، اسے گھاٹن لڑکی کے میلے جسم سے آئی تھی۔

کالی شلوار

اس افسانے پر تقسیم سے پہلے ہندوستان میں بے حیائی کے الزام پر مقدمہ ہوا

دہلی آنے سے پہلے وہ انبالہ چھاؤنی میں تھی جہاں کئی گورے اس کے گاہک تھے۔ ان گوروں سے ملنے جلنے کے باعث وہ انگریزی کے دس پندرہ جملے سیکھ گئی تھی، ان کو وہ عام گفتگو میں استعمال نہیں کرتی تھی لیکن جب وہ دہلی میں آئی اور اس کا کاروبار نہ چلا تو ایک روز اس نے اپنی پڑوسن طمنچہ جان سے کہا ''دِس لیف۔۔۔ ویری بیڈ۔'' یعنی یہ زندگی بہت بری ہے جب کہ کھانے ہی کو نہیں ملتا۔

انبالہ چھاؤنی میں اس کا دھندا بہت اچھی طرح چلتا تھا۔ چھاؤنی کے گورے شراب پی کر اس کے پاس آ جاتے تھے اور وہ تین چار گھنٹوں ہی میں آٹھ دس گوروں کو نمٹا کر بیس تیس روپے پیدا کر لیا کرتی تھی۔ یہ گورے، اس کے ہم وطنوں کے مقابلے میں بہت اچھے تھے۔ اس میں کوئی شک نہیں کہ وہ ایسی زبان بولتے تھے جس کا مطلب سلطانہ کی سمجھ میں نہیں آتا تھا مگر ان کی زبان سے یہ لاعلمی اس کے حق میں بہت اچھی ثابت ہوتی تھی۔ اگر وہ اس سے کچھ رعایت چاہتے تو وہ سر ہلا کر کہہ دیا کرتی تھی

''صاحب، ہماری سمجھ میں تمہاری بات نہیں آتا۔''

اور اگر وہ اس سے ضرورت سے زیادہ چھیڑ چھاڑ کرتے تو وہ ان کو اپنی زبان میں گالیاں دینا شروع کر دیتی تھی۔ وہ حیرت میں اس کے منہ کی طرف دیکھتے تو وہ ان سے کہتی

''صاحب، تم ایک دم الو کا پٹھا ہے۔ حرام زادہ ہے۔۔۔ سمجھا۔''

یہ کہتے وقت وہ اپنے لہجے میں سختی پیدا نہ کرتی بلکہ بڑے پیار کے ساتھ ان سے باتیں کرتی۔ یہ گورے ہنس دیتے

اور ہنستے وقت وہ سلطانہ کو بالکل الو کے پٹھے دکھائی دیتے۔

مگر یہاں دہلی میں وہ جب سے آئی تھی ایک گورا بھی اس کے یہاں نہیں آیا تھا۔ تین مہینے اس کو ہندوستان کے اس شہر میں رہتے ہو گئے تھے جہاں اس نے سنا تھا کہ بڑے لاٹ صاحب رہتے ہیں، جو گرمیوں میں شملے چلے جاتے ہیں، مگر صرف چھ آدمی اس کے پاس آئے تھے صرف چھ، یعنی مہینے میں دو اور ان چھ گاہکوں سے اس نے خدا جھوٹ نہ بلوائے تو ساڑھے اٹھارہ روپے وصول کیے تھے۔ تین روپے سے زیادہ پر کوئی مانتا ہی نہیں تھا۔ سلطانہ نے ان میں سے پانچ آدمیوں کو اپنا ریٹ دس روپے بتایا تھا مگر تعجب کی بات ہے کہ ان میں سے ہر ایک نے یہی کہا

''بھئی ہم تین روپے سے ایک کوڑی زیادہ نہ دیں گے۔''

نہ جانے کیا بات تھی کہ ان میں سے ہر ایک نے اسے صرف تین روپے کے قابل سمجھا۔

چنانچہ جب چھٹا آیا تو اس نے خود اس سے کہا

''دیکھو، میں تین روپے ایک ٹیم کے لوں گی۔ اس سے ایک دھیلا تم کم کہو تو میں نہ لوں گی۔ اب تمہاری مرضی ہو تو رہو ورنہ جاؤ۔''

چھٹے آدمی نے یہ بات سن کر تکرار نہ کی اور اس کے ہاں ٹھہر گیا۔ جب دوسرے کمرے میں دروازے وروازے بند کر کے وہ اپنا کوٹ اتارنے لگا تو سلطانہ نے کہا

''لائیے ایک روپیہ دودھ کا۔''

اس نے ایک روپیہ تو نہ دیا لیکن نئے بادشاہ کی چمکتی ہوئی اٹھنی جیب میں سے نکال کر اس کو دے دی اور سلطانہ نے بھی چپکے سے لے لی کہ چلو جو آیا ہے غنیمت ہے۔

ساڑھے اٹھارہ روپے تین مہینوں میں۔۔۔بیس روپے ماہوار تو اس کوٹھے کا کرایہ تھا جس کو مالک مکان انگریزی زبان میں فلیٹ کہتا تھا۔ اس فلیٹ میں ایسا پاخانہ تھا جس میں زنجیر کھینچنے سے ساری گندگی پانی کے زور سے ایک دم نیچے نل میں غائب ہو جاتی تھی اور بڑا شور ہوتا تھا۔ شروع شروع میں تو اس شور نے اسے بہت ڈرایا تھا۔ پہلے دن جب وہ رفع حاجت کے لیے اس پاخانہ میں گئی تو اس کے کمرے میں شدت کا درد ہو رہا تھا۔ فارغ ہو کر جب اٹھنے لگی تو اس نے لٹکی ہوئی زنجیر کا سہارا لے لیا۔ اس زنجیر کو دیکھ کر اس نے خیال کیا چونکہ یہ مکان خاص ہم لوگوں کی رہائش کے لیے تیار کیے گئے ہیں، یہ زنجیر اس لیے لگائی گئی ہے کہ اٹھتے وقت تکلیف نہ ہو اور سہارا مل جایا کرے مگر جونہی اس نے زنجیر پکڑ کر اٹھنا چاہا، اوپر کھٹ کھٹ سی ہوئی اور پھر ایک دم پانی اس شور کے ساتھ باہر نکلا کہ

ڈر کے مارے اس کے منہ سے چیخ نکل گئی۔

خدا بخش دوسرے کمرے میں اپنا فوٹو گرافی کا سامان درست کر رہا تھا اور ایک صاف بوتل میں ہائی ڈرو کونین ڈال رہا تھا کہ اس نے سلطانہ کی چیخ سنی۔ دوڑ کر وہ باہر نکلا اور سلطانہ سے پوچھا ''کیا ہوا؟۔۔۔ یہ چیخ تمہاری تھی؟''

سلطانہ کا دل دھڑک رہا تھا۔ اس نے کہا

''یہ موا پاخانہ ہے یا کیا ہے۔ بیچ میں یہ ریل گاڑیوں کی طرح زنجیر کیا لٹکا رکھی ہے۔ میری کمر میں درد تھا۔ میں نے کہا چلو اس کا سہارا لے لوں گی، پر اس موئی زنجیر کو چھیڑنا تھا کہ وہ دھما کا ہوا کہ میں تم سے کیا کہوں۔'' اس پر خدا بخش بہت ہنسا تھا اور اس نے سلطانہ کو اس پاخانے کی بابت سب کچھ بتا دیا تھا کہ یہ نئے فیشن کا ہے جس میں زنجیر ہلانے سے سب گندگی نیچے زمین میں دھنس جاتی ہے۔

خدا بخش اور سلطانہ کا آپس میں کیسے سمبندھ ہوا یہ ایک لمبی کہانی ہے۔ خدا بخش راولپنڈی کا تھا۔ انٹرنس Entrance پاس کرنے کے بعد اس نے لاری چلانا سیکھا، چنانچہ چار برس تک وہ راولپنڈی اور کشمیر کے درمیان لاری چلانے کا کام کرتا رہا۔ اس کے بعد کشمیر میں اس کی دوستی ایک عورت سے ہو گئی۔ اس کو بھگا کر وہ لاہور لے آیا۔ لاہور میں چونکہ اس کو کوئی کام نہ ملا۔ اس لیے اس نے عورت کو پیشے بٹھا دیا۔ دو تین برس تک یہ سلسلہ جاری رہا اور وہ عورت کسی اور کے ساتھ بھاگ گئی۔ خدا بخش کو معلوم ہوا کہ وہ انبالہ میں ہے۔ وہ اس کی تلاش میں انبالہ آیا جہاں اس کو سلطانہ مل گئی۔ سلطانہ نے اس کو پسند کیا، چنانچہ دونوں کا سمبندھ ہو گیا۔

خدا بخش کے آنے سے ایک دم سلطانہ کا کاروبار چمک اٹھا۔ عورت چونکہ ضعیف الاعتقاد تھی اس لیے اس نے سمجھا کہ خدا بخش بڑا بھاگوان ہے جس کے آنے سے اتنی ترقی ہو گئی، چنانچہ اس خوش اعتقادی نے خدا بخش کی وقعت اس کی نظروں میں اور بھی بڑھا دی۔

خدا بخش آدمی محنتی تھا۔ سارا دن ہاتھ پر ہاتھ دھر کر بیٹھنا پسند نہیں کرتا تھا۔ چنانچہ اس نے ایک فوٹو گرافر سے دوستی پیدا کی جو ریلوے اسٹیشن کے باہر منٹ کیمرے سے فوٹو کھینچا کرتا تھا۔ اس لیے اس نے فوٹو کھینچنا سیکھ لیا۔ پھر سلطانہ سے ساٹھ روپے لے کر کیمرا بھی خرید لیا۔ آہستہ آہستہ ایک پردہ بنوایا، دو کرسیاں خریدیں اور فوٹو دھونے کا سب سامان لے کر اس نے علیحدہ اپنا کام شروع کر دیا۔

کام چل نکلا، چنانچہ اس نے تھوڑی ہی دیر کے بعد اپنا اڈا انبالے چھاؤنی میں قائم کر دیا۔ یہاں وہ گوروں کے فوٹو کھینچا رہتا۔ ایک مہینے کے اندر اندر اس کی چھاؤنی کے متعدد گوروں سے واقفیت ہو گئی، چنانچہ وہ سلطانہ کو وہیں

لے گیا۔ یہاں چھاؤنی میں خدا بخش کے ذریعہ سے کئی گورے سلطانہ کے مستقل گاہک بن گئے اور اس کی آمدنی پہلے سے دگنی ہو گئی۔

سلطانہ نے کانوں کے لیے بُندے خریدے۔ ساڑھے پانچ تولے کی آٹھ کنگنیاں بھی بنوالیں۔ دس پندرہ اچھی اچھی ساڑیاں بھی جمع کرلیں، گھر میں فرنیچر وغیرہ بھی آ گیا۔ قصہ مختصر یہ کہ انبالہ چھاؤنی میں وہ بڑی خوش حال تھی مگر ایکا ایکی نہ جانے خدا بخش کے دل میں کیا سمائی کہ اس نے دہلی جانے کی ٹھان لی۔ سلطانہ انکار کیسے کرتی جب کہ خدا بخش کو اپنے لیے بہت مبارک خیال کرتی تھی۔ اس نے خوشی خوشی دہلی جانا قبول کرلیا۔ بلکہ اس نے یہ بھی سوچا کہ اتنے بڑے شہر میں جہاں لاٹ صاحب رہتے ہیں اس کا دھندا اور بھی اچھا چلے گا۔ اپنی سہیلیوں سے وہ دہلی کی تعریف سن چکی تھی۔ پھر وہاں حضرت نظام الدین اولیا کی خانقاہ تھی جس سے اسے بے حد عقیدت تھی، چنانچہ جلدی جلدی گھر کا بھاری سامان بیچ باچ کر وہ خدا بخش کے ساتھ دہلی آ گئی۔ یہاں پہنچ کر خدا بخش نے بیس روپے ماہوار پر ایک چھوٹا سا فلیٹ لے لیا جس میں وہ دونوں رہنے لگے۔

ایک ہی قسم کے نئے مکانوں کی لمبی سی قطار سڑک کے ساتھ ساتھ چلی گئی تھی۔ میونسپل کمیٹی نے شہر کا یہ حصہ خاص کسبیوں کے لیے مقرر کر دیا تھا کہ وہ شہر میں جگہ جگہ اپنے اڈے نہ بنائیں۔ نیچے دکانیں تھیں اور اوپر دو منزلہ رہائشی فلیٹ۔ چونکہ سب عمارتیں ایک ہی ڈیزائن کی تھیں اس لیے شروع شروع میں سلطانہ کو اپنا فلیٹ تلاش کرنے میں بہت دقت محسوس ہوئی تھی، پر جب نیچے لانڈری والے نے اپنا بورڈ گھر کی پیشانی پر لگا دیا تو اس کو ایک پکی نشانی مل گئی۔

’’یہاں میلے کپڑوں کی دھلائی کی جاتی ہے،،

یہ بورڈ پڑھتے ہی وہ اپنا فلیٹ تلاش کر لیا کرتی تھی۔

اسی طرح اس نے اور بہت سی نشانیاں قائم کر لی تھیں، مثلاً بڑے بڑے حروف میں جہاں ’ کوئلوں کی دوکان ، لکھا تھا وہاں اس کی سہیلی ہیرا بائی رہتی تھی جو کبھی کبھی ریڈیو گھر میں گانے جایا کرتی تھی۔ جہاں ’شرفا کے کھانے کا اعلیٰ انتظام ہے ، لکھا تھا وہاں اس کی دوسری سہیلی مختار رہتی تھی۔ نواڑ کے کارخانے کے اوپر انوری رہتی تھی جو اسی کارخانے کے سیٹھ کے پاس ملازم تھی۔ چونکہ سیٹھ صاحب کو رات کے وقت اپنے کارخانے کی دیکھ بھال کرنا ہوتی تھی اس لیے وہ انوری کے پاس ہی رہتے تھے۔

دوکان کھولتے ہی گاہک تھوڑے ہی آتے ہیں۔ چنانچہ جب ایک مہینے تک سلطانہ بے کار رہی تو اس نے یہی سوچ کر اپنے دل کو تسلی دی، پر جب دو مہینے گزر گئے اور کوئی آدمی اس کے کوٹھے پر نہ آیا تو اسے بہت تشویش

ہوئی۔ اس نے خدا بخش سے کہا

"کیا بات ہے خدا بخش، دو مہینے آج پورے ہو گئے ہیں ہمیں یہاں آئے ہوئے، کسی نے ادھر کا رخ بھی نہیں کیا۔۔۔ مانتی ہوں آج کل بازار بہت مندا ہے، پر اتنا مندا بھی تو نہیں کہ مہینے بھر میں کوئی شکل دیکھنے ہی میں نہ آئے۔"

خدا بخش کو بھی یہ بات بہت عرصہ سے کھٹک رہی تھی مگر وہ خاموش تھا، پر جب سلطانہ نے خود بات چھیڑی تو اس نے کہا

"میں کئی دنوں سے اس کی بابت سوچ رہا ہوں۔ ایک بات سمجھ میں آتی ہے، وہ یہ کہ جنگ کی وجہ سے لوگ باگ دوسرے دھندوں میں پڑ کر ادھر کا رستہ بھول گئے ہیں۔۔۔ یا پھر یہ ہو سکتا ہے کہ۔۔۔"

وہ اس کے آگے کچھ کہنے ہی والا تھا کہ سیڑھیوں پر کسی کے چڑھنے کی آواز آئی۔ خدا بخش اور سلطانہ دونوں اس آواز کی طرف متوجہ ہوئے۔ تھوڑی دیر کے بعد دستک ہوئی۔ خدا بخش نے لپک کر دروازہ کھولا۔ ایک آدمی اندر داخل ہوا۔ یہ پہلا گاہک تھا جس سے تین روپے میں سودا طے ہوا۔ اس کے بعد پانچ اور آئے یعنی تین مہینے میں چھ، جن سے سلطانہ نے صرف ساڑھے اٹھارہ روپے وصول کیے۔

بیس روپے ماہوار تو فلیٹ کے کرایہ میں چلے جاتے تھے، پانی کا ٹیکس اور بجلی کا بل جدا تھا۔ اس کے علاوہ گھر کے دوسرے خرچ تھے۔ کھانا پینا، کپڑے لتے، دوا دارو اور آمدن کچھ بھی نہیں تھی۔ ساڑھے اٹھارہ روپے تین مہینے میں آئے تو اسے آمدن تو نہیں کہہ سکتے۔ سلطانہ پریشان ہوگئی۔ ساڑھے پانچ تولے کی آٹھ کنگنیاں جو اس نے انبالے میں بنوائی تھیں آہستہ آہستہ بک گئیں۔ آخری کنگنی کی جب باری آئی تو اس نے خدا بخش سے کہا۔

"تم میری سنو اور چلو واپس انبالے میں یہاں کیا دھرا ہے۔۔۔؟ بھئی ہو گا، پر ہمیں تو یہ شہر راس نہیں آیا۔ تمہارا کام بھی وہاں خوب چلتا تھا، چلو وہیں چلتے ہیں۔ جو نقصان ہوا ہے اس کو اپنا صدقہ سمجھو۔ اس کنگنی کو بیچ کر آؤ، میں اسباب وغیرہ باندھ کر تیار رکھتی ہوں۔ آج رات کی گاڑی سے یہاں سے چل دیں گے۔"

خدا بخش نے کنگنی سلطانہ کے ہاتھ سے لے لی اور کہا

"نہیں جانِ من، انبالہ اب نہیں جائیں گے، یہیں دلی میں رہ کر کمائیں گے۔ یہ تمہاری چوڑیاں سب کی سب یہیں واپس آئیں گی۔ اللہ پر بھروسا رکھو۔ وہ بڑا کارساز ہے۔ یہاں بھی وہ کوئی نہ کوئی اسباب بنا، ہی دے گا۔"

سلطانہ چپ ہو رہی، چنانچہ آخری کنگنی ہاتھ سے اتر گئی۔ بچے ہاتھ دیکھ کر اس کو بہت دکھ ہوتا تھا، پر کیا کرتی، پیٹ بھی تو آخر کسی حیلے سے بھرنا تھا۔

جب پانچ مہینے گزر گئے اور آمدن خرچ کے مقابلے میں چوتھائی سے بھی کچھ کم رہی تو سلطانہ کی پریشانی اور زیادہ بڑھ گئی۔ خدا بخش بھی سارا دن اب گھر سے غائب رہنے لگا تھا۔ سلطانہ کو اس کا بھی دکھ تھا۔ اس میں کوئی شک نہیں کہ پڑوس میں اس کی دو تین ملنے والیاں موجود تھیں جن کے ساتھ وہ اپنا وقت کاٹ سکتی تھی، پر ہر روز ان کے یہاں جانا اور گھنٹوں بیٹھے رہنا اس کو بہت برا لگتا تھا۔ چنانچہ آہستہ آہستہ اس نے ان سہیلیوں سے ملنا جلنا بالکل ترک کر دیا۔ سارا دن وہ اپنے سنسان مکان میں بیٹھی رہتی۔ کبھی چھالیا کاٹتی رہتی، کبھی اپنے پرانے اور پھٹے ہوئے کپڑوں کو سیتی رہتی اور کبھی باہر بالکونی میں آ کر جنگلے کے ساتھ کھڑی ہو جاتی اور سامنے ریلوے شیڈ میں ساکت اور متحرک انجنوں کی طرف گھنٹوں بے مطلب دیکھتی رہتی۔

سڑک کی دوسری طرف مال گودام تھا جو اس کونے سے اس کونے تک پھیلا ہوا تھا۔ دائیں ہاتھ کو لوہے کی چھت کے نیچے بڑی بڑی گانٹھیں پڑی رہتی تھیں اور ہر قسم کے مال اسباب کے ڈھیر سے لگے رہتے تھے۔ بائیں ہاتھ کو کھلا میدان تھا جس میں بے شمار ریل کی پٹریاں بچھی ہوئی تھیں۔ دھوپ میں لوہے کی یہ پٹریاں چمکتیں تو سلطانہ اپنے ہاتھوں کی طرف دیکھتی جن پر نیلی نیلی رگیں بالکل ان پٹریوں کی طرح ابھری رہتی تھیں۔ اس لمبے اور کھلے میدان میں ہر وقت انجن اور گاڑیاں چلتی رہتی تھیں۔ کبھی ادھر کبھی ادھر۔ ان انجنوں اور گاڑیوں کی چھک چھک بھک بھک سدا گونجتی رہتی تھی۔

صبح سویرے جب وہ اٹھ کر بالکونی میں آتی تو ایک عجیب سماں نظر آتا۔ دھند لکے میں انجنوں کے منہ سے گاڑھا گاڑھا دھواں نکلتا تھا اور گدلے آسمان کی جانب موٹے اور بھاری آدمیوں کی طرح اٹھتا دکھائی دیتا تھا۔ بھاپ کے بڑے بڑے بادل بھی ایک شور کے ساتھ پٹریوں سے اٹھتے تھے اور آنکھ جھپکنے کی دیر میں ہوا کے اندر گھل مل جاتے تھے۔ پھر کبھی کبھی جب وہ گاڑی کے کسی ڈبے کو جسے انجن نے دھکا دے کر چھوڑ دیا ہو، اکیلے پٹریوں پر چلتا دیکھتی تو اسے اپنا خیال آتا۔ وہ سوچتی کہ اسے بھی کسی نے زندگی کی پٹری پر دھکا دے کر چھوڑ دیا ہے اور وہ خود بخود چلی جا رہی ہے۔ دوسرے لوگ کانٹے بدل رہے ہیں اور وہ چلی جا رہی ہے۔۔۔ نہ جانے کہاں۔ پھر ایک روز ایسا آئے گا کہ جب اس دھکے کا زور آہستہ آہستہ ختم ہو جائے گا اور وہ کہیں رک جائے گی۔۔۔ کسی ایسے مقام پر جو اس کا دیکھا بھالا نہ ہو گا۔

یوں تو وہ بے مطلب گھنٹوں ریل کی ان ٹیڑھی بانکی پٹریوں اور ٹھہرے اور چلتے ہوئے انجنوں کی طرف دیکھتی رہتی تھی، پر طرح طرح کے خیال اس کے دماغ میں آتے رہتے تھے۔ انبالہ چھاؤنی میں جب وہ رہتی تھی تو اسٹیشن کے پاس ہی اس کا مکان تھا مگر وہاں اس نے کبھی ان چیزوں کو ایسی نظروں سے نہیں دیکھا تھا۔ اب تو کبھی اس

کے دماغ میں یہ بھی خیال آتا کہ یہ جو سامنے ریل کی پٹریوں کا جال سا بچھا ہے اور جگہ جگہ سے بھاپ اور دھواں اٹھ رہا ہے ایک بہت بڑا چکلہ ہے۔ بہت سی گاڑیاں ہیں جن کو چند موٹے موٹے انجن ادھر ادھر دھکیلتے رہتے ہیں۔ سلطانہ کو تو بعض اوقات یہ انجن سیٹھ معلوم ہوتے ہیں جو کبھی کبھی انبالہ میں اس کے ہاں آیا کرتے تھے۔ پھر کبھی کبھی جب وہ کسی انجن کو آہستہ آہستہ گاڑیوں کی قطار کے پاس سے گزرتا دیکھتی تو اسے ایسا محسوس ہوتا کہ کوئی آدمی چکلے کے کسی بازار میں سے اوپر کوٹھوں کی طرف دیکھتا جا رہا ہے۔

سلطانہ سمجھتی تھی کہ ایسی باتیں سوچنا دماغ کی خرابی کا باعث ہے، چنانچہ جب اس قسم کے خیال اس کو آنے لگتے تو اس نے بالکونی میں جانا چھوڑ دیا۔ خدا بخش سے اس نے بار ہا کہا

''دیکھو، میرے حال پر رحم کرو۔ یہاں گھر میں رہا کرو۔ میں سارا دن یہاں بیماروں کی طرح پڑی رہتی ہوں۔''

مگر اس نے ہر بار سلطانہ سے یہ کہہ کر اس کی تشفی کر دی

''جانِ مَن۔۔۔ میں باہر کچھ کمانے کی فکر کر رہا ہوں۔ اللہ نے چاہا تو چند دنوں ہی میں بیڑا پار ہو جائے گا۔''

پورے پانچ مہینے ہو گئے تھے مگر ابھی تک نہ سلطانہ کا بیڑا پار ہوا تھا نہ خدا بخش کا۔

محرم کا مہینہ سر پر آ رہا تھا مگر سلطانہ کے پاس کالے کپڑے بنوانے کے لیے کچھ بھی نہ تھا۔ مختار نے لیڈی ہیملٹن کی ایک نئی وضع کی قمیص بنوائی تھی جس کی آستینیں کالی جارجٹ کی تھیں۔ اس کے ساتھ میچ کرنے کے لیے اس کے پاس کالی ساٹن کی شلوار تھی جو کاجل کی طرح چمکتی تھی۔ انوری نے ریشمی جارجٹ کی ایک بڑی نفیس ساڑی خریدی تھی۔ اس نے سلطانہ سے کہا تھا کہ وہ اس ساڑی کے نیچے سفید بوسکی کا پیٹی کوٹ پہنے گی کیوں کہ یہ نیا فیشن ہے۔ اس ساڑی کے ساتھ پہننے کو انوری کالی مخمل کا ایک جوتا لائی تھی جو بڑا نازک تھا۔ سلطانہ نے جب یہ تمام چیزیں دیکھیں تو اس کو اس احساس نے بہت دکھ دیا کہ وہ محرم منانے کے لیے ایسا لباس خریدنے کی استطاعت نہیں رکھتی۔

انوری اور مختار کے پاس یہ لباس دیکھ کر جب وہ گھر آئی تو اس کا دل بہت مغموم تھا۔ اسے ایسا معلوم ہوتا تھا کہ پھوڑا سا اس کے اندر پیدا ہو گیا ہے۔ گھر بالکل خالی تھا۔ خدا بخش حسبِ معمول باہر تھا۔ دیر تک وہ دری پر گاؤ تکیہ سر کے نیچے رکھ کر لیٹی رہی، پر جب اس کی گردن اونچائی کے باعث اکڑ سی گئی تو اٹھ کر باہر بالکونی میں چلی گئی تا کہ غم افزا خیالات کو اپنے دماغ میں سے نکال دے۔

سامنے پٹریوں پر گاڑیوں کے ڈبے کھڑے تھے پر انجن کوئی بھی نہ تھا۔ شام کا وقت تھا۔ چھٹر کاؤ ہو چکا تھا اس لیے گرد و غبار دب گیا تھا۔ بازار میں ایسے آدمی چلنے شروع ہو گئے تھے جو تاک جھانک کرنے کے بعد چپ چپ

گھروں کا رخ کرتے ہیں۔ ایسے ہی ایک آدمی نے گردن اونچی کر کے سلطانہ کی طرف دیکھا۔ سلطانہ مسکرا دی اور اس کو بھول گئی کیوں کہ اب سامنے پٹریوں پر ایک انجن نمودار ہو گیا تھا۔

سلطانہ نے غور سے اس کی طرف دیکھنا شروع کیا اور آہستہ آہستہ یہ خیال اس کے دماغ میں آیا کہ انجن نے بھی کالا لباس پہن رکھا ہے۔ یہ عجیب و غریب خیال دماغ سے نکالنے کی خاطر جب اس نے سڑک کی جانب دیکھا تو اسے وہی آدمی بیل گاڑی کے پاس کھڑا نظر آیا جس نے اس کی طرف للچائی نظروں سے دیکھا تھا۔ سلطانہ نے ہاتھ سے اسے اشارہ کیا۔ اس آدمی نے ادھر ادھر دیکھ کر ایک لطیف اشارے سے پوچھا، کدھر سے آؤں، سلطانہ نے اسے راستہ بتا دیا۔ وہ آدمی تھوڑی دیر کھڑا رہا مگر پھر بڑی پھرتی سے اوپر چلا آیا۔

سلطانہ نے اسے دری پر بٹھایا۔ جب وہ بیٹھ گیا تو اس نے سلسلہ گفتگو شروع کرنے کے لیے کہا

"آپ اوپر آتے ڈر رہے تھے۔"

وہ آدمی یہ سن کر مسکرایا۔

"تمہیں کیسے معلوم ہوا۔۔۔ ڈرنے کی بات ہی کیا تھی؟"

اس پر سلطانہ نے کہا

"یہ میں نے اس لیے کہا کہ آپ دیر تک وہیں کھڑے رہے اور پھر کچھ سوچ کر ادھر آئے۔"

وہ یہ سن کر پھر مسکرایا۔

"تمہیں غلط فہمی ہوئی۔ میں تمہارے اوپر والے فلیٹ کی طرف دیکھ رہا تھا۔ وہاں کوئی عورت کھڑی ایک مرد کو ٹھینگا دکھا رہی تھی۔ مجھے یہ منظر پسند آیا۔ پھر بالکونی میں سبز بلب روشن ہوا تو میں کچھ دیر کے لیے ٹھہر گیا۔ سبز روشنی مجھے پسند ہے۔ آنکھوں کو بہت اچھی لگتی ہے۔"

یہ کہہ اس نے کمرے کا جائزہ لینا شروع کر دیا۔ پھر وہ اٹھ کھڑا ہوا۔ سلطانہ نے پوچھا

"آپ جا رہے ہیں؟"

اس آدمی نے جواب دیا

"نہیں، میں تمہارے اس مکان کو دیکھنا چاہتا ہوں۔۔۔ چلو مجھے تمام کمرے دکھاؤ۔"

سلطانہ نے اس کو تینوں کمرے ایک ایک کر کے دکھا دیے۔ اس آدمی نے بالکل خاموشی سے ان کمروں کا معائنہ کیا۔ جب وہ دونوں پھر اسی کمرے میں آ گئے جہاں پہلے بیٹھے تھے تو اس آدمی نے کہا

"میرا نام شنکر ہے۔"

سلطانہ نے پہلی بار بغور سے شنکر کی طرف دیکھا۔ وہ متوسط قد کا معمولی شکل وصورت کا آدمی تھا مگر اس کی آنکھیں غیر معمولی طور پر صاف اور شفاف تھیں۔ کبھی کبھی ان میں ایک عجیب قسم کی چمک بھی پیدا ہوتی تھی۔ گٹھیلا اور کسرتی بدن تھا۔ کنپٹیوں پر اس کے بال سفید ہو رہے تھے۔ خاکستری رنگ کی گرم پتلون پہنے تھا۔ سفید قمیص تھی جس کا کالر گردن پر سے اوپر کو اٹھا ہوا تھا۔ شنکر کچھ اس طرح دری پر بیٹھا تھا کہ معلوم ہوتا تھا کہ شنکر کے بجائے سلطانہ گاہک ہے۔ اس احساس نے سلطانہ کو قدرے پریشان کر دیا۔ چنانچہ اس نے شنکر سے کہا

”فرمایئے۔۔۔“

شنکر بیٹھا تھا، یہ سن کر لیٹ گیا۔

”میں کیا فرماؤں، کچھ تم ہی فرماؤ۔ بلایا تمہیں نے ہے مجھے۔“

جب سلطانہ کچھ نہ بولی تو وہ اٹھ بیٹھا۔

”میں سمجھا، لو اب مجھ سے سنو، جو کچھ تم نے سمجھا، غلط ہے، میں ان لوگوں میں سے نہیں ہوں جو کچھ دے کر جاتے ہیں۔ ڈاکٹروں کی طرح میری بھی فیس ہے۔ مجھے جب بلایا جائے تو فیس دینا ہی پڑتی ہے۔“

سلطانہ یہ سن کر چکرا گئی مگر اس کے باوجود اسے بے اختیار ہنسی آ گئی۔

”آپ کام کیا کرتے ہیں؟“

شنکر نے جواب دیا

”یہی جو تم لوگ کرتے ہو۔“

”کیا؟“

”تم کیا کرتی ہو؟“

”میں۔۔۔ میں۔۔۔ میں کچھ بھی نہیں کرتی۔“

”میں بھی کچھ نہیں کرتا۔“

سلطانہ نے بھنا کر کہا

”یہ تو کوئی بات نہ ہوئی۔۔۔ آپ کچھ نہ کچھ تو ضرور کرتے ہوں گے۔“

شنکر نے بڑے اطمینان سے جواب دیا

”تم بھی کچھ نہ کچھ ضرور کرتی ہو گی۔“

”جھک مارتی ہوں۔“

’’میں بھی جھک مارتا ہوں۔‘‘

’’تو آؤ دونوں جھک ماریں۔‘‘

’’میں حاضر ہوں مگر جھک مارنے کے لیے دام میں کبھی نہیں دیا کرتا۔‘‘

’’ہوش کی دوا کرو۔۔۔ یہ لنگر خانہ نہیں۔‘‘

’’اور میں بھی والنٹیر Volunteer نہیں ہوں۔‘‘

سلطانہ یہاں رک گئی۔ اس نے پوچھا

’’یہ والنٹیر Volunteer کون ہوتے ہیں۔‘‘

شنکر نے جواب دیا

’’الو کے پٹھے۔‘‘

’’میں بھی الو کی پٹھی نہیں۔‘‘

’’مگر وہ آدمی خدا بخش جو تمہارے ساتھ رہتا ہے ضرور الو کا پٹھا ہے۔‘‘

’’کیوں؟‘‘

’’اس لیے کہ وہ کئی دنوں سے ایک ایسے خدا رسیدہ فقیر کے پاس اپنی قسمت کھلوانے کی خاطر جا رہا ہے جس کی اپنی قسمت زنگ لگے تالے کی طرح بند ہے۔‘‘

یہ کہہ کر شنکر ہنسا۔

اس پر سلطانہ نے کہا

’’تم ہندو ہو، اسی لیے ہمارے ان بزرگوں کا مذاق اڑاتے ہو۔‘‘

شنکر مسکرایا ’’ایسی جگہوں پر ہندو مسلم سوال پیدا نہیں ہوا کرتے۔ بڑے بڑے پنڈت اور مولوی اگر یہاں آئیں تو وہ بھی شریف آدمی بن جائیں۔‘‘

’’جانے تم کیا اوٹ پٹانگ باتیں کرتے ہو۔۔۔ بولو رہو گے؟‘‘

’’اسی شرط پر جو پہلے بتا چکا ہوں۔‘‘

سلطانہ اٹھ کھڑی ہوئی۔

’’تو جاؤ رستہ پکڑو۔‘‘

شنکر آرام سے اٹھا۔ پتلون کی جیبوں میں اس نے اپنے دونوں ہاتھ ٹھونسے اور جاتے ہوئے کہا

”میں کبھی کبھی اس بازار سے گزرا کرتا ہوں۔ جب بھی تمہیں میری ضرورت ہو بلا لینا۔۔۔ میں بہت کام کا آدمی ہوں۔“

شنکر چلا گیا اور سلطانہ کالے لباس کو بھول کر دیر تک اس کے متعلق سوچتی رہی۔ اس آدمی کی باتوں نے اس کے دکھ کو بہت ہلکا کر دیا تھا۔ اگر وہ انبالے میں آیا ہوتا جہاں کہ وہ خوشحال تھی تو اس نے کسی اور ہی رنگ میں اس آدمی کو دیکھا ہوتا اور بہت ممکن ہے کہ اسے دھکے دے کر باہر نکال دیا ہوتا مگر یہاں چونکہ وہ بہت اداس رہتی تھی، اس لیے شنکر کی باتیں اسے پسند آئیں۔

شام کو جب خدا بخش آیا تو سلطانہ نے اس سے پوچھا

”تم آج سارا دن کدھر غائب رہے ہو؟“

خدا بخش تھک کر چور چور ہو رہا تھا، کہنے لگا

”پرانے قلعہ کے پاس سے آ رہا ہوں۔ وہاں ایک بزرگ کچھ دنوں سے ٹھہرے ہوئے ہیں، انہی کے پاس ہر روز جاتا ہوں کہ ہمارے دن پھر جائیں۔۔۔“

” کچھ انھوں نے تم سے کہا؟“

”نہیں، ابھی وہ مہربان نہیں ہوئے۔۔۔ پر سلطانہ، میں جوان کی خدمت کر رہا ہوں وہ اکارت کبھی نہیں جائے گی۔ اللہ کا فضل شامل حال رہا تو ضرور ورے نیارے ہو جائیں گے۔“

سلطانہ کے دماغ میں محرم منانے کا خیال سمایا ہوا تھا، خدا بخش سے رونی آواز میں کہنے لگی

”سارا سارا دن باہر غائب رہتے ہو۔۔۔ میں یہاں پنجرے میں قید رہتی ہوں، نہ کہیں جا سکتی ہوں نہ آ سکتی ہوں۔ محرم سر پر آ گیا ہے، کچھ تم نے اس کی بھی فکر کی کہ مجھے کالے کپڑے چاہییں، گھر میں پھوٹی کوڑی تک نہیں۔ کنگنیاں تھیں سو وہ ایک ایک کر کے بک گئیں، اب تم ہی بتاؤ کیا ہو گا؟۔۔۔ یوں فقیروں کے پیچھے کب تک مارے مارے پھرا کرو گے۔ مجھے تو ایسا دکھائی دیتا ہے کہ یہاں دہلی میں خدا نے بھی ہم سے منہ موڑ لیا ہے۔ میری سنو تو اپنا کام شروع کر دو۔ کچھ تو سہارا ہو ہی جائے گا۔“

خدا بخش دری پر لیٹ گیا اور کہنے لگا

”پر یہ کام شروع کرنے کے لیے بھی تو تھوڑا بہت سرمایہ چاہیے۔۔۔ خدا کے لیے اب ایسی دکھ بھری باتیں نہ کرو۔ مجھ سے اب برداشت نہیں ہو سکتیں۔ میں نے سچ مچ انبالہ چھوڑنے میں سخت غلطی کی، پر جو کرتا ہے اللہ ہی کرتا ہے اور ہماری بہتری ہی کے لیے کرتا ہے، کیا پتا ہے کہ کچھ دیر اور تکلیفیں برداشت کرنے کے بعد ہم۔۔۔“

سلطانہ نے بات کاٹ کر کہا

’’تم خدا کے لیے کچھ کرو۔ چوری کرو یا ڈاکہ مارو پر مجھے ایک شلوار کا کپڑا ضرور لا دو۔ میرے پاس سفید بوسکی کی قمیص پڑی ہے، اس کو میں رنگوالوں گی۔ سفید نینون کا ایک نیا دوپٹہ بھی میرے پاس موجود ہے، وہی جو تم نے مجھے دیوالی پر لا کر دیا تھا، یہ بھی قمیص کے ساتھ ہی کالا رنگوا لیا جائے گا۔ ایک صرف شلوار کی کسر ہے، سو وہ تم کسی نہ کسی طرح پیدا کر دو۔۔۔دیکھو تمہیں میری جان کی قسم کسی نہ کسی طرح ضرور لا دو۔۔۔میری بھتی کھاؤ اگر نہ لاؤ۔‘‘

خدا بخش اٹھ بیٹھا۔

’’اب تم خواہ مخواہ زور دیے چلی جا رہی ہو۔۔۔میں کہاں سے لاؤں گا۔۔۔افیم کھانے کے لیے تو میرے پاس پیسہ نہیں۔‘‘

’’کچھ بھی کرو مگر مجھے ساڑھے چار گز کالی ساٹن لا دو۔‘‘

’’دعا کرو کہ آج رات ہی اللہ دو تین آدمی بھیج دے۔‘‘

’’لیکن تم کچھ نہیں کرو گے۔۔۔تم اگر چاہو تو ضرور اتنے پیسے پیدا کر سکتے ہو۔ جنگ سے پہلے یہ ساٹن بارہ چودہ آنہ گز مل جاتی تھی، اب سوا روپے گز کے حساب سے ملتی ہے۔ ساڑھے چار گزوں پر کتنے روپے خرچ ہو جائیں گے؟‘‘

’’اب تم کہتی ہو تو میں کوئی حیلہ کروں گا۔‘‘

یہ کہہ کر خدا بخش اٹھا۔

’’لو اب ان باتوں کو بھول جاؤ، میں ہوٹل سے کھانا لے آؤں۔‘‘

ہوٹل سے کھانا آیا۔ دونوں نے مل کر زہر مار کیا اور سو گئے۔ صبح ہوئی۔ خدا بخش پرانے قلعے والے فقیر کے پاس چلا گیا اور سلطانہ اکیلی رہ گئی۔ کچھ دیر لیٹی رہی، کچھ دیر سوئی رہی۔ ادھر ادھر کمروں میں ٹہلتی رہی۔ دوپہر کو کھانا کھانے کے بعد اس نے اپنا سفید نینون کا دوپٹہ اور سفید بوسکی کی قمیص نکالی اور نیچے لانڈری والے کو رنگنے کے لیے دے آئی۔ کپڑے دھونے کے علاوہ وہاں رنگنے کا کام بھی ہوتا تھا۔ یہ کام کرنے کے بعد اس نے واپس آ کر فلموں کی کتابیں پڑھیں جن میں اس کی دیکھی ہوئی فلموں کی کہانی اور گیت چھپے ہوئے تھے۔ یہ کتابیں پڑھتے پڑھتے وہ سو گئی، جب اٹھی تو چراغ جل چکے تھے کیوں کہ دھوپ آنگن میں سے موری کے پاس پہنچ چکی تھی۔ نہا دھو کر فارغ ہوئی تو گرم چادر اوڑھ کر بالکونی میں آ کھڑی ہوئی۔ قریباً ایک گھنٹہ سلطانہ بالکونی میں کھڑی رہی۔ اب شام ہو گئی تھی۔ بتیاں روشن ہو رہی تھیں۔ نیچے سڑک میں رونق کے آثار نظر آنے لگے۔ سردی میں تھوڑی سی شدت ہو گئی تھی مگر سلطانہ کو یہ ناگوار معلوم نہ ہوئی۔ وہ سڑک پر آتے جاتے تانگوں اور موٹروں کی طرف ایک

عرصہ سے دیکھ رہی تھی۔ دفعتاً اسے شنکر نظر آیا۔ مکان کے نیچے پہنچ کر اس نے گردن اوپر کی اور سلطانہ کی طرف دیکھ کر مسکرا دیا۔ سلطانہ نے غیر ارادی طور پر ہاتھ کا اشارہ کیا اور اسے اوپر بلا لیا۔

جب شنکر اوپر آ گیا تو سلطانہ بہت پریشان ہوئی کہ اس سے کیا کہے۔ دراصل اس نے ایسے ہی بلاسوچے سمجھے اسے اشارہ کر دیا تھا۔ شنکر بے حد مطمئن تھا جیسے اس کا اپنا گھر ہے، چنانچہ بڑی بے تکلفی سے پہلے روز کی طرح وہ گاؤ تکیہ سر کے نیچے رکھ کر لیٹ گیا۔ جب سلطانہ نے دیر تک اس سے کوئی بات نہ کی تو اس سے کہا

"تم مجھے سو دفعہ بلا سکتی ہو اور سو دفعہ ہی کہہ سکتی ہو کہ چلے جاؤ۔۔۔ میں ایسی باتوں پر کبھی ناراض نہیں ہوا کرتا۔" سلطانہ شش و پنج میں گرفتار ہو گئی، کہنے لگی "نہیں بیٹھو، تمہیں جانے کو کون کہتا ہے۔"

شنکر اس پر مسکرا دیا۔ "تو میری شرطیں تمہیں منظور ہیں۔"

"کیسی شرطیں؟" سلطانہ نے ہنس کر کہا

"کیا نکاح کر رہے ہو مجھ سے؟"

"نکاح اور شادی کیسی؟ نہ تم عمر بھر میں کسی سے نکاح کرو گی نہ میں۔ یہ رسمیں ہم لوگوں کے لیے نہیں۔۔۔ چھوڑ وان فضولیات کو۔ کوئی کام کی بات کرو۔"

"بولو کیا بات کروں؟"

"تم عورت ہو۔۔۔ کوئی ایسی بات شروع کرو جس سے دو گھڑی دل بہل جائے۔ اس دنیا میں صرف دوکانداری ہی دوکانداری نہیں، اور کچھ بھی ہے۔"

سلطانہ ذہنی طور پر اب شنکر کو قبول کر چکی تھی۔ کہنے لگی "صاف صاف کہو، تم مجھ سے کیا چاہتے ہو۔"

"جو دوسرے چاہتے ہیں۔" شنکر اٹھ کر بیٹھ گیا۔

"تم میں اور دوسروں میں پھر فرق ہی کیا رہا۔"

"تم میں اور مجھ میں کوئی فرق نہیں۔ ان میں اور مجھ میں زمین و آسمان کا فرق ہے۔ ایسی بہت سی باتیں ہوتی ہیں جو پوچھنا نہیں چاہییں خود سمجھنا چاہییں۔"

سلطانہ نے تھوڑی دیر تک شنکر کی اس بات کو سمجھنے کی کوشش کی پھر کہا

"میں سمجھ گئی۔"

"تو کہو، کیا ارادہ ہے؟"

"تم جیتے، میں ہاری، پر میں کہتی ہوں، آج تک کسی نے ایسی بات قبول نہ کی ہو گی۔"

"تم غلط کہتی ہو۔۔۔اسی محلے میں تمہیں ایسی سادہ لوح عورتیں بھی مل جائیں گی جو کبھی یقین نہیں کریں گی کہ عورت ایسی ذلت قبول کرسکتی ہے جو تم بغیر کسی احساس کے قبول کرتی رہی ہو۔ لیکن ان کے نہ یقین کرنے کے باوجود تم ہزاروں کی تعداد میں موجود ہو۔۔۔تمہارا نام سلطانہ ہے نا؟"

"سلطانہ ہی ہے۔"، شنکر اٹھ کھڑا ہوا اور ہنسنے لگا

"میرا نام شنکر ہے۔۔۔یہ نام بھی عجب اوٹ پٹانگ ہوتے ہیں، چلو آؤ اندر چلیں۔"

شنکر اور سلطانہ دری والے کمرے میں واپس آئے تو دونوں ہنس رہے تھے، نہ جانے کس بات پر۔ جب شنکر جانے لگا تو سلطانہ نے کہا"شنکر میری ایک بات مانو گے؟"

شنکر نے جواباً کہا"پہلے بات بتاؤ۔"

سلطانہ کچھ جھینپ سی گئی"تم کہو گے کہ میں دام وصول کرنا چاہتی ہوں مگر۔"

"کہو کہو۔۔۔رک کیوں گئی ہو۔"، سلطانہ نے جرأت سے کام لے کر کہا

"بات یہ ہے کہ محرم آ رہا ہے اور میرے پاس اتنے پیسے نہیں کہ میں کالی شلوار بنوا سکوں۔۔۔یہاں کے سارے دھڑے تو تم مجھ سے سن ہی چکے ہو۔ قمیص اور دوپٹہ میرے پاس موجود تھا جو میں نے آج رنگوانے کے لیے دے دیا ہے۔"

شنکر نے یہ سن کر کہا"تم چاہتی ہو کہ میں تمہیں کچھ روپے دے دوں جو تم یہ کالی شلوار بنوا سکو۔"

سلطانہ نے فوراً ہی کہا"نہیں، میرا مطلب یہ ہے کہ اگر ہو سکے تو تم مجھے ایک کالی شلوار لا دو۔"

شنکر مسکرایا"میری جیب میں تو اتفاق ہی سے کبھی کچھ ہوتا ہے، بہر حال میں کوشش کروں گا محرم کی پہلی تاریخ کو تمہیں یہ شلوار مل جائے گی۔ لے بس اب خوش ہو گئیں۔"

سلطانہ کے بُندوں کی طرف دیکھ کر شنکر نے پوچھا"کیا یہ بُندے تم مجھے دے سکتی ہو؟"

سلطانہ نے ہنس کر کہا"تم انھیں کیا کرو گے۔ چاندی کے معمولی بُندے ہیں۔ زیادہ سے زیادہ پانچ روپے کے ہوں گے۔"

اس پر شنکر نے کہا"میں نے تم سے بندے مانگے ہیں۔ ان کی قیمت نہیں پوچھی، بولو، دیتی ہو۔"

"لے لو۔"

یہ کہہ کر سلطانہ نے بندے اتار کر شنکر کو دے دیے۔ اس کے بعد افسوس ہوا مگر شنکر جا چکا تھا۔

سلطانہ کو قطعاً یقین نہیں تھا کہ شنکر اپنا وعدہ پورا کرے گا مگر آٹھ روز کے بعد محرم کی پہلی تاریخ کو صبح نو بجے

دروازے پر دستک ہوئی۔ سلطانہ نے دروازہ کھولا تو شنکر کھڑا تھا۔ اخبار میں لپٹی ہوئی چیز اس نے سلطانہ کو دی اور کہا

"ساٹن کی کالی شلوار ہے۔۔۔ دیکھ لینا، شاید لمبی ہو۔۔۔ اب میں چلتا ہوں۔"

شنکر شلوار دے کر چلا گیا اور کوئی بات اس نے سلطانہ سے نہ کی۔ اس کی پتلون میں شکنیں پڑی ہوئی تھیں۔ بال بکھرے ہوئے تھے۔ ایسا معلوم ہوتا تھا کہ ابھی ابھی سو کر اٹھا ہے اور رسیدھا ادھر ہی چلا آیا ہے۔ سلطانہ نے کاغذ کھولا۔ ساٹن کی کالی شلوار تھی ایسی ہی جیسی کہ وہ مختار کے پاس دیکھ کر آئی تھی۔ سلطانہ بہت خوش ہوئی۔ بندوں اور اس سودے کا جو افسوس اسے ہوا تھا اس شلوار نے اور شنکر کی وعدہ ایفائی نے دور کر دیا۔

دوپہر کو وہ نیچے لانڈری والے سے اپنی رنگی ہوئی قمیص اور دوپٹہ لے کر آئی۔ تینوں کالے کپڑے اس نے جب پہن لیے تو دروازے پر دستک ہوئی۔ سلطانہ نے دروازہ کھولا تو مختار اندر داخل ہوئی۔ اس نے سلطانہ کے تینوں کپڑوں کی طرف دیکھا اور کہا

"قمیص اور دوپٹہ تو رنگا ہوا معلوم ہوتا ہے، پر یہ شلوار نئی ہے۔۔۔ کب بنوائی؟"

سلطانہ نے جواب دیا

"آج ہی درزی لایا ہے۔"

یہ کہتے ہوئے اس کی نظریں مختار کے کانوں پر پڑیں

"یہ بندے تم نے کہاں سے لیے؟"

مختار نے جواب دیا

"آج ہی منگوائے ہیں۔"

اس کے بعد دونوں کو تھوڑی دیر تک خاموش رہنا پڑا۔

کھول دو

اس افسانے پر تقسیمِ ہندوستان کے بعد بے حیائی کے الزام پر مقدمہ ہوا

امرتسر سے اسپیشل ٹرین دو پہر دو بجے کو چلی اور آٹھ گھنٹوں کے بعد مغل پورہ پہنچی۔ راستے میں کئی آدمی مارے گئے متعدد زخمی ہوئے اور کچھ ادھر ادھر بھٹک گئے۔

صبح دس بجے۔۔۔ کیمپ کی ٹھنڈی زمین پر جب سراج الدین نے آنکھیں کھولیں اور اپنے چاروں طرف مردوں، عورتوں اور بچوں کا ایک متلاطم سمندر دیکھا تو اس کی سوچنے سمجھنے کی قوتیں اور بھی ضعیف ہوگئیں۔ وہ دیر تک گدلے آسمان کو ٹکٹکی باندھے دیکھتا رہا۔ یوں تو کیمپ میں ہر طرف شور بر پا تھا۔ لیکن بوڑھے سراج الدین کے کان جیسے بند تھے۔ اسے کچھ سنائی نہیں دیتا تھا۔ کوئی اسے دیکھتا تو یہ خیال کرتا کہ وہ کسی گہری فکر میں غرق ہے مگر ایسا نہیں تھا۔ اس کے ہوش و حواس شل تھے۔ اس کا سارا وجود خلا میں معلق تھا۔

گدلے آسمان کی طرف بغیر کسی ارادے کے دیکھتے دیکھتے سراج الدین کی نگاہیں سورج سے ٹکرائیں۔ تیز روشنی اس کے وجود کے رگ و ریشے میں اتر گئی اور وہ جاگ اٹھا۔ اوپر تلے اس کے دماغ پر کئی تصویریں دوڑ گئیں۔ لوٹ۔۔۔ آگ۔۔۔۔ بھاگم بھاگ۔۔۔ اسٹیشن۔۔۔ گولیاں۔۔۔ رات اور سکینہ۔۔۔۔ سراج الدین ایک دم اٹھ کھڑا ہوا اور پاگلوں کی طرح اس نے اپنے چاروں طرف پھیلے ہوئے انسانوں کے سمندر کو کھنگالنا شروع کیا۔

پورے تین گھنٹے وہ ''سکینہ، سکینہ'' پکارتا کیمپ میں خاک چھانتا رہا۔ مگر اسے اپنی جوان اکلوتی بیٹی کا کوئی پتا نہ ملا۔ چاروں طرف ایک دھاندلی سی مچی تھی۔ کوئی اپنا بچہ ڈھونڈ رہا تھا، کوئی ماں، کوئی بیوی اور کوئی بیٹی۔ سراج الدین تھک ہار کر ایک طرف بیٹھ گیا اور حافظے پر زور دے کر سوچنے لگا کہ سکینہ اس سے کب اور کہاں جدا ہوئی۔ لیکن

سوچتے سوچتے اس کا دماغ سکینہ کی ماں کی لاش پر جم جاتا۔جس کی ساری انتڑیاں باہر نکلی ہوئی تھیں۔اس سے آگے وہ اور کچھ نہ سوچ سکتا۔

سکینہ کی ماں مر چکی تھی۔اس نے سراج الدین کی آنکھوں کے سامنے دم توڑا تھا۔لیکن سکینہ کہاں تھی جس کے متعلق اس کی ماں نے مرتے ہوئے کہا تھا، ''مجھے چھوڑو اور سکینہ کو لے کر جلدی یہاں سے بھاگ جاؤ۔''

سکینہ اس کے ساتھ ہی تھی۔دونوں ننگے پاؤں بھاگ رہے تھے۔سکینہ کا دوپٹہ گر پڑا تھا۔اسے اٹھانے کے لیے اس نے رکنا چاہا تھا مگر سکینہ نے چلا کر کہا تھا، ''ابا جی۔۔۔چھوڑیے۔''لیکن اس نے دوپٹہ اٹھا لیا تھا۔۔۔یہ سوچتے سوچتے اس نے اپنے کوٹ کی ابھری ہوئی جیب کی طرف دیکھا اور اس میں ہاتھ ڈال کر ایک کپڑا نکالا۔۔۔سکینہ کا وہی دوپٹہ تھا۔۔۔لیکن سکینہ کہاں تھی؟

سراج الدین نے اپنے تھکے ہوئے دماغ پر بہت زور دیا مگر وہ کسی نتیجہ پر نہ پہنچ سکا۔کیا وہ سکینہ کو اپنے ساتھ اسٹیشن تک لے آیا تھا۔۔۔؟کیا وہ اس کے ساتھ ہی گاڑی میں سوار تھی۔۔۔؟راستہ میں جب گاڑی روکی گئی تھی اور بلوائی اندر گھس آئے تھے تو کیا وہ بے ہوش ہو گیا تھا جو وہ سکینہ کو اٹھا کر لے گئے؟

سراج الدین کے دماغ میں سوال ہی سوال تھے، جواب کوئی بھی نہیں تھا۔اس کو ہمدردی کی ضرورت تھی لیکن چاروں طرف جتنے بھی انسان پھیلے ہوئے تھے سب کو ہمدردی کی ضرورت تھی۔سراج الدین نے رونا چاہا مگر آنکھوں نے اس کی مدد نہ کی۔آنسو جانے کہاں غائب ہو گئے تھے۔چھ روز کے بعد جب ہوش و حواس کسی قدر درست ہوئے تو سراج الدین ان لوگوں سے ملا جو اس کی مدد کرنے کے لیے تیار تھے۔آٹھ نوجوان تھے۔جن کے پاس لاری تھی، بندوقیں تھیں۔سراج الدین نے ان کو لاکھ لاکھ دعائیں دیں اور سکینہ کا حلیہ بتایا، ''گورا رنگ ہے اور بہت ہی خوبصورت ہے۔۔۔مجھ پر نہیں اپنی ماں پر تھی۔۔۔عمر سترہ برس کے قریب ہے۔۔۔آنکھیں بڑی بڑی۔۔۔بال سیاہ، دائیں گال پر موٹا سا تل۔۔۔میری اکلوتی لڑکی ہے۔ڈھونڈ لاؤ۔تمہارا خدا بھلا کرے گا۔''

رضا کار نوجوانوں نے بڑے جذبے کے ساتھ بوڑھے سراج الدین کو یقین دلایا کہ اگر اس کی بیٹی زندہ ہوئی تو چند ہی دنوں میں اس کے پاس ہو گی۔

آٹھوں نوجوانوں نے کوشش کی۔جان ہتھیلی پر رکھ کر وہ امرتسر گئے۔کئی عورتوں، کئی مردوں اور کئی بچوں کو نکال نکال کر انھوں نے محفوظ مقامات پر پہنچایا۔دس روز گزر گئے مگر انھیں سکینہ کہیں نہ ملی۔

ایک روز وہ اسی خدمت کے لیے لاری پر امرتسر جا رہے تھے کہ چھ ہرٹہ کے پاس سٹرک پر انھیں ایک لڑکی دکھائی دی۔لاری کی آواز سن کر وہ بدکی اور بھاگنا شروع کر دیا۔رضا کاروں نے موٹر روکی اور سب اس کے

پیچھے بھاگے۔ایک کھیت میں انھوں نے لڑکی کو پکڑلیا۔دیکھاتو بہت خوبصورت تھی۔دائیں گال پرموٹا تل تھا۔ایک لڑکے نے اس سے کہا، '' گھبراؤ نہیں۔۔۔کیاتمہارانام سکینہ ہے؟''

لڑکی کارنگ اور بھی زرد ہوگیا۔اس نے کوئی جواب نہ دیا۔لیکن جب تمام لڑکوں نے اسے دم دلاسا دیا تواس کی وحشت دور ہوئی اور اس نے مان لیا کہ وہ سراج الدین کی بیٹی سکینہ ہے۔

آٹھ رضاکار نوجوانوں نے ہر طرح سکینہ کی دل جوئی کی۔اسے کھانا کھلایا۔دودھ پلایا اور لاری میں بٹھا دیا۔ایک نے اپنا کوٹ اتار کر اسے دے دیا۔کیونکہ دوپٹہ نہ ہونے کے باعث وہ بہت الجھن محسوس کر رہی تھی۔اور بار بار بانہوں سے اپنے سینے کو ڈھانکنے کی ناکام کوشش میں مصروف تھی۔

کئی دن گزر گئے۔۔۔سراج الدین کو سکینہ کی کوئی خبر نہ ملی۔وہ دن بھر مختلف کیمپوں اور دفتروں کے چکر کاٹتا رہتا۔لیکن کہیں سے بھی اس کی بیٹی کا پتہ نہ چلا۔رات کو وہ بہت دیر تک ان رضاکار نوجوانوں کی کامیابی کے لیے دعائیں مانگتا رہتا۔جنہوں نے اس کو یقین دلایا تھا کہ اگر سکینہ زندہ ہوئی تو چند دنوں ہی میں وہ اسے ڈھونڈ نکالیں گے۔

ایک روز سراج الدین نے کیمپ میں ان نوجوان رضاکاروں کو دیکھا۔لاری میں بیٹھے تھے۔سراج الدین بھاگا بھاگا ان کے پاس گیا۔لاری چلنے ہی والی تھی کہ اس نے پوچھا، ''بیٹا، میری سکینہ کا پتہ چلا؟''

سب نے ایک زبان ہو کر کہا، ''چل جائے گا، چل جائے گا۔''اور لاری چلا دی۔سراج الدین نے ایک بار پھر ان نوجوانوں کی کامیابی کے لیے دعا مانگی اور اس کا جی کسی قدر ہلکا ہو گیا۔

شام کے قریب کیمپ میں جہاں سراج الدین بیٹھا تھا، اس کے پاس ہی کچھ گڑ بڑ سی ہوئی۔چار آدمی کچھ اٹھا کر لا رہے تھے۔اس نے دریافت کیا تو معلوم ہوا کہ ایک لڑکی ریلوے لائن کے پاس بے ہوش پڑی تھی۔لوگ اسے اٹھا کر لائے ہیں۔سراج الدین ان کے پیچھے پیچھے ہولیا۔لوگوں نے لڑکی کو ہسپتال والوں کے سپرد کیا اور چلے گئے۔کچھ دیر وہ ایسے ہی ہسپتال کے باہر گڑے ہوئے لکڑی کے کھمبے کے ساتھ لگ کر کھڑا رہا۔پھر آہستہ آہستہ اندر چلا گیا۔کمرے میں کوئی بھی نہیں تھا۔ایک اسٹریچر تھا جس پر ایک لاش پڑی تھی۔سراج الدین چھوٹے چھوٹے قدم اٹھاتا اس کی طرف بڑھا۔کمرے میں دفعتاً روشنی ہوئی۔سراج الدین نے لاش کے زرد چہرے پر چمکتا ہوا تل دیکھا اور چلایا۔

''سکینہ!''

ڈاکٹر نے جس نے کمرے میں روشنی کی تھی سراج الدین سے پوچھا، ''کیا ہے؟''

سراج الدین کے حلق سے صرف اس قدر نکل سکا، ''جی میں۔۔۔جی میں۔۔۔اس کا باپ ہوں!''

ڈاکٹر نے اسٹریچر پر پڑی ہوئی لاش کی طرف دیکھا۔اس کی نبض ٹٹولی اور سراج الدین سے کہا، " کھڑکی کھول دو۔"

سکینہ کے مردہ جسم میں جنبش پیدا ہوئی۔ بے جان ہاتھوں سے اس نے ازار بند کھولا اور شلوار نیچے سرکا دی۔

بوڑھا سراج الدین خوشی سے چلایا، "زندہ ہے۔۔۔میری بیٹی زندہ ہے۔۔۔"

ڈاکٹر سر سے پیر تک پسینے میں غرق ہو گیا۔۔۔

ٹھنڈا گوشت

اس افسانے پر تقسیمِ ہندوستان کے بعد بے حیائی کے الزام پر مقدمہ ہوا

ایشر سنگھ جونہی ہوٹل کے کمرے میں داخل ہوا، کلونت کور پلنگ پر سے اٹھی۔ اپنی تیز تیز آنکھوں سے اس کی طرف گھور کے دیکھا اور دروازے کی چٹخنی بند کردی۔ رات کے بارہ بج چکے تھے، شہر کا مضافات ایک عجیب پراسرار خاموشی میں غرق تھا۔

کلونت کور پلنگ پر آلتی پالتی مار کر بیٹھ گئی۔ ایشر سنگھ جو غالباً اپنے پراگندہ خیالات کے الجھے ہوئے دھاگے کھول رہا، ہاتھ میں کرپان لیے ایک کونے میں کھڑا تھا۔ چند لمحات اسی طرح خاموشی میں گزر گئے۔ کلونت کور کو تھوڑی دیر کے بعد اپنا آسن پسند نہ آیا، اور وہ دونوں ٹانگیں پلنگ سے نیچے لٹکا کر ہلانے لگی۔ ایشر سنگھ پھر بھی کچھ نہ بولا۔

کلونت کور بھرے بھرے ہاتھ پیروں والی عورت تھی۔ چوڑے چکلے کولہے، تھل تھل کرنے والے گوشت سے بھرپور کچھ بہت ہی زیادہ ابھرا ہوا سینہ، تیز آنکھیں، بالائی ہونٹ پر بالوں کا سرمئی غبار، ٹھوڑی کی ساخت سے پتہ چلتا تھا کہ بڑے دھڑلے کی عورت ہے۔

ایشر سنگھ گو سر نیوڑھائے ایک کونے میں چپ چاپ کھڑا تھا، سر پر اس کی باندھی ہوئی پگڑی ڈھیلی ہو رہی تھی۔ اس کے ہاتھ جو کرپان تھامے ہوئے تھے، تھوڑے تھوڑے لرزاں تھے، مگر اس کے قد و قامت اور خد و خال سے پتہ چلتا تھا کہ کلونت کور جیسی عورت کے لیے موزوں ترین مرد ہے۔

چند اور لمحات جب اسی طرح خاموشی سے گزر گئے تو کلونت کور چلک پڑی۔ لیکن تیز تیز آنکھوں کو نچا کر وہ صرف اس قدر کہہ سکی

''ایشر سیاں۔''

ایشر سنگھ نے گردن اٹھا کر کلونت کور کی طرف دیکھا، مگر اس کی نگاہوں کی گولیوں کی تاب نہ لا کر منہ دوسری طرف موڑ لیا۔ کلونت کور چلائی

''ایشر سیاں۔''

لیکن فوراً ہی آواز بھینچ لی اور پلنگ پر سے اٹھ کر اس کی جانب جاتے ہوئے بولی

'' کہاں رہے تم اتنے دن؟''

ایشر سنگھ نے خشک ہونٹوں پر زبان پھیری۔

''مجھے معلوم نہیں۔''

کلونت کور بھنائی۔

''یہ بھی کوئی مو یا جواب ہے؟''

ایشر سنگھ نے کر پان ایک طرف پھینک دی اور پلنگ پر لیٹ گیا۔ ایسا معلوم ہوتا تھا کہ وہ کئی دنوں کا بیمار ہے۔ کلونت کور نے پلنگ کی طرف دیکھا۔ جواب ایشر سنگھ سے لبالب بھرا تھا۔ اس کے دل میں ہمدردی کا جذبہ پیدا ہو گیا۔ چنانچہ اس کے ماتھے پر ہاتھ رکھ کر اس نے بڑے پیار سے پوچھا

''جانی کیا ہوا ہے تمہیں؟''

ایشر سنگھ چھت کی طرف دیکھ رہا تھا، اس سے نگاہیں ہٹا کر اس نے کلونت کور کے مانوس چہرے کو ٹٹولنا شروع کیا۔

'' کلونت،''

آواز میں درد تھا۔ کلونت کور ساری کی ساری سمٹ کر اپنے بالائی ہونٹ میں آ گئی۔

''ہاں جانی،''

کہہ کر وہ اس کو دانتوں سے کاٹنے لگی۔

ایشر سنگھ نے پگڑی اتار دی۔ کلونت کور کی طرف سہارا لینے والی نگاہوں سے دیکھا، اس کے گوشت بھرے گولھے پر زور سے دھپا مارا اور سر کو جھٹکا دے کر اپنے آپ سے کہا

''یہ کٹڑی یا دماغ ہی خراب ہے۔''

جھٹکا دینے سے اس کے کیس کھل گئے۔ کلونت کور انگلیوں سے ان میں کنگھی کرنے لگی۔ ایسا کرتے ہوئے اس نے بڑے پیار سے پوچھا

"ایشر سیاں، کہاں رہے تم اتنے دن؟"

"برے کی ماں کے گھر"

ایشر سنگھ نے کلونت کور کو گھور کے دیکھا اور دفعتاً دونوں ہاتھوں سے اس کے ابھرے ہوئے سینے کو مسلنے لگا۔

"قسم واہگورو کی بڑی جان دار عورت ہے۔"

کلونت کور نے ایک ادا کے ساتھ ایشر سنگھ کے ہاتھ ایک طرف جھٹک دیے اور پوچھا

"تمہیں میری قسم بتاؤ، کہاں رہے۔۔۔؟ شہر گئے تھے؟"

ایشر سنگھ نے ایک ہی لپیٹ میں اپنے بالوں کا جوڑا بناتے ہوئے جواب دیا

"نہیں۔"

کلونت کور چڑ گئی۔

"نہیں تم ضرور شہر گئے تھے۔۔۔اور تم نے بہت سارا روپیہ لوٹا ہے جو مجھ سے چھپا رہے ہو۔"

"وہ اپنے باپ کا تخم نہ ہو جو تم سے جھوٹ بولے۔"

کلونت کور تھوڑی دیر کے لیے خاموش ہو گئی، لیکن فوراً ہی بھڑک اٹھی

"لیکن میری سمجھ میں نہیں آتا، اس رات تمہیں کیا ہوا۔۔۔؟ اچھے بھلے میرے ساتھ لیٹے تھے، مجھے تم نے وہ تمام گہنے پہنا رکھے تھے جو تم شہر سے لوٹ کر لائے تھے۔ میری جپھیاں لے رہے تھے، پر جانے ایک دم تمہیں کیا ہوا، اٹھے اور کپڑے پہن کر باہر نکل گئے۔"

ایشر سنگھ کا رنگ زرد ہو گیا۔ کلونت کور نے یہ تبدیلی دیکھتے ہی کہا

"دیکھا کیسے رنگ نیلا پڑ گیا۔۔۔ ایشر سیاں، قسم واہگورو کی، ضرور کچھ دال میں کالا ہے؟"

"تیری جان کی قسم کچھ بھی نہیں۔"

ایشر سنگھ کی آواز بے جان تھی۔ کلونت کور کا شبہ اور زیادہ مضبوط ہو گیا۔ بالائی ہونٹ بھینچ کر اس نے ایک ایک لفظ پر زور دیتے ہوئے کہا

"ایشر سیاں، کیا بات ہے تم وہ نہیں ہو جو آج سے آٹھ روز پہلے تھے؟"

ایشر سنگھ ایک دم اٹھ بیٹھا، جیسے کسی نے اس پر حملہ کیا تھا۔ کلونت کور کو اپنے تنو مند بازوؤں میں سمیٹ کر اس نے پوری قوت کے ساتھ اسے بھنبھوڑنا شروع کر دیا۔

"جانی میں وہی ہوں۔۔۔ گھٹ گھٹ پا جپھیاں، تیری نکلے ہڈاں دی گرمی۔۔۔"

کلونت کور نے مزاحمت نہ کی، لیکن وہ شکایت کرتی رہی۔

’’تمہیں اس رات ہو کیا گیا تھا؟‘‘

’’برے کی ماں کا وہ ہو گیا تھا۔‘‘

’’بتاؤ گے نہیں؟‘‘

’’کوئی بات ہو تو بتاؤں۔‘‘

’’مجھے اپنے ہاتھوں سے جلاؤ اگر جھوٹ بولو۔‘‘

ایشر سنگھ نے اپنے بازو اس کی گردن میں ڈال دیے اور ہونٹ اس کے ہونٹوں میں گاڑ دیے مونچھوں کے بال کلونت کور کے نتھنوں میں گھسے تو اسے چھینک آ گئی۔ دونوں ہنسنے لگے۔ ایشر سنگھ نے اپنی صدری اتار دی اور کلونت کور کو شہوت بھری نظروں سے دیکھ کر کہا

’’آ جاؤ، ایک بازی تاش کی ہو جائے!‘‘

کلونت کور کے بالائی ہونٹ پر پسینے کی ننھی ننھی بوندیں پھوٹ آئیں، ایک ادا کے ساتھ اس نے اپنی آنکھوں کی پتلیاں گھمائیں اور کہا

’’چل دفان ہو۔‘‘

ایشر سنگھ نے اس کے بھرے ہوئے کولہے پر زور سے چٹکی بھری۔ کلونت کور تڑپ کر ایک طرف ہٹ گئی

’’نہ کر ایشر سیاں، میرے درد ہوتا ہے۔‘‘

ایشر سنگھ نے آگے بڑھ کر کلونت کور کا بالائی ہونٹ اپنے دانتوں تلے دبا لیا اور کچکچانے لگا۔ کلونت کور بالکل پگھل گئی۔ ایشر سنگھ نے اپنا کرتہ اتار کے پھینک دیا اور کہا

’’لو، پھر ہو جائے ترپ چال ۔۔۔‘‘

کلونت کور کا بالائی ہونٹ کپکپانے لگا، ایشر سنگھ نے دونوں ہاتھوں سے کلونت کور کی قمیص کا گھیرا پکڑا اور جس طرح بکرے کی کھال اتارتے ہیں، اسی طرح اس کو اتار کر ایک طرف رکھ دیا، پھر اس نے گھور کے اس کے ننگے بدن کو دیکھا اور زور سے اس کے بازو پر چٹکی بھرتے ہوئے کہا

’’کلونت، قسم واہگورو کی، بڑی کراری عورت ہے تو۔‘‘

کلونت کور اپنے بازو پر ابھرتے ہوئے لال دھبے کو دیکھنے لگی

’’بڑا ظالم ہے تو ایشر سیاں۔‘‘

ایشر سنگھ اپنی گھنی کالی مونچھوں میں مسکرایا

"ہونے دے آج ظلم؟"

اور یہ کہہ کر اس نے مزید ظلم ڈھانے شروع کیے۔ کلونت کور کا بالائی ہونٹ دانتوں تلے کچکچایا۔ کان کی لووں کو کاٹا، ابھرے ہوئے سینے کو بھنبھوڑا، ابھرے ہوئے کولہوں پر آواز پیدا کرنے والے چانٹے مارے۔ گالوں کے منہ بھر بھر کے بوسے لیے۔ چوس چوس کر اس کا سارا سینہ تھوکوں سے لتھیڑ دیا۔ کلونت کور تیز آنچ پر چڑھی ہوئی ہانڈی کی طرح ابلنے لگی۔

لیکن ایشر سنگھ ان تمام حیلوں کے باوجود خود میں حرارت پیدا نہ کر سکا۔ جتنے گُر اور جتنے داؤ اسے یاد تھے، سب کے سب اس نے پٹ جانے والے پہلوان کی طرح استعمال کر دیے، پر کوئی کارگر نہ ہوا۔ کلونت کور نے، جس کے بدن کے سارے تار تن کر خود بخود بج رہے تھے، غیر ضروری چھیڑ چھاڑ سے تنگ آ کر کہا

"ایشر سیاں، کافی پھینٹ چکا ہے، اب پتا پھینک!"

یہ سنتے ہی ایشر سنگھ کے ہاتھ سے جیسے تاش کی ساری گڈی نیچے پھسل گئی۔ ہانپتا ہوا وہ کلونت کور کے پہلو میں لیٹ گیا اور اس کے ماتھے پر سرد پسینے کے لیپ ہونے لگے۔ کلونت کور نے اسے گرمانے کی بہت کوشش کی۔ مگر نا کام رہی، اب تک سب کچھ منہ سے کہے بغیر ہوتا رہا تھا لیکن جب کلونت کور کے منتظر بہ عمل اعضا کو سخت ناامیدی ہوئی تو وہ جھلا کر پلنگ سے نیچے اتر گئی۔ سامنے کھونٹی پر چادر پڑی تھی، اس کو اتار کر اس نے جلدی جلدی اوڑھ کر اور نتھنے پھلا کر، بھرے ہوئے لہجے میں کہا

"ایشر سیاں، وہ کون حرام زادی ہے، جس کے پاس تو اتنے دن رہ کر آیا ہے۔ جس نے تجھے نچوڑ ڈالا ہے؟"

ایشر سنگھ پلنگ پر لیٹا ہانپتا رہا اور اس نے کوئی جواب نہ دیا۔

کلونت کور غصے سے ابلنے لگی۔

"میں پوچھتی ہوں؟ کون ہے چڈو۔۔۔ کون ہے وہ الفتی۔۔۔ کون ہے وہ چور پتا؟"

ایشر سنگھ نے تھکے ہوئے لہجے میں جواب دیا

"کوئی بھی نہیں کلونت، کوئی بھی نہیں۔"

کلونت کور نے اپنے بھرے ہوئے کولہوں پر ہاتھ رکھ کر ایک عزم کے ساتھ کہا

"ایشر سیاں، میں آج جھوٹ سچ جان کے رہوں گی۔۔۔ کھا واہگورو جی کی قسم۔۔۔ کیا اس کی تہہ میں کوئی عورت نہیں؟"

ایشر سنگھ نے کچھ کہنا چاہا، مگر کلونت کور نے اس کی اجازت نہ دی۔

’’قسم کھانے سے پہلے سوچ لے کہ میں سردار نہال سنگھ کی بیٹی ہوں۔۔۔تکا بوٹی کر دوں گی، اگر تو نے جھوٹ بولا۔۔۔لے اب کھا واہگورو جی کی قسم۔۔۔کیا اس کی تہہ میں کوئی عورت نہیں؟‘‘

ایشر سنگھ نے بڑے دکھ کے ساتھ اثبات میں سر ہلایا، کلونت کور بالکل دیوانی ہو گئی۔ لپک کر کونے میں سے کرپان اٹھائی، میان کو کیلے کے چھلکے کی طرح اتار کر ایک طرف پھینکا اور ایشر سنگھ پر وار کر دیا۔ آن کی آن میں لہو کے فوارے چھوٹ پڑے۔ کلونت کور کی اس سے بھی تسلی نہ ہوئی تو اس نے وحشی بلیوں کی طرح ایشر سنگھ کے کیس نوچنے شروع کر دیے۔ ساتھ ہی ساتھ وہ اپنی نامعلوم سوت کو موٹی موٹی گالیاں دیتی رہیں۔ ایشر سنگھ نے تھوڑی دیر کے بعد نقاہت بھری التجا کی

’’جانے دے اب کلونت! جانے دے۔‘‘

آواز میں بلا کا درد تھا، کلونت کور پیچھے ہٹ گئی۔

خون، ایشر سنگھ کے گلے سے اڑ کر اس کی مونچھوں پر گر رہا تھا، اس نے اپنے لرزاں ہونٹ کھولے اور کلونت کور کی طرف شکریے اور گلے کی ملی جلی نگاہوں سے دیکھا۔

’’میری جان! تم نے بہت جلدی کی۔۔۔لیکن جو ہوا ٹھیک ہے۔‘‘

کلونت کور کا حسد پھر بھڑ کا۔

’’مگر وہ کون ہے تمہاری ماں؟‘‘

لہو، ایشر سنگھ کی زبان تک پہنچ گیا، جب اس نے اس کا ذائقہ چکھا تو اس کے بدن پر جھرجھری سی دوڑ گئی۔

’’اور میں۔۔۔اور میں۔۔۔بھینی یا چھ آدمیوں کو قتل کر چکا ہوں۔۔۔اسی کرپان سے۔۔۔‘‘

کلونت کور کے دماغ میں صرف دوسری عورت تھی۔

’’میں پوچھتی ہوں، کون ہے وہ حرام زادی؟‘‘

ایشر سنگھ کی آنکھیں دھندلا رہی تھیں، ایک ہلکی سی چمک ان میں پیدا ہوئی اور اس نے کلونت کور سے کہا

’’گالی نہ دے اس بھڑوی کو۔‘‘

کلونت چلائی

’’میں پوچھتی ہوں، وہ ہے کون؟‘‘

ایشر سنگھ کے گلے میں آواز رندھ گئی۔

''بتاتا ہوں۔''

یہ کہہ کر اس نے اپنی گردن پر ہاتھ پھیرا اور اس پر اپنا جیتا جیتا خون دیکھ کر مسکرایا۔

''انسان ماں یا بھی ایک عجیب چیز ہے۔''

کلونت کور اس کے جواب کی منتظر تھی۔

''ایشر سیاں، تو مطلب کی بات کر۔''

ایشر سنگھ کی مسکراہٹ اس کی لہو بھری مونچھوں میں اور زیادہ پھیل گئی۔

''مطلب ہی کی بات کر رہا ہوں۔۔۔ گلا چرا ہے ماں یا میرا۔۔۔اب دھیرے دھیرے ہی ساری بات بتاؤں گا۔''

اور جب وہ بات بنانے لگا تو اس کے ماتھے پر ٹھنڈے پسینے کے لیپ ہونے لگے۔

''کلونت! میری جان۔۔۔ میں تمہیں نہیں بتا سکتا، میرے ساتھ کیا ہوا۔۔۔؟ انسان کڑی یا بھی ایک عجیب چیز ہے۔۔۔شہر میں لوٹ مچی تو سب کی طرح میں نے بھی اس میں حصہ لیا۔۔۔ گہنے پاتے اور روپے پیسے جو بھی ہاتھ لگے وہ میں نے تمہیں دے دیے۔۔۔ لیکن ایک بات تمہیں نہ بتائی۔''

ایشر سنگھ نے گھاؤ میں درد محسوس کیا اور کراہنے لگا۔کلونت کور نے اس کی طرف توجہ نہ دی۔اور بڑی بے رحمی سے پوچھا۔

'' کون سی بات؟''

ایشر سنگھ نے مونچھوں پر جمتے ہوئے لہو کو پھونک کے ذریعے سے اڑاتے ہوئے کہا

''جس مکان پر۔۔۔ میں نے دھاوا بولا تھا۔۔۔ اس میں سات۔۔۔ اس میں سات آدمی تھے۔۔۔ چھ میں نے۔۔۔ قتل کر دیے۔۔۔ اسی کرپان سے جس سے تو نے مجھے۔۔۔ چھوڑ اسے۔۔۔ سُن۔۔۔ ایک لڑکی تھی بہت سندر۔۔۔ اس کو اٹھا میں اپنے ساتھ لے آیا۔''

کلونت کور، خاموش سنتی رہی۔ ایشر سنگھ نے ایک بار پھر پھونک مار کے مونچھوں پر سے لہو اڑایا۔

'' کلونت جانی، میں تم سے کیا کہوں، کتنی سندر تھی۔۔۔ میں اسے بھی مار ڈالتا، پر میں نے کہا

''نہیں، ایشر سیاں، کلونت کور کے تو ہر روز مزے لیتا ہے، یہ میوہ بھی چکھ دیکھ۔''

کلونت کور نے صرف اس قدر کہا

''ہوں۔۔۔!''

''اور میں اسے کندھے پر ڈال کر چل دیا۔۔۔ راستے میں۔۔۔ کیا کہہ رہا تھا میں؟ ۔۔۔ ہاں راستے میں۔۔۔ نہر

کی پٹری کے پاس، تھوہڑ کی جھاڑیوں تلے میں نے اسے لٹا دیا۔۔۔ پہلے سوچا کہ چینٹوں، لیکن پھر خیال آیا کہ نہیں۔۔۔،،

یہ کہتے کہتے ایشر سنگھ کی زبان سوکھ گئی۔

کلونت کور نے تھوک نگل کر اپنا حلق تر کیا اور پوچھا

،،پھر کیا ہوا؟،،

ایشر سنگھ کے حلق سے بمشکل یہ الفاظ نکلے

،،میں نے۔۔۔ میں نے پتا پھینکا۔۔۔ لیکن۔۔۔ لیکن۔،،

اس کی آواز ڈوب گئی۔

کلونت کور نے اسے جھنجھوڑا:

،،پھر کیا ہوا؟،،

ایشر سنگھ نے اپنی بند ہوتی ہوئی آنکھیں کھولیں اور کلونت کور کے جسم کی طرف دیکھا، جس کی بوٹی بوٹی تھرک رہی تھی۔

،،وہ۔۔۔ وہ مری ہوئی تھی۔۔۔ لاش تھی۔۔۔ بالکل ٹھنڈا گوشت۔۔۔ جانی مجھے اپنا ہاتھ دے۔۔۔،،

کلونت کور نے اپنا ہاتھ ایشر سنگھ کے ہاتھ پر رکھا، جو برف سے بھی زیادہ ٹھنڈا تھا۔

اوپر نیچے اور درمیان

اس افسانے پر تقسیمِ ہندوستان کے بعد بے حیائی کے الزام پر مقدمہ ہوا

میاں صاحب: بہت دیر کے بعد آج مل بیٹھنے کا اتفاق ہوا ہے۔

بیگم صاحبہ: جی ہاں!

میاں صاحب: مصروفیتیں۔۔۔ بہت پیچھے ہٹتا ہوں مگر نااہل لوگوں کا خیال کر کے قوم کی پیش کی ہوئی ذمہ داریاں سنبھالنی ہی پڑتی ہیں۔

بیگم صاحبہ: اصل میں آپ ایسے معاملوں میں بہت نرم دل واقع ہوئے ہیں، بالکل میری طرح۔

میاں صاحب: ہاں! مجھے آپ کی سوشل ایکٹی وٹیز Social Activities کا علم ہوتا رہتا ہے۔ فرصت ملے تو کبھی اپنی وہ تقریریں بھجوا دیجیے گا جو پچھلے دنوں آپ نے مختلف موقعوں پر کی ہیں۔۔۔ میں فرصت کے اوقات میں ان کا مطالعہ کرنا چاہتا ہوں۔

بیگم صاحبہ: بہت بہتر۔

میاں صاحب: ہاں بیگم! وہ میں نے آپ سے اس بات کا ذکر کیا تھا!

بیگم صاحبہ: کس بات کا؟

میاں صاحب: میرا خیال ہے، ذکر نہیں کیا۔۔۔ کل اتفاق سے میں منجھلے صاحبزادے کے کمرے میں جا نکلا، وہ لیڈی چیٹرلیز لور Lady Chatterley's Lover پڑھ رہا تھا۔

بیگم صاحبہ: وہ رسوائے زمانہ کتاب!

میاں صاحب: ہاں بیگم

بیگم صاحب: آپ نے کیا کیا؟

میاں صاحب: میں نے اس سے کتاب چھین کر غائب کر دی۔

بیگم صاحب: بہت اچھا کیا آپ نے۔

میاں صاحب: اب میں سوچ رہا ہوں کہ ڈاکٹر سے مشورہ کروں اور اس کی روزانہ غذا میں تبدیلی کرا دوں۔

بیگم صاحب: بڑا صحیح قدم اٹھائیں گے آپ۔

میاں صاحب: مزاج کیسا ہے آپ کا؟

بیگم صاحب: ٹھیک ہے۔

میاں صاحب: میرا خیال تھا کہ آج آپ سے۔۔۔درخواست کروں۔

بیگم صاحب: اوہ! آپ بہت بگڑتے جا رہے ہیں۔

میاں صاحب: یہ سب آپ کی کرشمہ سازیاں ہیں۔

بیگم صاحب: لیکن آپ کی صحت؟

میاں صاحب: صحت؟ اچھی ہے لیکن ڈاکٹر سے مشورہ کیے بغیر کوئی قدم نہیں اٹھاؤں گا۔۔۔اور آپ کی طرف سے بھی مجھے پورا اطمینان ہونا چاہیے۔

بیگم صاحب: میں آج ہی مس سلڈھانا سے پوچھ لوں گی۔

میاں صاحب: اور میں ڈاکٹر جلال سے

بیگم صاحب: قاعدے کے مطابق ایسا ہی ہونا چاہیے۔

میاں صاحب: اگر ڈاکٹر جلال نے اجازت دے دی؟

بیگم صاحب: اگر مس سلڈھانا نے اجازت دے دی۔۔۔مفلر اچھی طرح لپیٹ لیجیے۔ باہر سردی ہے۔

میاں صاحب: شکریہ

ڈاکٹر جلال: تم نے اجازت دے دی؟

مس سلڈھانا: جی ہاں

ڈاکٹر جلال: میں نے بھی اجازت دے دی۔۔۔حالانکہ شرارت کے طور پر۔۔۔

مس سلڈھانا: حالانکہ شرارت کے طور پر میں بھی چاہتی تھی کہ اجازت نہ دوں۔

ڈاکٹر جلال: لیکن مجھے ترس آ گیا۔

مس سلڈھانا: مجھے بھی۔

ڈاکٹر جلال: پورے ایک برس کے بعد وہ۔۔۔

مس سلڈھانا: ہاں پورے ایک برس کے بعد۔

ڈاکٹر جلال: میری انگلیوں کے نیچے اس کی نبض تیز ہوگئی، جب میں نے اس کو اجازت دی۔

مس سلڈھانا: اس کی بھی یہی کیفیت تھی۔

ڈاکٹر جلال: اس نے مجھ سے ڈرتے ہوئے کہا، ڈاکٹر! ایسا معلوم ہوتا ہے، میرا دل کمزور ہو گیا ہے۔۔۔ آپ کا ریڈیو گرام Radiogram لیجیے ۔۔۔

مس سلڈھانا: اس نے بھی مجھ سے یہی کہا۔

ڈاکٹر جلال: میں نے اس کے ٹیکہ لگا دیا۔

مس سلڈھانا: میں نے بھی۔۔۔صرف سادہ پانی کا۔

ڈاکٹر جلال: سادہ پانی بہترین چیز ہے۔

مس سلڈھانا: جلال! اگر تم اس بیگم کے شوہر ہوتے؟

ڈاکٹر جلال: اگر تم اس میاں کی بیوی ہوتیں؟

مس سلڈھانا: میرا کیریکٹر Character خراب ہو گیا ہوتا!

ڈاکٹر جلال: میرا جنازہ اٹھ گیا ہوتا!

مس سلڈھانا: یہ بھی تمہارے کیریکٹر Character کی خرابی کہلاتی۔

ڈاکٹر جلال: ہم جب بھی سوسائٹی کے ان الوؤں کو دیکھنے آتے ہیں، ہمارا کیریکٹر Character خراب ہو جاتا ہے۔

مس سلڈھانا: آج بھی ہو گا؟

ڈاکٹر جلال: بہت زیادہ۔

مس سلڈھانا: مگر مصیبت یہ ہے کہ ان کا لمبے لمبے وقفوں کے بعد ہوتا ہے۔

بیگم صاحبہ: یہ آپ نے Lady Chatterley's Lover، لیڈی چیٹرلیز لور تکیے کے نیچے کیوں رکھی ہوئی ہے؟

میاں صاحب: میں دیکھنا چاہتا تھا کہ یہ کتاب کتنی بے ہودہ اور رواہیات ہے۔

بیگم صاحبہ: میں بھی آپ کے ساتھ دیکھوں گی۔

میاں صاحب: میں جستہ جستہ دیکھوں گا، پڑھتا جاؤں گا۔ آپ بھی سنتی جائیے۔

بیگم صاحبہ: بہت اچھا رہے گا۔

میاں صاحب: میں نے صاحبزادے کی روزانہ غذا میں ڈاکٹر کے مشورے سے تبدیلیاں کرا دی ہیں۔

بیگم صاحبہ: مجھے یقین تھا کہ آپ نے اس معاملے میں غفلت نہیں برتی ہو گی۔

میاں صاحب: میں نے اپنی زندگی میں کبھی آج کا کام کل پر نہیں چھوڑا۔

بیگم صاحبہ: میں جانتی ہوں۔۔۔اور خاص کر آج کا کام تو آپ کبھی۔۔۔

میاں صاحب: آپ کا مزاج کتنا شگفتہ ہے۔۔۔

بیگم صاحبہ: یہ سب آپ کی کرشمہ سازیاں ہیں۔

میاں صاحب: میں بہت محظوظ ہوا ہوں۔۔۔اگر آپ کی اجازت ہو تو۔۔۔

بیگم صاحبہ: ٹھہریے! کیا آپ نے دانت صاف کیے؟

میاں صاحب: جی ہاں! میں دانت صاف کر کے اور ڈیٹول کے غرارے کر کے آیا تھا۔

بیگم صاحبہ: میں بھی

میاں صاحب: اصل میں ہم دونوں ایک دوسرے کے لئے بنائے گئے تھے

بیگم صاحبہ: اس میں کیا شک ہے

میاں صاحب: میں جستہ جستہ یہ بے ہودہ کتاب پڑھنا شروع کروں۔

بیگم صاحبہ: ٹھہریے! ذرا میری نبض دیکھیے۔

میاں صاحب: کچھ تیز چل رہی ہے۔۔۔میری دیکھیے۔

بیگم صاحبہ: آپ کی بھی تیز چل رہی ہے

میاں صاحب: وجہ؟

بیگم صاحبہ: دل کی کمزوری!

میاں صاحب: یہی وجہ ہوسکتی ہے۔۔۔لیکن ڈاکٹر جلال نے کہا تھا کوئی خاص بات نہیں۔

بیگم صاحب: مس سلڈ تھانا نے بھی یہی کہا تھا۔

میاں صاحب: اچھی طرح امتحان کر کے اس نے اجازت دی تھی؟

بیگم صاحب: بہت اچھی طرح امتحان کر کے اجازت دی تھی۔

میاں صاحب: تو میرا خیال ہے کوئی حرج نہیں

بیگم صاحب: آپ بہتر سمجھتے ہیں۔۔۔ایسا نہ ہو، آپ کی صحت۔۔۔۔

میاں صاحب: اور آپ کی صحت بھی۔۔۔۔

بیگم صاحب: اچھی طرح سوچ سمجھ کر ہی قدم اُٹھانا چاہیے۔

میاں صاحب: مس سلڈ تھانا نے اس کا تو بندوبست کر دیا ہے نا؟

بیگم صاحب: کس کا۔۔۔؟ ہاں، ہاں، اس کا تو بندوبست کر دیا ہے اس نے۔

میاں صاحب: یعنی اس طرف سے تو پورا اطمینان ہے۔

بیگم صاحب: جی ہاں!

میاں صاحب: ذرا اب دیکھیے نبض؟

بیگم صاحب: اب تو۔۔۔ٹھیک چل رہی ہے۔۔۔میری؟

میاں صاحب: آپ کی بھی نارمل Normal ہے۔

بیگم صاحب: اس بے ہودہ کتاب کا کوئی پیرا تو پڑھیے۔

میاں صاحب: بہتر۔۔۔۔نبض پھر تیز ہوگئی۔

بیگم صاحب: میری بھی۔

میاں صاحب: نوکروں سے مطلوبہ سامان رکھوا دیا آپ نے کمرے میں؟

بیگم صاحب: جی ہاں! سب چیزیں موجود ہیں۔

میاں صاحب: اگر آپ کو زحمت نہ ہو تو میرا ٹمپریچر لے لیجیے۔

بیگم صاحب: کیا آپ تکلیف نہیں کر سکتے۔۔۔اسٹاپ واچ موجود ہے۔ نبض کی رفتار بھی دیکھ لیجیے۔

میاں صاحب: ہاں! یہ بھی نوٹ ہونی چاہیے۔

بیگم صاحب: سالٹ Salt کہاں ہے؟

میاں صاحب: دوسری چیزوں کے ساتھ ہونا چاہیے۔

بیگم صاحبہ: جی ہاں! پڑا ہے تپائی پر۔

میاں صاحب: کمرے کا ٹمپریچر میرا خیال ہے تھوڑا سا بڑھا دینا چاہیے۔

بیگم صاحبہ: میرا بھی یہی خیال ہے۔

میاں صاحب: نقاہت زیادہ ہو گئی تو مجھے دوا دینا نہ بھولیے گا۔

بیگم صاحبہ: میں کوشش کروں گی اگر۔۔۔

میاں صاحب: ہاں ہاں۔۔۔! بصورت دیگر آپ تکلیف نہ اٹھائیے گا۔

بیگم صاحبہ: آپ یہ صفحہ۔۔۔ یہ پورا صفحہ پڑھیے۔۔۔

میاں صاحب: سنیے!

بیگم صاحبہ: یہ آپ کو چھینک کیوں آئی؟

میاں صاحب: معلوم نہیں۔

بیگم صاحبہ: حیرت ہے۔

میاں صاحب: مجھے خود حیرت ہے۔

بیگم صاحبہ: اوہ۔۔۔ میں نے کمرے کا ٹمپریچر بڑھانے کے بجائے گھٹا دیا تھا۔۔۔ معافی چاہتی ہوں۔

میاں صاحب: یہ اچھا ہوا کہ چھینک آ گئی اور بروقت پتہ چل گیا۔

بیگم صاحبہ: مجھے بہت افسوس ہے۔

میاں صاحب: کوئی بات نہیں۔ بارہ قطرے برانڈی اس کی تلافی کر دیں گے۔

بیگم صاحبہ: ٹھہریے۔۔۔! مجھے ڈالنے دیں۔ آپ سے گننے میں غلطی ہو جایا کرتی ہے۔

میاں صاحب: یہ تو درست ہے۔ آپ ڈال دیجیے۔

بیگم صاحبہ: آہستہ آہستہ پیچھے

میاں صاحب: اس سے زیادہ آہستہ اور کیا ہو گا؟

بیگم صاحبہ: طبیعت بحال ہوئی؟

میاں صاحب: ہو رہی ہے۔

بیگم صاحبہ: آپ تھوڑی دیر آرام کر لیں۔

میاں صاحب: ہاں۔۔۔ میں خود اس کی ضرورت محسوس کر رہا ہوں۔

نوکر: کیا بات ہے، آج بیگم صاحبہ نظر نہیں آئیں؟

نوکرانی: طبیعت ناساز ہے ان کی۔

نوکر: میاں صاحب کی طبیعت بھی ناساز ہے۔

نوکرانی: ہمیں معلوم تھا۔

نوکر: ہاں! لیکن کچھ سمجھ میں نہیں آتا۔

نوکرانی: کیا؟

نوکر: یہ قدرت کا تماشا۔۔۔ ہمیں تو آج بستر مرگ پر ہونا چاہیے تھا۔

نوکرانی: کیسی باتیں منہ سے نکالتے ہو۔ بستر مرگ پر ہوں وہ۔۔۔

نوکر: نہ چھیڑ وان کے بستر مرگ کا ذکر۔۔۔ بڑا شاندار ہو گا۔۔۔ خواہ مخواہ میراجی چاہے گا کہ اٹھا کر اپنی کوٹھری میں لے جاؤں۔

نوکرانی: کہاں چلے؟

نوکر: بڑھئی ڈھونڈنے جا رہا ہوں۔۔۔ چارپائی اب بالکل جواب دے چکی ہے۔

نوکرانی: ہاں! اس سے کہنا، مضبوط لکڑی لگائے۔

منتخب افسانے

سہائے

"یہ مت کہو کہ ایک لاکھ ہندو اور ایک لاکھ مسلمان مرے ہیں، یہ کہو کہ دو لاکھ انسان مرے ہیں۔ اور یہ اتنی بڑی ٹریجڈی نہیں کہ دو لاکھ انسان مرے ہیں، ٹریجڈی اصل میں یہ ہے کہ مارنے اور مرنے والے کسی بھی کھاتے میں نہیں گئے۔ ایک لاکھ ہندو مار کر مسلمانوں نے یہ سمجھا ہو گا کہ ہندو مذہب مر گیا ہے، لیکن وہ زندہ ہے اور زندہ رہے گا۔ اسی طرح ایک لاکھ مسلمان قتل کر کے ہندوؤں نے بغلیں بجائی ہوں گی کہ اسلام ختم ہو گیا ہے، مگر حقیقت آپ کے سامنے ہے کہ اسلام پر ایک ہلکی سی خراش بھی نہیں آئی۔ وہ لوگ بے وقوف ہیں جو سمجھتے ہیں کہ بندوقوں سے مذہب شکار کیے جا سکتے ہیں۔۔۔ مذہب، دین، ایمان، دھرم، یقین، عقیدت۔۔۔ یہ جو کچھ بھی ہے ہمارے جسم میں نہیں، روح میں ہوتا ہے۔۔۔ چھرے، چاقو اور گولی سے یہ کیسے فنا ہو سکتا ہے؟"

ممتاز اس روز بہت ہی پر جوش تھا۔ ہم صرف تین تھے جو اسے جہاز پر چھوڑنے کے لیے آئے تھے۔۔۔ وہ ایک غیر متعین عرصے کے لیے ہم سے جدا ہو کر پاکستان جا رہا تھا۔۔۔ پاکستان، جس کے وجود کے متعلق ہم میں سے کسی کو وہم و گمان بھی نہ تھا۔

ہم تینوں ہندو تھے۔ مغربی پنجاب میں ہمارے رشتہ داروں کو بہت مالی اور جانی نقصان اٹھانا پڑا تھا۔ غالباً یہی وجہ تھی کہ ممتاز ہم سے جدا ہو رہا تھا۔ جگل کو لاہور سے خط ملا کہ فسادات میں اس کا چچا مارا گیا ہے تو اس کو بہت صدمہ ہوا۔ چنانچہ اسی صدمے کے زیرِ اثر باتوں باتوں میں ایک دن اس نے ممتاز سے کہا

"میں سوچ رہا ہوں اگر ہمارے محلے میں فساد شروع ہو جائے تو میں کیا کروں گا۔"

ممتاز نے اس سے پوچھا

"کیا کرو گے؟"

جگل نے بڑی سنجیدگی کے ساتھ جواب دیا

"میں سوچ رہا ہوں، بہت ممکن ہے میں تمہیں مار ڈالوں۔"

یہ سن کر ممتاز بالکل خاموش ہو گیا اور اس کی یہ خاموشی تقریباً آٹھ روز تک قائم رہی اور اس وقت ٹوٹی جب اس نے اچانک ہمیں بتایا کہ وہ پونے چار بجے سمندری جہاز سے کراچی جا رہا ہے۔

ہم تینوں میں سے کسی نے اس کے اس ارادے کے متعلق بات چیت نہ کی۔ جگل کو اس بات کا شدید احساس تھا کہ ممتاز کی روانگی کا باعث اس کا یہ جملہ ہے

"میں سوچ رہا ہوں۔ بہت ممکن ہے، میں تمہیں مار ڈالوں۔"

غالباً وہ اب تک یہی سوچ رہا تھا کہ وہ مشتعل ہو کر ممتاز کو مار سکتا ہے یا نہیں۔۔۔ممتاز کو جو کہ اس کا جگری دوست تھا۔۔۔یہی وجہ ہے کہ ہم تینوں میں سب سے زیادہ خاموش تھا۔ لیکن عجیب بات ہے کہ ممتاز غیر معمولی طور پر باتونی ہو گیا تھا۔۔۔خاص طور پر روانگی سے چند گھنٹے پہلے۔

صبح اٹھتے ہی اس نے پینا شروع کر دی۔ اسباب وغیرہ کچھ اس انداز سے باندھا اور بندھوایا جیسے وہ کہیں سیر و تفریح کے لیے جا رہا ہے۔۔۔خود ہی بات کرتا تھا اور خود ہی ہنستا تھا۔ کوئی اور دیکھتا تو سمجھتا کہ وہ بمبئی چھوڑنے میں ناقابلِ بیان مسرت محسوس کر رہا ہے، لیکن ہم تینوں اچھی طرح جانتے تھے کہ وہ صرف اپنے جذبات چھپانے کے لیے ہمیں اور اپنے آپ کو دھوکا دینے کی کوشش کر رہا ہے۔

میں نے بہت چاہا کہ اس سے اس کی یک لخت روانگی کے متعلق بات کروں۔ اشارۃً میں نے جگل سے بھی کہا کہ وہ بات چھیڑے مگر ممتاز نے ہمیں کوئی موقع ہی نہ دیا۔

جگل تین چار پگ پی کر اور بھی زیادہ خاموش ہو گیا اور دوسرے کمرے میں لیٹ گیا۔ میں اور برج موہن اس کے ساتھ رہے۔ اسے کئی بل ادا کرنے تھے۔ ڈاکٹروں کی فیسیں دینی تھیں۔ لانڈری سے کپڑے لانے تھے۔۔۔یہ سب کام اس نے ہنستے کھیلتے کیے، لیکن جب اس نے ناکے کے ہوٹل کے بازو والی دکان سے ایک پان لیا تو اس کی آنکھوں میں آنسو آ گئے۔ برج موہن کے کاندھے پر ہاتھ رکھ کر وہاں سے چلتے ہوئے اس نے ہولے سے کہا

"یاد ہے برج۔۔۔آج سے دس برس پہلے جب ہمارا حال بہت پتلا تھا، گو بندے نے ہمیں ایک روپیہ ادھار دیا تھا۔"

راستے میں ممتاز خاموش رہا۔ مگر گھر پہنچتے ہی اس نے پھر باتوں کا لامتناہی سلسلہ شروع کر دیا، ایسی باتوں کا جن کا سر تھا نہ پیر، لیکن وہ کچھ ایسی پُر خلوص تھیں کہ میں اور برج موہن برابر ان میں حصہ لیتے رہے۔ جب روانگی کا وقت قریب آیا تو جگل بھی شامل ہو گیا، لیکن جب ٹیکسی بندرگاہ کی طرف چلی تو سب خاموش ہو گئے۔

ممتاز کی نظریں بمبئی کے وسیع اور کشادہ بازاروں کو الوداع کہتی رہیں۔ حتیٰ کہ ٹیکسی اپنی مَنزلِ مَقصُود تک پہنچ گئی۔ بے حد بھیڑ تھی۔ ہزار ہا ریفیوجی Refugee جا رہے تھے۔ خوشحال بہت کم اور بد حال بہت زیادہ۔۔۔ بے پناہ ہجوم تھا لیکن مجھے ایسا محسوس ہوتا تھا کہ اکیلا ممتاز جا رہا ہے۔ ہمیں چھوڑ کر ایسی جگہ جا رہا ہے جو اس کی دیکھی بھالی نہیں۔ جو اس کے مانوس بنانے پر بھی اجنبی رہے گی۔ لیکن یہ میرا اپنا خیال تھا۔ میں نہیں کہہ سکتا کہ ممتاز کیا سوچ رہا تھا۔

جب کیبن میں سارا سامان چلا گیا تو ممتاز ہمیں عرشے پر لے لے گیا۔۔۔ ادھر جہاں آسمان اور سمندر آپس میں مل رہے تھے، ممتاز دیر تک دیکھتا رہا، پھر اس نے جگل کا ہاتھ اپنے ہاتھ میں لے کر کہا

"یہ محض فریبِ نظر ہے۔۔۔ آسمان اور سمندر کا آپس میں ملنا۔۔۔ لیکن یہ فریبِ نظر کس قدر دلکش ہے۔۔۔ یہ ملاپ!"

جگل خاموش رہا۔ غالباً اس وقت بھی اس کے دل و دماغ میں اس کی یہ کہی ہوئی بات چٹکیاں لے رہی تھی

"میں سوچ رہا ہوں۔ بہت ممکن ہے میں تمہیں مار ڈالوں۔"

ممتاز نے جہاز کے بار سے برانڈی منگوائی، کیوں کہ وہ صبح سے یہی پی رہا تھا۔۔۔ ہم چاروں گلاس ہاتھ میں لیے جنگلے کے ساتھ کھڑے تھے۔ ریفیوجی Refugee دھڑا دھڑ جہاز میں سوار ہو رہے تھے اور قریب قریب ساکن سمندر پر آبی پرندے منڈلا رہے تھے۔

جگل نے دفعۃً ایک ہی جرعے میں اپنا گلاس ختم کیا اور نہایت ہی بھونڈے انداز میں ممتاز سے کہا

"مجھے معاف کر دینا ممتاز۔۔۔ میرا خیال ہے میں نے اس روز تمہیں دکھ پہنچایا تھا۔"

ممتاز نے تھوڑے توقف کے بعد جگل سے سوال کیا

"جب تم نے کہا تھا میں سوچ رہا ہوں۔۔۔ بہت ممکن ہے میں تمہیں مار ڈالوں۔۔۔ کیا اس وقت واقعی تم نے یہی سوچا تھا۔۔۔ نیک دلی سے اسی نتیجے پر پہنچے تھے۔"

جگل نے اثبات میں سر ہلایا "لیکن مجھے افسوس ہے۔"

"تم مجھے مار ڈالتے تو تمہیں زیادہ افسوس ہوتا۔" ممتاز نے بڑے فلسفیانہ انداز میں کہا۔

"لیکن صرف اس صورت میں اگر تم نے غور کیا ہوتا کہ تم نے ممتاز کو۔۔۔ ایک مسلمان کو۔۔۔ ایک دوست کو نہیں بلکہ ایک انسان کو مارا ہے۔۔۔ وہ اگر حرام زادہ تھا تو تم نے اس کی حرام زدگی کو نہیں بلکہ خود اس کو مار ڈالا ہے۔۔۔ وہ اگر مسلمان تھا تو تم نے اس کی مسلمانی کو نہیں اس کی ہستی کو ختم کیا ہے۔۔۔ اگر اس کی لاش مسلمانوں کے ہاتھ

آتی تو قبرستان میں ایک قبر کا اضافہ ہو جاتا۔ لیکن دنیا میں ایک انسان کم ہو جاتا۔''

تھوڑی دیر خاموش رہنے اور کچھ سوچنے کے بعد اس نے پھر بولنا شروع کیا

''ہو سکتا ہے، میرے ہم مذہب مجھے شہید کہتے، لیکن خدا کی قسم اگر ممکن ہوتا تو میں قبر پھاڑ کر چلانا شروع کر دیتا۔ مجھے شہادت کا یہ رتبہ قبول نہیں۔۔۔ مجھے یہ ڈگری نہیں چاہیے جس کا امتحان میں نے دیا ہی نہیں۔۔۔ لاہور میں تمہارے چچا کو ایک مسلمان نے مار ڈالا۔۔۔ تم نے یہ خبر بمبئی میں سنی اور مجھے قتل کر دیا۔۔۔ بتاؤ، تم اور میں کس تمغے کے مستحق ہیں؟ اور لاہور میں تمہارا چچا اور اس کا قاتل کس خلعت کا حقدار ہے۔۔۔ میں تو یہ کہوں گا، مرنے والے کتے کی موت مرے اور مارنے والوں نے بے کار۔۔۔ بالکل بے کار اپنے ہاتھ خون سے رنگے۔۔۔''

باتیں کرتے کرتے ممتاز بہت جذباتی ہو گیا۔ لیکن اس زیادتی میں خلوص برابر کا تھا۔ میرے دل پر خصوصاً اس کی اس بات کا بہت اثر ہوا کہ مذہب، دین، ایمان، یقین، دھرم، عقیدت۔۔۔ یہ جو کچھ بھی ہے ہمارے جسم کے بجائے روح میں ہوتا ہے۔ جو چھرے، چاقو اور گولی سے فنا نہیں کیا جا سکتا۔ چنانچہ میں نے اس سے کہا

''تم بالکل ٹھیک کہتے ہو۔''

یہ سن کر ممتاز نے اپنے خیالات کا جائزہ لیا اور قدرے بے چینی سے کہا

''نہیں بالکل ٹھیک نہیں۔۔۔ میرا مطلب ہے کہ یہ سب ٹھیک ہے تو۔ لیکن شاید میں جو کچھ کہنا چاہتا ہوں، اچھی طرح ادا نہیں کر سکا۔۔۔ مذہب سے میری مراد، یہ مذہب نہیں، یہ دھرم نہیں، جس میں ہم میں سے ننانوے فی صدی مبتلا ہیں۔۔۔ میری مراد اس خاص چیز سے ہے جو ایک انسان کو دوسرے انسان کے مقابلے میں جداگانہ حیثیت بخشتی ہے۔۔۔ وہ چیز جو انسان کو حقیقت میں انسان ثابت کرتی ہے۔۔۔ لیکن یہ چیز کیا ہے؟ افسوس ہے کہ میں اسے ہتھیلی پر رکھ کر نہیں دکھا سکتا۔''

یہ کہتے کہتے ایک دم اس کی آنکھوں میں چمک سی پیدا ہوئی اور اس نے جیسے خود سے پوچھنا شروع کیا

''لیکن اس میں وہ کون سی خاص بات تھی؟ کٹر ہندو تھا۔۔۔ پیشہ نہایت ہی ذلیل لیکن اس کے باوجود اس کی روح کس قدر روشن تھی؟''

میں نے پوچھا

''کس کی؟''

''ایک بھٹروے کی۔''

ہم تینوں چونک پڑے۔ ممتاز کے لہجے میں کوئی تکلف نہیں تھا، اس لیے میں نے سنجیدگی سے پوچھا

’’ایک بھڑوے کی؟‘‘

ممتاز نے اثبات میں سر ہلایا۔

’’مجھے حیرت ہے کہ وہ کیسا انسان تھا اور زیادہ حیرت اس بات کی ہے کہ وہ عرفِ عام میں ایک بھڑوا تھا۔۔۔عورتوں کا دلال۔۔۔لیکن اس کا ضمیر بہت صاف تھا۔‘‘

ممتاز تھوڑی دیر کے لیے رک گیا، جیسے وہ پرانے واقعات اپنے دماغ میں تازہ کر رہا ہے۔۔۔چند لمحات کے بعد اس نے پھر بولنا شروع کیا

’’اس کا پورا نام مجھے یاد نہیں۔۔۔کچھ سہائے تھا۔۔۔بنارس کا رہنے والا۔ بہت ہی صفائی پسند۔ وہ جگہ جہاں وہ رہتا تھا گو بہت ہی چھوٹی تھی مگر اس نے بڑے سلیقے سے اسے مختلف خانوں میں تقسیم کر رکھا تھا۔۔۔پردے کا معقول انتظام تھا۔ چارپائیاں اور پلنگ نہیں تھے۔ لیکن گدیلے اور گاؤ تکیے موجود تھے۔ چادریں اور غلاف وغیرہ ہمیشہ اجلے رہتے تھے۔ نوکر موجود تھا مگر صفائی وہ خود اپنے ہاتھ سے کرتا تھا۔۔۔صرف صفائی ہی نہیں، ہر کام۔۔۔۔۔۔اور وہ سرے سے بلا کبھی نہیں ٹالتا تھا۔ دھوکا اور فریب نہیں کرتا تھا۔۔۔رات زیادہ گزر گئی ہے اور آپ اس پاس سے پانی ملی شراب ملتی ہے تو وہ صاف کہہ دیتا تھا کہ صاحب اپنے پیسے ضائع نہ کیجیے۔۔۔اگر کسی لڑکی کے متعلق اسے شک ہے تو وہ چھپاتا نہیں تھا۔۔۔اور تو اور اس نے مجھے یہ بھی بتایا تھا کہ وہ تین برس کے عرصے میں بیس ہزار روپے کما چکا ہے۔۔۔ہر دس میں سے ڈھائی کمیشن کے لے لے کر۔۔۔اسے صرف دس ہزار اور بنانے تھے۔۔۔معلوم نہیں صرف دس ہزار اور کیوں، زیادہ کیوں نہیں۔۔۔اس نے مجھ سے کہا تھا کہ تیس ہزار روپے پورے کر کے وہ واپس بنارس چلا جائے گا اور بزازی کی دکان کھولے گا۔۔۔میں یہ بھی نہیں کہہ سکتا کہ وہ صرف بزازی ہی کی دکان کھولنے کا آرزومند کیوں تھا۔‘‘

میں یہاں تک سن چکا تو میرے منہ سے نکلا

’’عجیب و غریب آدمی تھا۔‘‘

ممتاز نے اپنی گفتگو جاری رکھی

’’میرا خیال تھا کہ وہ سر تا پا بناوٹ ہے۔۔۔ایک بہت بڑا فراڈ ہے۔ کون یقین کر سکتا ہے کہ وہ ان تمام لڑکیوں کو جو اس کے دھندے میں شریک تھیں، اپنی بیٹیاں سمجھتا تھا۔ یہ بھی اس وقت میرے لیے بعید از وہم تھا کہ اس نے ہر لڑکی کے نام پر پوسٹ آفس میں سیونگ اکاؤنٹ کھول رکھا تھا اور ہر مہینے کل آمدنی وہاں جمع کراتا تھا۔ اور یہ بات تو بالکل ناقابل یقین تھی کہ وہ دس بارہ لڑکیوں کے کھانے پینے کا خرچ اپنی جیب سے ادا کرتا ہے۔۔۔اس

کی ہر بات مجھے ضرورت سے زیادہ بناوٹی معلوم ہوتی تھی۔۔۔ ایک دن میں اس کے یہاں گیا تو اس نے مجھ سے کہا، امینہ اور سکینہ دونوں چھٹی پر ہیں۔۔۔ میں ہر ہفتے ان دونوں کو چھٹی دے دیتا ہوں تا کہ باہر جا کر کسی ہوٹل میں ماس وغیرہ کھا سکیں۔۔۔ یہاں تو آپ جانتے ہیں سب ویشنو ہیں۔۔۔ میں یہ سن کر دل ہی دل میں مسکرایا کہ مجھے بنا رہا ہے۔۔۔ ایک دن اس نے مجھے بتایا کہ احمد آباد کی اس ہندو لڑکی نے جس کی شادی اس نے ایک مسلمان گاہک سے کرا دی تھی، لاہور سے خط لکھا ہے کہ داتا صاحب کے دربار میں اس نے ایک منت مانی تھی جو پوری ہوئی۔ اب اس نے سہائے کے لیے منت مانی ہے کہ جلدی جلدی اس کے تیس ہزار روپے پورے ہوں اور وہ بنارس جا کر بزازی کی دکان کھول سکے۔ یہ سن کر تو میں ہنس پڑا۔ میں نے سوچا، چونکہ میں مسلمان ہوں۔ اس لیے مجھے خوش کرنے کی کوشش کر رہا ہے۔''

میں نے ممتاز سے پوچھا ''تمہارا خیال غلط تھا؟''

''بالکل۔۔۔ اس کے قول و فعل میں کوئی بعد نہیں تھا۔۔۔ ہو سکتا ہے اس میں کوئی خامی ہو، بہت ممکن ہے اس سے اپنی زندگی میں کئی لغزشیں سرزد ہوئی ہوں۔۔۔ مگر وہ ایک بہت ہی عمدہ انسان تھا۔''

جگل نے سوال کیا۔ ''یہ تمہیں کیسے معلوم ہوا؟''

''اس کی موت پر'' یہ کہہ کر ممتاز کچھ عرصے کے لیے خاموش ہو گیا۔ تھوڑی دیر کے بعد اس نے ادھر دیکھنا شروع کیا جہاں آسمان اور سمندر ایک دھندلی سی آغوش میں سمٹے ہوئے تھے۔

''فسادات شروع ہو چکے تھے۔۔۔ میں علی الصبح اٹھ کر بھنڈی بازار سے گزر رہا تھا۔۔۔ کرفیو کے باعث بازار میں آمد و رفت بہت ہی کم تھی۔ ٹرام بھی نہیں چل رہی تھی۔۔۔ ٹیکسی کی تلاش میں چلتے چلتے جب جے جے ہسپتال کے پاس پہنچا، تو فٹ پاتھ پر ایک آدمی کو میں نے بڑے سے ٹوکرے کے پاس گھٹری سی بنے ہوئے دیکھا۔ میں نے سوچا کوئی پائی والا (مزدور) سو رہا ہے۔۔۔ لیکن جب میں نے پتھر کے ٹکڑوں پر خون کے لوتھڑے دیکھے تو رک گیا۔۔۔ واردات قتل کی تھی، میں نے سوچا اپنا راستہ لوں، مگر لاش میں حرکت پیدا ہوئی۔۔۔ میں پھر رک گیا اس پاس کوئی نہ تھا۔ میں نے جھک کر اس کی طرف دیکھا۔ مجھے سہائے کا جانا پہچانا چہرہ نظر آیا، مگر خون کے دھبوں سے بھرا ہوا۔ میں اس کے پاس فٹ پاتھ پر بیٹھ گیا اور غور سے دیکھا۔۔۔ اس کی ٹول کی سفید قمیص جو ہمیشہ بے داغ ہوا کرتی تھی لہو سے لتھڑی ہوئی تھی۔۔۔ زخم شاید پسلیوں کے پاس تھا۔ اس نے ہولے ہولے کراہنا شروع کر دیا تو میں نے احتیاط سے اس کا کندھا پکڑ کر ہلایا جیسے کسی سوتے کو جگایا جاتا ہے۔ ایک دو بار میں نے اس کو مکمل نام سے بھی پکارا۔۔۔ میں اٹھ کر جانے ہی والا تھا کہ اس نے اپنی آنکھیں کھولیں۔۔۔ دیر

تک وہ ان ادھ کھلی آنکھوں سے ٹٹکی باندھے مجھے دیکھتا رہا۔۔۔ پھر ایک دم اس کے سارے بدن میں تشنج کی سی کیفیت پیدا ہوئی اور اس نے مجھے پہچان کر کہا

"آپ؟۔۔۔ آپ؟"

میں نے اس سے تلے اوپر بہت سی باتیں پوچھنا شروع کر دی۔ وہ کیسے ادھر آیا۔ کس نے اس کو زخمی کیا۔ کب سے وہ فٹ پاتھ پر پڑا ہے۔۔۔ سامنے ہسپتال ہے، کیا میں وہاں اطلاع دوں؟

"اس میں بولنے کی طاقت نہیں تھی۔ جب میں نے سارے سوال کر ڈالے تو کراہتے ہوئے اس نے بڑی مشکل سے یہ الفاظ کہے۔ میرے دن پورے ہو چکے تھے۔۔۔ بھگوان کو یہی منظور تھا!"

بھگوان کو جانے کیا منظور تھا، لیکن مجھے یہ منظور نہیں تھا کہ میں مسلمان ہو کر، مسلمانوں کے علاقے میں ایک آدمی کو جس کے متعلق میں جانتا تھا کہ ہندو ہے، اس احساس کے ساتھ مرتے دیکھوں کہ اس کا مارنے والا مسلمان تھا اور آخری وقت میں اس کی موت کے سرہانے جو آدمی کھڑا تھا، وہ بھی مسلمان تھا۔۔۔ میں ڈرپوک تو نہیں، لیکن اس وقت میری حالت ڈرپوکوں سے بدتر تھی۔ ایک طرف یہ خوف دامن گیر تھا، ممکن ہے میں ہی پکڑا جاؤں، دوسری طرف یہ ڈر تھا کہ پکڑا نہ گیا تو پوچھ گچھ کے لیے دھر لیا جاؤں گا۔ ایک بار خیال آیا، اگر میں اسے ہسپتال لے گیا تو کیا پتا ہے اپنا بدلہ لینے کی خاطر مجھے پھنسا دے سوچ، مرنا تو ہے، کیوں نہ اسے ساتھ لے کر مروں۔۔۔ اسی قسم کی باتیں سوچ کر میں چلنے ہی والا تھا۔ بلکہ یوں کہیے کہ بھاگنے والا تھا کہ سہائے نے مجھے پکارا، میں ٹھہر گیا۔ نہ ٹھہرنے کے ارادے کے باوجود میرے قدم رک گئے۔ میں نے اس کی طرف اس انداز سے دیکھا، گویا اس سے کہہ رہا ہوں، جلدی کرو میاں مجھے جانا ہے۔ اس نے درد کی تکلیف سے دوہرا ہوتے ہوئے بڑی مشکلوں سے اپنی قمیص کے بٹن کھولے اور اندر ہاتھ ڈالا، مگر جب کچھ اور کرنے کی اس میں ہمت نہ رہی تو مجھ سے کہا

"نیچے بنڈی ہے۔۔۔ ادھر کی جیب میں کچھ زیور اور بارہ سو روپے ہیں۔ یہ۔۔۔ یہ سلطانہ کا مال ہے۔۔۔ میں نے۔۔۔ میں نے ایک دوست کے پاس رکھوایا تھا۔۔۔ آج اسے۔۔۔ آج اسے بھیجنے والا تھا۔۔۔ کیوں کہ۔۔۔ کیوں کہ آپ جانتے ہیں خطرہ بہت بڑھ گیا ہے۔۔۔ آپ اسے دے دیجیے گا اور۔۔۔ کہیے گا فوراً چلی جائے۔۔۔ لیکن۔۔۔ اپنا خیال رکھیے گا!"

ممتاز خاموش ہو گیا، لیکن مجھے ایسا محسوس ہوا کہ اس کی آواز، سہائے کی آواز میں جو جے ہسپتال کے فٹ پاتھ پر ابھری تھی، دور، ادھر جہاں آسمان اور سمندر ایک دھندلی سی آغوش میں مدغم تھے، حل ہو رہی ہے۔

جہاز نے وسل دیا تو ممتاز نے کہا

’’میں سلطانہ سے ملا۔۔۔اس کو زیور اور روپیہ دیا تو اس کی آنکھوں میں آنسو آ گئے۔‘‘

جب ہم ممتاز سے رخصت ہو کر نیچے اترے تو وہ عرشے پر جنگلے کے ساتھ کھڑا تھا۔۔۔اس کا دہنا ہاتھ ہل رہا

تھا۔۔۔میں جنگل سے مخاطب ہوا

’’کیا تمہیں ایسا معلوم نہیں ہوتا کہ ممتاز، سہائے کی روح کو بلا رہا ہے۔۔۔ہم سفر بنانے کے لیے؟‘‘

جنگل نے صرف اتنا کہا

’’کاش، میں سہائے کی روح ہوتا!‘‘

شریفن

جب قاسم نے اپنے گھر کا دروازہ کھولا تو اسے صرف ایک گولی کی جلن تھی جو اس کی داہنی پنڈلی میں گڑ گئی تھی۔ لیکن اندر داخل ہو کر جب اس نے اپنی بیوی کی لاش دیکھی تو اس کی آنکھوں میں خون اتر آیا۔ قریب تھا کہ وہ لکڑیاں پھاڑنے والے گنڈاسے کو اٹھا کر دیوانہ وار نکل جائے اور قتل و گری کا بازار گرم کر دے کہ دفعتاً اسے اپنی لڑکی شریفن کا خیال آیا۔

"شریفن، شریفن!"

اس نے بلند آواز میں پکارنا شروع کیا۔

سامنے دالان کے دونوں دروازے بند تھے۔ قاسم نے سوچا، شاید ڈر کے مارے اندر چھپ گئی ہو گی۔ چنانچہ وہ اس طرف بڑھا اور درز کے ساتھ منہ لگا کر کہا

"شریفن، شریفن۔۔۔ میں ہوں تمہارا باپ۔"

مگر اندر سے کوئی جواب نہ آیا۔ قاسم نے دونوں ہاتھوں سے کواڑ کو دھکا دیا۔ پٹ کھلے اور وہ اوندھے منہ دالان میں گر پڑا۔ سنبھل کر جب اس نے اٹھنا چاہا تو اسے محسوس ہوا کہ وہ کسی۔۔۔ قاسم چیخ کے ساتھ بیٹھا۔

ایک گز کے فاصلے پر ایک جوان لڑکی کی لاش پڑی تھی۔ ننگی۔۔۔ بالکل ننگی۔ گورا گورا اسڈول جسم، چھت کی طرف اٹھے ہوئے چھوٹے چھوٹے پستان۔۔۔ ایک دم قاسم کا سارا وجود ہل گیا۔ اس کی گہرائیوں سے ایک فلک شگاف چیخ اٹھی لیکن اس کے ہونٹ اس قدر زور سے بھنچے ہوئے تھے کہ باہر نہ نکل سکی۔ اس کی آنکھیں خود بخود بند ہو گئی تھیں۔ پھر بھی اس نے دونوں ہاتھوں سے اپنا چہرہ ڈھانپ لیا۔ مردہ سی آواز اس کے منہ سے نکلی

"شریفن۔"

اور اس نے آنکھیں بند کیے دالان میں ادھر ادھر ہاتھ مار کر کچھ کپڑے اٹھائے اور انھیں شریفن کی لاش پر گرا کر وہ یہ دیکھے بغیر ہی باہر نکل گیا کہ وہ اس سے کچھ دور گرے تھے۔

باہر نکل کر اس نے اپنی بیوی کی لاش نہ دیکھی۔ بہت ممکن ہے اسے نظر ہی نہ آئی ہو۔ اس لیے کہ اس کی آنکھیں شریفن کی ننگی لاش سے بھری ہوئی تھیں۔ اس نے کونے میں پڑا ہوا الکٹریاں پھاڑنے والا گنڈاسا اٹھایا اور گھر سے باہر نکل گیا۔ قاسم کی داہنی پنڈلی میں گولی لگڑی ہوئی تھی۔ اس کا احساس گھر کے اندر داخل ہوتے ہی اس کے دل و دماغ سے محو ہو گیا تھا۔ اس کی وفادار پیاری بیوی ہلاک ہو چکی تھی۔ اس کا صدمہ بھی اس کے ذہن کے کسی گوشے میں موجود نہیں تھا۔ بار بار اس کی آنکھوں کے سامنے ایک ہی تصویر آتی تھی۔۔۔ شریفن کی۔۔۔ ننگی شریفن کی۔۔۔ اور وہ نیزے کی انی بن بن کر اس کی آنکھوں کو چھیدتی ہوئی اس کی روح میں بھی شگاف ڈال دیتی۔

گنڈاسا ہاتھ میں لیے قاسم سنسان بازاروں میں ابلتے ہوئے لاوے کی طرح بہتا چلا جا رہا تھا۔ چوک کے پاس اس کی مڈ بھیڑ ایک سکھ سے ہوئی۔ بڑا اکڑیل جوان تھا۔ لیکن قاسم نے کچھ ایسے بے تکے پن سے حملہ کیا اور ایسا بھرپور ہاتھ مارا کہ وہ تیز طوفان میں اکھڑے ہوئے درخت کی طرح زمین پر آ رہا۔

قاسم کی رگوں میں اس کا خون اور زیادہ گرم ہو گیا اور بجنے لگا۔ تڑ تڑ تڑ تڑ۔۔۔ جیسے جوش کھاتے ہوئے تیل پر پانی کا ہلکا سا چھینٹا پڑ جائے۔

دور سڑک کے اس پار اسے چند آدمی نظر آئے۔ تیر کی طرح وہ ان کی طرف بڑھا اسے دیکھ کر ان لوگوں نے ”ہر ہر مہادیو“ کے نعرے لگائے۔ قاسم نے جواب میں اپنا نعرہ لگانے کے بجائے انھیں ماں باپ کی موٹی موٹی گالیاں دیں اور گنڈاسا تانے ان میں گھس گیا۔

چند منٹوں ہی کے اندر تین لاشیں سڑک پر تڑپ رہی تھیں۔ دوسرے بھاگ گئے لیکن قاسم کا گنڈاسا دیر تک ہوا میں چلتا رہا۔ اصل میں اس کی آنکھیں بند تھیں۔ گنڈاسا گھماتے گھماتے وہ ایک لاش کے ساتھ ٹکرایا اور گر پڑا۔ اس نے سوچا کہ شاید اسے گرا لیا گیا ہے۔ چنانچہ اس نے گندی گندی گالیاں دے کر چلانا شروع کیا ”مار ڈالو مجھے، مار ڈالو مجھے۔“

لیکن جب کوئی ہاتھ اسے گردن پر محسوس نہ ہوا اور کوئی ضرب اس کے بدن پر نہ پڑی تو اس نے اپنی آنکھیں کھولیں اور دیکھا کہ سڑک پر تین لاشوں اور اس کے سوا اور کوئی بھی نہیں تھا۔ ایک لحظے کے لیے قاسم کو مایوسی ہوئی کیوں کہ شاید وہ مر جانا چاہتا تھا لیکن ایک دم شریفن۔۔۔ ننگی شریفن کی تصویر اس کی آنکھوں میں پچھلے ہوئے سیسے کی طرح اتر گئی اور اس کے سارے وجود کو باروُد کا جلتا ہوا فتیلہ بنا گئی۔۔۔ وہ فوراً اٹھا۔ ہاتھ میں گنڈاسا

لیا اور پھر کھولتے ہوئے لاوے کی طرح سڑک پر بہنے لگا۔

جتنے بازار قاسم نے طے کیے، سب خالی تھے۔ ایک گلی میں وہ داخل ہوا لیکن اس میں سب مسلمان تھے۔ اس کو بہت کوفت ہوئی۔ چنانچہ اس نے اپنے لاوے کا رخ دوسری طرف پھیر دیا۔ ایک بازار میں پہنچ کر اس نے اپنا گنڈاسا اونچا ہوا میں لہرایا اور ماں بہن کی گالیاں اگلنا شروع کیں۔

لیکن ایک دن اسے بہت ہی تکلیف دہ احساس ہوا کہ اب تک وہ صرف ماں بہن کی گالیاں ہی دیتا رہا ہاتھ۔ چنانچہ اس نے فوراً بیٹی کی گالی دینا شروع کی اور ایسی جتنی گالیاں اسے یاد تھیں سب کی سب ایک ہی سانس میں باہر الٹ دیں۔۔۔۔ پھر بھی اس کی تشفی نہ ہوئی۔ جھنجلا کر وہ ایک مکان کی طرف بڑھا، جس کے دروازے کے اوپر ہندی میں کچھ لکھا تھا۔

دروازہ اندر سے بند تھا۔ قاسم نے دیوانہ وار گنڈاسا چلانا شروع کیا۔ تھوڑی ہی دیر میں دونوں کو اڑ ریزہ ریزہ ہو گئے۔ قاسم اندر داخل ہوا۔

چھوٹا سا گھر تھا۔ قاسم نے اپنے سوکھے ہوئے حلق پر زور دے کر پھر گالیاں دینا شروع کیں

"باہر نکلو۔۔۔ باہر نکلو۔"

سامنے دالان کے دروازے میں چرچراہٹ پیدا ہوئی۔ قاسم اپنے سوکھے ہوئے حلق پر زور دے کر گالیاں دیتا رہا۔ دروازہ کھلا۔ ایک لڑکی نمودار ہوئی۔ قاسم کے ہونٹ بھینچ گئے۔ گرج کر اس نے پوچھا

"کون ہو تم؟"

لڑکی نے خشک ہونٹوں پر زبان پھیری اور جواب دیا

"ہندو۔"

قاسم تن کر کھڑا ہو گیا۔ شعلہ بار آنکھوں سے اس نے لڑکی کی طرف دیکھا جس کی عمر چودہ یا پندرہ برس کی تھی اور ہاتھ سے اس نے گنڈاسا گرا دیا۔ پھر وہ عقاب کی طرح جھپٹا اور اس لڑکی کو دھکیل کر اندر دالان میں لے گیا۔ دونوں ہاتھوں سے اس نے دیوانہ وار کپڑے نوچنے شروع کیے، دھجیاں اور رجندیاں یوں اڑنے لگیں جیسے کوئی روئی دھنک رہا ہے۔

تقریباً آدھ گھنٹہ قاسم اپنا انتقام لینے میں مصروف رہا۔ لڑکی نے کوئی مزاحمت نہ کی۔ اس لیے کہ وہ فرش پر گرتے ہی بیہوش ہو گئی تھی۔ جب قاسم نے آنکھیں کھولیں تو اس کے دونوں ہاتھ لڑکی کی گردن میں دھنسے ہوئے تھے۔

ایک جھٹکے کے ساتھ انھیں علیحدہ کر کے وہ اٹھا۔ پسینے میں غرق اس نے ایک نظر اس لڑکی کی طرف دیکھا تا کہ اس کی اور تشفی ہو سکے۔

ایک گز کے فاصلے پر اس جوان لڑکی کی لاش پڑی تھی۔۔۔ننگی۔۔۔بالکل ننگی۔گورا گورا سڈول جسم، چھت کی طرف اٹھے ہوئے چھوٹے پستان۔۔۔قاسم کی آنکھیں ایک دم بند ہوگئیں۔دونوں ہاتھوں سے اس نے اپنا چہرہ ڈھانپ لیا۔بدن پر گرم گرم پسینہ برف ہوگیا اور اس کی رگوں میں کھولتا ہوا لاوا پتھر کی طرح منجمد ہوگیا۔

تھوڑی دیر کے بعد ایک آدمی تلوار سے مسلح مکان کے اندر داخل ہوا۔اس نے دیکھا کہ دالان میں کوئی شخص آنکھیں بند کیے لرزتے ہاتھوں سے فرش پر پڑی ہوئی چیز پر کمبل ڈال رہا ہے۔اس نے گرج کر اس سے پوچھا

"کون ہو تم؟"

قاسم چونکا۔۔۔اس کی آنکھیں کھل گئیں مگر اسے کچھ نظر نہ آیا۔

مسلح آدمی چلایا

"قاسم!"

قاسم ایک بار پھر چونکا۔اس نے اپنے سے کچھ دور کھڑے آدمی کو پہچاننے کی کوشش کی مگر اس کی آنکھوں نے اس کی مدد نہ کی۔مسلح آدمی نے گھبراتے ہوئے لہجے میں پوچھا

"کیا کر رہے ہو تم یہاں؟"

قاسم نے لرزتے ہوئے ہاتھ سے فرش پر پڑے ہوئے کمبل کی طرف اشارہ کیا اور کھوکھلی آواز میں صرف اتنا کہا

"شریفن۔۔۔۔"

جلدی سے آگے بڑھ کر مسلح آدمی نے کمبل ہٹایا۔ننگی لاش دیکھ کر پہلے وہ کانپا، پھر ایک دم اس نے اپنی آنکھیں بند کر لیں۔تلوار اس کے ہاتھ سے گر پڑی۔آنکھوں پر ہاتھ رکھ کر وہ

"بملا بملا"

کہتا لڑکھڑاتے ہوئے قدموں سے باہر نکل گیا۔

بلاؤز

کچھ دنوں سے مومن بہت بے قرار تھا۔اس کو ایسا محسوس ہوتا تھا کہ اس کا وجود کچا پھوڑا سابن گیا تھا۔ کام کرتے وقت، باتیں کرتے ہوئے حتیٰ کہ سوچنے پر بھی اسے ایک عجیب قسم کا درد محسوس ہوتا تھا۔ ایسا درد جس کو وہ بیان بھی کرنا چاہتا تو نہ کر سکتا۔

بعض اوقات بیٹھے بیٹھے وہ ایک دم چونک پڑتا۔ دھند لے دھند لے خیالات جو عام حالتوں میں بے آواز بلبلوں کی طرح پیدا ہو کر مٹ جایا کرتے ہیں مومن کے دماغ میں بڑے شور کے ساتھ پیدا ہوتے اور شور ہی کے ساتھ پھٹتے تھے۔ اس کے علاوہ اس کے دل و دماغ کے نرم و ناز ک پردوں پر ہر وقت جیسے خاردار پاؤں والی چیونٹیاں سی رینگتی تھیں۔ ایک عجیب قسم کا کھنچاؤ اس کے اعضا میں پیدا ہو گیا تھا جس کے باعث اسے بہت تکلیف ہوتی تھی۔ اس تکلیف کی شدت جب بڑھ جاتی تو اس کے جی میں آتا کہ اپنے آپ کو ایک بڑے ہاون میں ڈال دے اور کسی سے کہے "مجھے کوٹنا شروع کر دو۔"

باورچی خانہ میں گرم مصالحہ کوٹتے وقت جب لوہے سے لوہا ٹکراتا اور دھمکوں سے چھت میں ایک گونج سی دوڑ جاتی تو مومن کے ننگے پیروں کو یہ لرزش بہت بھلی معلوم ہوتی تھی۔ پیروں کے ذریعے سے یہ لرزش اس کی تنی ہوئی پنڈلیوں اور رانوں میں دوڑتی ہوئی اس کے دل تک پہنچ جاتی، جو تیز ہوا میں رکھے ہوئے دیے کی طرح کانپنا شروع کر دیتا۔مومن کی عمر پندرہ برس کی تھی۔ شاید سولہواں بھی لگا ہو۔ اسے اپنی عمر کے متعلق صحیح اندازہ نہیں تھا۔ وہ ایک صحت مند اور تندرست لڑکا تھا جس کا لڑکپن تیز قدمی سے جوانی کے میدان کی طرف بھاگ رہا تھا۔ اسی دوڑ نے جس سے مومن بالکل غافل تھا، اس کے لہو کے ہر قطرے میں سنسنی پیدا کر دی تھی۔ وہ اس کا مطلب سمجھنے کی کوشش کرتا تھا مگر ناکام رہتا۔

اس کے جسم میں کئی تبدیلیاں رونما ہو رہی تھیں۔ گردن جو پہلے پتلی تھی اب موٹی ہوگئی تھی۔ بانہوں کے پٹھوں میں ایتھن سی پیدا ہوگئی تھی۔ کنٹھ نکل رہا تھا۔ سینے پر گوشت کی تہ موٹی ہوگئی تھی۔ اور اب کچھ دنوں سے پستانوں میں گولیاں سی پڑ گئی تھیں۔ جگہ ابھر آئی تھی جیسے کسی نے ایک ایک بٹا اندر داخل کر دیا ہے۔ ان ابھاروں کو ہاتھ لگانے سے مومن کو بہت درد محسوس ہوتا تھا۔ کبھی کبھی کام کرنے کے دوران میں غیر ارادی طور پر جب اس کا ہاتھ ان گولیوں سے چھو جاتا تو وہ تڑپ اٹھتا۔ قمیص کے موٹے اور کھردرے کپڑے سے بھی اس کو تکلیف دہ سرسراہٹ محسوس ہوتی تھی۔

غسل خانے میں نہاتے وقت یا باورچی خانہ میں جب کوئی اور موجود نہ ہو، مومن اپنی قمیص کے بٹن کھول کر ان گولیوں کو غور سے دیکھتا تھا۔ ہاتھوں سے مسلتا تھا۔ درد ہوتا ٹیسیں اٹھتیں۔ اس کا سارا جسم پھلوں سے لدے ہوئے پیڑ کی طرح جسے زور سے ہلایا گیا ہو کانپ کانپ جاتا۔ مگر اس کے باوجود وہ درد پیدا کرنے والے کھیل میں مشغول رہتا تھا۔ کبھی کبھی زیادہ دبانے پر یہ گولیاں پچک جاتیں اور ان کے منہ سے لیس دار لعاب نکل آتا۔ اس کو دیکھ کر اس کا چہرہ کان کی لوؤں تک سرخ ہو جاتا۔ وہ سمجھتا کہ اس سے کوئی گناہ سرزد ہو گیا ہے۔ گناہ اور ثواب کے متعلق مومن کا علم بہت محدود تھا۔ ہر وہ فعل جو ایک انسان دوسرے انسانوں کے سامنے نہ کر سکتا ہو، اس کے خیال کے مطابق گناہ تھا۔ چنانچہ جب شرم کے مارے اس کا چہرہ کان کی لوؤں تک سرخ ہو جاتا تو وہ جھٹ سے اپنی قمیص کے بٹن بند کر لیتا۔ اور دل میں عہد کرتا کہ آئندہ ایسی فضول حرکت کبھی نہیں کرے گا۔ لیکن اس عہد کے باوجود دوسرے تیسرے روز تخلیے میں وہ پھر اس کھیل میں مشغول ہو جاتا۔

مومن سے گھر والے سب خوش تھے۔ وہ بڑا محنتی لڑکا تھا۔ ہر کام وقت پر کر دیتا تھا اور کسی کو شکایت کا موقع نہ دیتا تھا۔ ڈپٹی صاحب کے یہاں اسے کام کرتے ہوئے صرف تین مہینے ہوئے تھے لیکن اس قلیل عرصے میں اس نے گھر کے ہر فرد کو اپنی محنت کش طبیعت سے متاثر کر لیا تھا۔ چھ روپے مہینے پر وہ نوکر ہوا تھا مگر دوسرے مہینے ہی اس کی تنخواہ میں دو روپے بڑھا دیے گئے تھے۔ وہ اس گھر میں بہت خوش تھا۔ اس لیے کہ اس کی یہاں قدر کی جاتی تھی۔ مگر وہ اب کچھ دنوں سے بے قرار تھا۔ ایک عجیب قسم کی آوارگی اس کے دماغ میں پیدا ہوگئی تھی۔ اس کا جی چاہتا تھا کہ سارا دن بے مطلب بازاروں میں گھومتا پھرے۔ یا کسی سنسان مقام پر جا کر لیٹا رہے۔

اب کام میں اس کا جی نہیں لگتا تھا لیکن اس بے دلی کے ہوتے ہوئے بھی وہ کاہلی نہیں برتتا تھا۔ چنانچہ یہی وجہ ہے کہ گھر میں کوئی بھی اس کے اندرونی انتشار سے واقف نہیں تھا۔ رضیہ تھی سو وہ دن بھر باجا بجانے، نئی نئی فلمی طرزیں سیکھنے اور رسالے پڑھنے میں مصروف رہتی تھی۔ اس نے کبھی مومن کی نگرانی ہی نہیں کی تھی۔ شکیلہ البتہ مومن سے

ادھر اُدھر کے کام لیتی تھی اور کبھی کبھی اسے ڈانٹتی بھی تھی۔ مگر اب کچھ دنوں سے وہ بھی چند بلاؤزوں کے نمونے اتارنے میں بے طرح مشغول تھی۔ یہ بلاؤز اس کی ایک سہیلی کے تھے۔ جسے نئی تراشوں کے کپڑے پہننے کا بہت شوق تھا، شکیلہ اس سے آٹھ بلاؤز مانگ کر لائی تھی۔ اور کاغذوں پر ان کے نمونے اتار رہی تھی۔ چنانچہ اس نے بھی کچھ دنوں سے مومن کی طرف دھیان نہیں دیا تھا۔

ڈپٹی صاحب کی بیوی سخت گیر عورت نہیں تھی۔ گھر میں دو نوکر تھے یعنی مومن کے علاوہ ایک بڑھیا بھی تھی۔ زیادہ تر باورچی خانے کا کام یہی کرتی تھی۔ مومن کبھی کبھی اس کا ہاتھ بٹا دیا کرتا تھا۔ ڈپٹی صاحب کی بیوی نے ممکن ہے مومن کی مستعدی میں کوئی کمی دیکھی ہو۔ مگر اس نے مومن سے اس کا ذکر نہیں کیا تھا، اور وہ انقلاب جس میں سے مومن کا دل و دماغ اور جسم گزر رہا تھا، اس سے تو ڈپٹی صاحب کی بیوی بالکل غافل تھی۔ چونکہ اس کا کوئی لڑکا نہیں تھا اس لیے وہ مومن کی ذہنی اور جسمانی تبدیلیوں کو نہیں سمجھ سکتی تھی اور پھر مومن نوکر تھا۔۔۔ نوکروں کے متعلق کون غور و فکر کرتا ہے؟ بچپن سے لے کر بڑھاپے تک وہ تمام منزلیں پیدل طے کر جاتے ہیں اور آس پاس کے آدمیوں کو خبر تک نہیں ہوتی۔

مومن کا بھی بالکل یہی حال تھا۔ وہ کچھ دنوں سے مڑ مڑ تا، زندگی کے ایک ایسے راستے پر آ نکلا تھا جو زیادہ لمبا تو نہیں تھا مگر بے حد پر خطر تھا۔ اس راستے پر اس کے قدم کبھی تیز تیز اٹھتے تھے کبھی ہولے ہولے۔ وہ دراصل جانتا نہیں تھا کہ ایسے راستوں پر کس طرح چلنا چاہیے۔ انھیں جلدی طے کر جانا چاہیے یا کچھ وقت لے کر آہستہ آہستہ اِدھر اُدھر کی چیزوں کا سہارا لے کر طے کرنا چاہیے مومن کے ننگے پاؤں کے نیچے آنے والے شباب کی گول گول چکنی بٹیاں پھسل رہی تھیں۔ وہ اپنا توازن بر قرار نہیں رکھ سکتا تھا۔ وہ بے حد مضطرب تھا۔ اسی اضطراب کے باعث کئی بار کام کرتے کرتے چونک کر وہ غیر ارادی طور پر کسی کھونٹی کو دونوں ہاتھوں سے پکڑ لیتا اور اس کے ساتھ لٹک جاتا۔ پھر اس کے دل میں خواہش پیدا ہوتی کہ ٹانگوں سے پکڑ کر اسے کوئی اتنا کھینچے کہ وہ ایک مہین تار بن جائے۔ یہ سب باتیں اس کے دماغ کے کسی ایسے گوشے میں پیدا ہوتی تھیں کہ وہ ٹھیک طور پر ان کا مطلب نہیں سمجھ سکتا تھا۔ غیر شعوری طور پر وہ چاہتا تھا کہ کچھ ہو۔۔۔ کیا ہو۔۔۔؟ بس کچھ ہو۔ میز پر قرینے سے چُنی ہوئی پلیٹیں ایک دم اچھلنا شروع کر دیں۔ کیتلی پر رکھا ہوا ڈھکنا پانی کے ایک ہی اُبال سے اوپر کو اڑ جائے۔ نل کی جستی نالی پر دباؤ ڈالے تو وہ دہری ہو جائے اور اس میں سے پانی کا ایک فوارہ سا پھوٹ نکلے۔ اسے ایک ایسی زبردست انگڑائی آئے کہ اس کے سارے جوڑ علیحدہ علیحدہ ہو جائیں اور ایک ڈھیلا پن پیدا ہو جائے۔۔۔ کوئی ایسی بات وقوع پذیر ہو جو اس نے پہلے کبھی نہ دیکھی ہو۔

مومن بہت بے قرار تھا۔

رضیہ نئی فلمی طرزیں سیکھنے میں مشغول تھی۔ اور شکیلہ کاغذوں پر بلاؤزوں کے نمونے اتار رہی تھی۔ اور جب اس نے یہ کام ختم کر لیا تو وہ نمونہ جوان میں سب سے اچھا تھا سامنے رکھ کر اپنے لیے اودی ساٹن کا بلاؤز بنانا شروع کیا۔

اب رضیہ کو بھی اپنا باجا اور فلمی گانوں کی کاپی چھوڑ کر اس کی طرف متوجہ ہونا پڑا ۔شکیلہ ہر کام بڑے اہتمام اور چاؤ سے کرتی تھی۔ جب سینے پرونے بیٹھتی تو اس کی نشست بڑی پُر اطمینان ہوتی تھی۔ اپنی چھوٹی بہن رضیہ کی طرح وہ افراتفری پسند نہیں کرتی تھی۔ ایک ایک ٹانکا سوچ سمجھ کر بڑے اطمینان سے لگاتی تھی تا کہ غلطی کا امکان نہ رہے۔ پیمائش بھی اس کی بہت صحیح ہوتی تھی، اس لیے کہ وہ پہلے کاغذ کاٹ کر پھر کپڑا کاٹتی تھی۔ یوں وقت زیادہ صرف ہوتا تھا مگر چیز بالکل فٹ تیار ہوتی تھی۔

شکیلہ بھرے بھرے جسم کی صحت مند لڑکی تھی۔ اس کے ہاتھ بہت گدے گدے تھے۔ گوشت بھری مخروطی انگلیوں کے آخر میں ہر جوڑ پر ایک ننھا گڑھا تھا۔ جب وہ مشین چلاتی تھی یہ ننھے ننھے گڑھے ہاتھ کی حرکت سے کبھی کبھی غائب بھی ہو جاتے تھے ۔شکیلہ مشین بھی بڑے اطمینان سے چلاتی تھی۔ آہستہ آہستہ اس کی دو یا تین انگلیاں بڑی رعنائی کے ساتھ مشین کی ہتھی کو گھماتی تھیں، اس کی کلائی میں ایک ہلکا سا خم پیدا ہو جاتا تھا۔ گردن ذرا اس طرف کو جھک جاتی تھی اور بالوں کی ایک لٹ جسے شاید اپنے لیے کوئی مستقل جگہ نہیں ملتی تھی نیچے پھسل آتی تھی۔ شکیلہ اپنے کام میں اس قدر منہمک رہتی کہ اسے ہٹانے یا جمانے کی کوشش نہیں کرتی تھی۔

جب شکیلہ اودی ساٹن سامنے پھیلا کر اپنے ناپ کا بلاؤز تراشنے لگی تو اسے ٹیپ کی ضرورت محسوس ہوئی۔ کیوں کہ ان کا اپنا ٹیپ گِھس گھس کر اب بالکل ٹکڑے ٹکڑے ہو گیا تھا۔ لوہے کا گز موجود تھا۔ مگر اس سے کمر اور سینے کی پیمائش کیسے ہو سکتی ہے۔ اس کے اپنے کئی بلاؤز موجود تھے مگر اب چونکہ وہ پہلے سے کچھ موٹی ہو گئی تھی اس لیے ساری پیمائشیں دوبارہ کرنا چاہتی تھی۔ قمیص اتار کر اس نے مومن کو آواز دی۔ جب وہ آیا تو اس سے کہا

''جاؤ مومن دوڑ کر چھ نمبر سے کپڑے کا گز لے آؤ۔ کہنا شکیلہ بی بی مانگتی ہیں۔''

مومن کی نگاہیں شکیلہ کی سفید بنیان کے ساتھ ٹکرائیں۔ وہ کئی بار شکیلہ بی بی کو ایسی بنیانوں میں دیکھ چکا تھا مگر آج اسے ایک قسم کی جھجک محسوس ہوئی۔ اس نے اپنی نگاہوں کا رخ دوسری طرف پھیر لیا اور گھبراہٹ میں کہا

''کیسا گز بی بی جی۔''

شکیلہ نے جواب دیا

''کپڑے کا گز۔۔۔ایک گز تو یہ تمہارے سامنے پڑا ہے، یہ لوہے کا ہے۔ ایک دوسرا گز بھی ہوتا ہے جو کپڑے کا

بنا ہوتا ہے۔ جاؤ چھ نمبر میں جاؤ اور دوڑ کے ان سے یہ گز لے آؤ۔ کہنا شکیلہ بی بی مانگتی ہیں۔''

چھ نمبر کا فلیٹ بالکل قریب تھا مومن فوراً ہی کپڑے کا گز لے کر آ گیا شکیلہ نے یہ گز اس کے ہاتھ سے لیا اور کہا

''یہیں ٹھہر جاؤ، اسے ابھی واپس لے جانا۔''

پھر وہ اپنی بہن رضیہ سے مخاطب ہوئی

''ان لوگوں کی کوئی چیز زیادہ دیر اپنے پاس رکھ لی جائے تو وہ بڑھیا تقاضے کر کر کے پریشان کر دیتی ہے۔۔۔ادھر آؤ اور یہ گز لو اور یہاں سے میرا ناپ لو۔''

رضیہ نے شکیلہ کی کمر اور سینے کا ناپ لینا شروع کیا تو ان کے درمیان کئی باتیں ہوئی مومن دروازے کی دہلیز میں کھڑا تکلیف دہ خاموشی سے یہ باتیں سنتا رہا۔

''رضیہ تم گز کو کھینچ کر ناپ کیوں نہیں لیتیں۔۔۔پچھلی دفعہ بھی یہی ہوا تم نے ناپ لیا اور میرے بلاؤز کا ستیاناس ہو گیا۔اوپر کے حصے پر اگر کپڑا فِٹ نہ آئے تو ادھر اُدھر بغلوں میں جھول پڑ جاتے ہیں۔''

'' کہاں کا لوں، کہاں کا نہ لوں تم تو عجب مخمصے میں ڈال دیتی ہو۔ یہاں کا ناپ لینا شروع کیا تو تم نے کہا ذرا اور نیچے کر لو۔۔۔ذرا چھوٹا بڑا ہو گیا تو کون سی آفت آ جائے گی۔''

''بھئی واہ۔۔۔چیز کے فِٹ ہونے میں تو ساری خوبصورتی ہے۔ ثریا کو دیکھو کیسے فِٹ کپڑے پہنتی ہے۔ مجال ہے جو کہیں شکن پڑے، کتنے خوبصورت معلوم ہوتے ہیں ایسے کپڑے۔۔۔لو اب تم ناپ لو۔۔۔''

یہ کہہ کر شکیلہ نے سانس کے ذریعے سے اپنا سینہ پھلانا شروع کیا۔ جب اچھی طرح پھول گیا تو سانس روک کر اُس نے گھٹی گھٹی آواز میں کہا

''لو اب جلدی کرو۔''

جب شکیلہ نے سینے کی ہوا خارج کی تو مومن کو ایسا محسوس ہوا اس کے اندر کے کئی غبارے پھٹ گئے ہیں۔ اس نے گھبرا کر کہا

''گز لائیے بی بی جی۔۔۔میں دے آؤں۔''

شکیلہ نے اسے جھڑک دیا

''ذرا ٹھہر جاؤ۔''

یہ کہتے ہوئے، کپڑے کا گز، اس کے ننگے بازو سے لپٹ گیا۔ جب شکیلہ نے اسے اتارنے کی کوشش کی تو مومن کو سفید بغل میں کالے کالے بالوں کا ایک گچھا نظر آیا مومن کی اپنی بغلوں میں بھی ایسے ہی بال اُگ رہے تھے۔

مگر یہ گچھا اسے بہت بھلا معلوم ہوا۔ ایک سنسنی سی اس کے سارے بدن میں دوڑ گئی۔ ایک عجیب و غریب خواہش اس کے دل میں پیدا ہوئی کہ کالے کالے بال اس کی مونچھیں بن جائیں۔۔۔ بچپن میں وہ بھٹوں کے کالے اور سنہرے بال نکال کر اپنی مونچھیں بنایا کرتا تھا۔ ان کو اپنے بالائی ہونٹ پر جماتے وقت جو سرسراہٹ اسے محسوس ہوا کرتی تھی، اسی قسم کی سرسراہٹ اس خواہش نے اس کے بالائی ہونٹ اور ناک میں پیدا کر دی۔

شکیلہ کا بازو اب نیچے جھک گیا تھا۔ اور اس کی بغل چھپ گئی تھی۔ مگر مومن اب بھی کالے بالوں کا وہ گچھا دیکھ رہا تھا۔ اس کے تصور میں شکیلہ کا بازو دیر تک ویسے ہی اٹھا ہوا اور بغل میں اس کے سیاہ بال جھانکتے رہے۔

تھوڑی دیر کے بعد شکیلہ نے مومن کو گز دے دیا اور کہا

’’جاؤ، اُسے واپس دے آؤ۔ کہنا بہت بہت شکریہ ادا کیا ہے۔‘‘

مومن گز واپس دے کر باہر صحن میں بیٹھ گیا۔ اس کے دل و دماغ میں دھند لے دھند لے سے خیال پیدا ہو رہے تھے۔ دیر تک وہ ان کا مطلب سمجھنے کی کوشش کرتا رہا۔ جب کچھ سمجھ میں نہ آیا تو اس نے غیر ارادی طور پر اپنا چھوٹا سا ٹرنک کھولا جس میں اس نے عید کے لیے نئے کپڑے بنوا کر رکھے تھے۔

جب ٹرنک کا ڈھکنا کھلا اور نئے لٹھے کی بو اس کی ناک تک پہنچی تو اس کے دل میں خواہش پیدا ہوئی کہ نہا دھو کر اور یہ نئے کپڑے پہن کر وہ سیدھا شکیلہ بی بی کے پاس جائے اور اسے سلام کرے۔۔۔ اس کی لٹھے کی شلوار کس طرح کھٹر کھٹر کرے گی۔۔۔ اور اس کی رومی ٹوپی۔۔۔۔‘‘

رومی ٹوپی کا خیال آتے ہی مومن کی نگاہوں کے سامنے اس کا پھندنا آ گیا۔ اور پھندنا فوراً ہی ان کالے کالے بالوں کے گچھے میں تبدیل ہو گیا جو اس نے شکیلہ کی بغل میں دیکھا تھا۔ اس نے کپڑوں کے نیچے سے اپنی نئی رومی ٹوپی نکالی اور اس کے نرم اور لچکیلے پھندنے پر ہاتھ پھیرنا شروع ہی کیا تھا کہ اندر سے شکیلہ بی بی کی آواز آئی ’’مومن!‘‘ مومن نے ٹوپی ٹرنک میں رکھی، ڈھکنا بند کیا اور اندر چلا گیا۔ جہاں شکیلہ نمونے کے مطابق اودی ساٹن کے کئی ٹکڑے کاٹ چکی تھی۔ ان چمکیلے اور پھسل پھسل جانے والے ٹکڑوں کو ایک جگہ رکھ کر وہ مومن کی طرف متوجہ ہوئی

’’میں نے تمہیں اتنی آوازیں دیں، سو گئے تھے کیا؟‘‘

مومن کی زبان میں لکنت پیدا ہو گئی۔

’’نہیں بی بی جی۔‘‘

’’تو کیا کر رہے تھے؟‘‘

’’کچھ۔۔۔ کچھ بھی نہیں؟‘‘

’’ کچھ تو ضرور کرتے ہوگے؟،،

شکیلہ یہ سوال کیے جا رہی تھی مگر اس کا دھیان اصل میں بلاؤز کی طرف تھا۔ جسے اب اسے کچا کرنا تھا۔مومن نے کھسیانی ہنسی کے ساتھ جواب دیا

’’ٹرنک کھول کر اپنے نئے کپڑے دیکھ رہا تھا شکیلہ کھلکھلا کر ہنسی۔ رضیہ نے بھی اس کا ساتھ دیا شکیلہ کو ہنستے دیکھ کر مومن کو ایک عجیب سی تسکین ہوئی۔ اور اس تسکین نے اس کے دل میں یہ خواہش پیدا کی کہ وہ کوئی ایسی مضحکہ خیز طور پر احمقانہ حرکت کرے جس سے شکیلہ کو اور زیادہ ہنسنے کا موقع ملے۔ چنانچہ لڑکیوں کی طرح جھینپ کر اور لہجے میں شرماہٹ پیدا کر کے اس نے کہا

’’بڑی بی بی جی سے پیسے لے کر میں ریشمی رومال بھی لاؤں گا۔،،

شکیلہ نے ہنستے ہوئے اس سے پوچھا

’’ کیا کرو گے اس رومال کو؟،،

مومن نے جھینپ کر جواب دیا

’’گلے میں باندھ لوں گا بی بی جی۔۔۔۔ بڑا اچھا معلوم ہو گا۔،،

یہ سن کر شکیلہ اور رضیہ دونوں دیر تک ہنستی رہیں۔

’’گلے میں باندھو گے تو یاد رکھنا میں اسی سے پھانسی دے دوں گی تمھیں۔،،

یہ کہہ کر شکیلہ نے اپنی ہنسی دبانے کی کوشش کی اور رضیہ سے کہا

’’ کمبخت نے مجھے کام ہی بھلا دیا۔ رضیہ میں نے اسے کیوں بلایا تھا؟،،

رضیہ نے جواب نہ دیا اور وہ نئی فلمی طرز گنگنانا شروع کی جو وہ دو روز سے سیکھ رہی تھی۔ اس دوران میں شکیلہ کو خود ہی یاد آ گیا کہ اس نے مومن کو کیوں بلایا تھا۔

’’دیکھو مومن! میں تمہیں یہ بنیان اتار کر دیتی ہوں۔ دوائیوں کی دوکان کے پاس جو ایک دکان نئی کھلی ہے نا، وہی جہاں تم اس دن میرے ساتھ گئے تھے۔ وہاں جاؤ اور پوچھ کے آؤ کہ ایسی چھ بنیانوں کا وہ کیا لے گا۔۔۔ کہنا ہم پوری چھ لیں گے۔ اس لیے کچھ رعایت ضرور کرے ۔۔۔ سمجھ لینا؟،،

مومن نے جواب دیا

’’جی ہاں۔،،

’’اب تم پرے ہٹ جاؤ۔،،

مومن باہر نکل کر دروازے کی اوٹ میں ہو گیا۔ چند لمحات کے بعد بنیان اس کے قدموں کے پاس آ کر گرا اور اندر سے شکیلہ کی آواز آئی

'' کہنا ہم اسی قسم، اسی ڈیزائن کی بالکل یہی چیز لیں گے، فرق نہیں ہونا چاہیے۔''

مومن نے بہت اچھا کہہ کر بنیان اٹھا لیا جو پسینے کے باعث کچھ کچھ گیلا ہو رہا تھا۔ جیسے کسی نے بھاپ پر رکھ کر فوراً ہی ہٹا لیا ہو۔ بدن کی بُو بھی اس میں بسی ہوئی تھی۔ میٹھی میٹھی گرمی بھی تھی۔ یہ تمام چیزیں اس کو بہت بھلی معلوم ہوئیں۔ وہ اس بنیان کو جو بلّی کے بچے کی طرح ملائم تھا، اپنے ہاتھوں میں مسلتا باہر چلا گیا۔ جب بھاؤ تاؤ دریافت کر کے بازار سے واپس آیا تو شکیلہ بلاؤز کی سلائی شروع کر چکی تھی۔ اس سیاہی مائل ساٹن کے بلاؤز کی جو مومن کی رومی ٹوپی کے پھندنے سے کہیں زیادہ چمکیلی اور لچکدار تھی۔

یہ بلاؤز شاید عید کے لیے تیار کیا جا رہا تھا کیونکہ عید اب بالکل قریب آ گئی تھی۔ مومن کو ایک دن میں کئی بار بلایا گیا۔ دھاگا لانے کے لیے، استری نکالنے کے لیے، سُوئی ٹوٹی تو نئی سوئی لانے کے لیے۔ شام کے قریب جب شکیلہ نے دوسرے روز پر باقی کام اٹھا دیا تو دھاگے کے ٹکڑے اور اُودی ساٹن کی بے کار کتریں اٹھانے کے لیے بھی اسے بلایا گیا۔ مومن نے اچھی طرح جگہ صاف کر دی۔ باقی سب چیزیں اٹھا کر باہر پھینک دیں مگر اُودی ساٹن کی چمکدار کتریں اپنی جیب میں رکھ لیں۔۔۔۔ بالکل بے مطلب کیوں کہ اسے معلوم نہیں تھا کہ وہ ان کو کیا کرے گا؟ دوسرے روز اس نے جیب سے کتریں نکالیں اور الگ بیٹھ کر ان کے دھاگے الگ کرنے شروع کر دیے۔ دیر تک وہ اس کھیل میں مشغول رہا۔ حتیٰ کہ دھاگے کے چھوٹے بڑے ٹکڑوں کا ایک گچھا سا بن گیا اس کو ہاتھ میں لے کر وہ دباتا رہا، مسلتا رہا۔۔۔۔ لیکن اس کے تصور میں شکیلہ کی وہی بغل تھی جس میں اس نے کالے بالوں کا چھوٹا سا گُچھا دیکھا تھا۔

اس دن بھی شکیلہ نے اسے کئی بار بلایا۔۔۔۔ کالی ساٹن کے بلاؤز کی ہر شکل اس کی نگاہوں کے سامنے آتی رہی۔ پہلے جب اسے کاٹا گیا تھا تو اس پر سفید دھاگے کے بڑے بڑے ٹانکے جا بجا پھیلے ہوئے تھے۔ پھر اس پر استری کی گئی۔ جس سے سب شکنیں دور ہو گئیں۔ اور چمک بھی دو بالا ہو گئی۔ اس کے بعد کچی حالت ہی میں شکیلہ نے اسے پہنا، رضیہ کو دکھایا۔ دوسرے کمرے میں سنگھار میز کے پاس جا کر آئینے میں خود اس کو ہر پہلو سے اچھی طرح دیکھا۔ جب پورا اطمینان ہو گیا تو اسے اتارا، جہاں جہاں تنگ یا کھلا تھا وہاں نشان بنائے، اور اس کی ساری خامیاں دور کیں۔ ایک بار پھر پہن کر دیکھا۔ جب بالکل فِٹ ہو گیا تو پکی سلائی شروع کی۔

ادھر اُودی ساٹن کا یہ بلاؤز سیا جا رہا تھا۔ ادھر مومن کے دماغ میں عجیب و غریب خیالوں کے جیسے ٹانکے سے ادھر

رہے تھے۔۔۔ جب اسے کمرے میں بلایا جاتا اور اس کی نگاہیں چمکیلی ساٹن کے بلاؤز پر پڑتیں تو اس کا جی چاہتا کہ وہ ہاتھ سے چھو کر اسے دیکھے صرف چھو کر ہی نہیں دیکھے۔۔۔ بلکہ اس کی ملائم اور روئیں دار سطح پر دیر تک ہاتھ پھیرتا رہے۔۔۔ اپنے کھردرے ہاتھ۔ اس نے ان ساٹن کے ٹکڑوں سے اس کی ملائمت کا اندازہ کر لیا تھا۔ دھاگے جو اس نے ان ٹکڑوں سے نکالے تھے اور بھی زیادہ ملائم ہو گئے تھے۔ جب اس نے ان کا گچھا بنایا تھا تو دبانے وقت اسے معلوم ہوا کہ ان میں ربڑ سی لچک بھی ہے۔۔۔ وہ جب اندر آ کر بلاؤز کو دیکھتا اس کا خیال فوراً ان بالوں کی طرف دوڑ جاتا جو اس نے شکیلہ کی بغل میں دیکھے تھے۔ کالے کالے بال مومن سوچتا تھا کیا وہ بھی اس ساٹن ہی کی طرح ملائم ہوں گے۔

بلاؤز بالآخر تیار ہو گیا۔۔۔ مومن کمرے کے فرش پر گیلا کپڑا پھیر رہا تھا کہ شکیلہ اندر آ گئی۔ قمیص اتار کر اس نے پلنگ پر رکھی۔ اس کے نیچے اسی قسم کا سفید بنیان تھا جس کا نمونہ لے کر مومن بھاؤ دریافت کرنے گیا تھا۔۔۔ اس کے اوپر شکیلہ نے اپنے ہاتھ کا سلا ہوا بلاؤز پہنا۔ سامنے کے ہک لگائے اور آئینہ کے سامنے کھڑی ہو گئی۔

مومن نے فرش صاف کرتے کرتے آئینہ کی طرف دیکھا۔ بلاؤز میں اب جان سی پڑ گئی تھی۔۔۔ ایک دو جگہ پر وہ اس قدر چمکتا تھا کہ معلوم ہوتا تھا ساٹن کا رنگ سفید ہو گیا ہے۔۔۔ شکیلہ کی پیٹھ مومن کی طرف تھی۔ جس پر ریڑھ کی ہڈی کی لمبی جھری بلاؤز فٹ ہونے کے باعث اپنی پوری گہرائی کے ساتھ نمایاں تھی مومن سے نہ رہا گیا، چنانچہ اُس نے کہا

''بی بی جی! آپ نے تو درزیوں کو بھی مات کر دیا!''

شکیلہ اپنی تعریف سن کر خوش ہوئی مگر وہ رضیہ کی رائے طلب کرنے کے لیے بے قرار تھی۔ اس لیے وہ صرف

''اچھا سِلا ہے نا؟''

کہہ کر باہر دوڑ گئی۔۔۔ مومن آئینے کی طرف دیکھتا رہ گیا جس میں بلاؤز کا سیاہ اور چمکیلا عکس دیر تک موجود رہا۔

رات کو جب وہ پھر اس کمرے میں صُراحی رکھنے کے لیے آیا تو اس نے کھونٹی پر لکڑی کے ہینگر میں اس بلاؤز کو دیکھا۔ کمرے میں کوئی موجود نہیں تھا۔ چنانچہ آگے بڑھ کر پہلے اس نے غور سے دیکھا۔ پھر ڈرتے ڈرتے اس پر ہاتھ پھیرا۔ ایسا کرتے ہوئے اسے یہ محسوس ہوا کہ کوئی اس کے جسم کے ملائم روئیں پر ہولے ہولے بالکل ہوائی لمس کی طرح ہاتھ پھیر رہا ہے۔

رات کو جب وہ سویا تو اس نے کئی اُوٹ پٹانگ خواب دیکھے۔ ڈپٹی صاحب نے پتھر کے کوئلوں کا ایک بڑا ڈھیر اسے کوٹنے کو کہا۔ جب اس نے ایک کوئلہ اٹھایا اور اس پر ہتھوڑے کی ایک ضرب لگائی تو وہ نرم نرم بالوں کا ایک

کچھا بن گیا۔ یہ کالی کھانڈ کے مہین مہین تار تھے جن کا گولہ بنا ہوا تھا۔ پھر یہ گولے کالے رنگ کے غبارے بن کر ہوا میں اڑنا شروع ہوئے۔ بہت اوپر جا کر یہ پھٹنے لگے۔

پھر آندھی آ گئی اور مومن کی رومی ٹوپی کا پھندنا کہیں غائب ہو گیا۔۔۔ پھندنے کی تلاش میں وہ نکلا۔۔۔ دیکھی اور ان دیکھی جگہوں میں گھومتا رہا۔۔۔ نئے لٹھے کی بو بھی کہیں سے آنا شروع ہوئی۔ پھر نہ جانے کیا ہوا۔ ایک کالی ساٹن کے بلاؤز پر اس کا ہاتھ پڑا۔۔۔ کچھ دیر وہ اس دھڑکتی ہوئی چیز پر ہاتھ پھیرتا رہا۔ پھر دفعتاً ہڑبڑا کے اٹھ بیٹھا۔ تھوڑی دیر تک وہ کچھ نہ سمجھ سکا کہ کیا ہو گیا ہے۔ اس کے بعد اسے خوف، تعجب اور ایک انوکھی ٹیس کا احساس ہوا۔ اس کی حالت اس وقت عجیب و غریب تھی۔۔۔ پہلے اسے تکلیف دہ حرارت محسوس ہوئی تھی مگر چند لمحات کے بعد ایک ٹھنڈی سی لہر اس کے جسم پر رینگنے لگی۔

ہتک

دن بھر کی تھکی ماندی وہ ابھی ابھی اپنے بستر پر لیٹی تھی اور لیٹتے ہی سوگئی۔ میونسپل کمیٹی کا داروغہ صفائی، جسے وہ سیٹھ جی کے نام سے پکارا کرتی تھی، ابھی ابھی اس کی ہڈیاں پسلیاں جھنجھوڑ کر شراب کے نشے میں چور، گھر واپس گیا تھا۔ وہ رات کو یہیں پر ٹھہر جاتا مگر اسے اپنی دھرم پتنی کا بہت خیال تھا، جو اس سے بے حد پریم کرتی تھی۔

وہ روپے جو اس نے اپنی جسمانی مشقت کے بدلے اس داروغہ سے وصول کیے تھے، اس کی چست اور تھوک بھری چولی کے نیچے سے اوپر کو ابھرے ہوئے تھے۔ کبھی کبھی سانس کے اتار چڑھاؤ سے چاندی کے یہ سکے کھنکھنانے لگتے اور اس کی کھنکھناہٹ اس کے دل کی غیر آہنگ دھڑکنوں میں گھل مل جاتی۔ ایسا معلوم ہوتا کہ ان سکوں کی چاندی پگھل کر اس کے دل کے خون میں ٹپک رہی ہے۔

اس کا سینہ اندر سے تپ رہا تھا۔ یہ گرمی کچھ تو اس برانڈی کے باعث تھی جس کا ادّھا داروغہ اپنے ساتھ لایا تھا۔ اور کچھ اس 'بیوڑا' کا نتیجہ تھی جس کا سوڈا ختم ہونے پر دونوں نے پانی ملا کر پیا تھا۔

وہ ساگوان کے لمبے اور چوڑے پلنگ پر اوندھے منہ لیٹی تھی۔ اس کی بانہیں جو کاندھوں تک ننگی تھیں، پلنگ کی اس کانپ کی طرح پھیلی ہوئی تھیں جو اوس میں بھیگ جانے کے باعث پتلے کاغذ سے جدا ہو جائے۔ دائیں بازو کی بغل میں شکن آلود گوشت ابھرا ہوا تھا۔ جو بار بار موڑنے کے باعث نیلی رنگت اختیار کر گیا تھا۔ جیسے نچی ہوئی مرغی کی کھال کا ایک ٹکڑا وہاں پر رکھ دیا گیا ہے۔

کمرہ بہت چھوٹا تھا جس میں بے شمار چیزیں بے ترتیبی کے ساتھ بکھری ہوئی تھیں۔ تین چار سوکھے سڑے چپل پلنگ کے نیچے پڑے تھے جن کے اوپر منہ رکھ کر ایک خارش زدہ کتا سو رہا تھا۔ اور نیند میں کسی غیر مرئی چیز کو منہ

چڑا رہا تھا۔اس کتے کے بال جگہ جگہ سے خارش کے باعث اڑے ہوئے تھے۔دور سے اگر کوئی اس کتے کو دیکھتا تو سمجھتا کہ پیر پونچھنے والا پرانا ٹاٹ دوہرا کر کے زمین پر رکھا ہے۔

اس طرف چھوٹے سے دیوار گیر پر سنگھار کا سامان رکھا تھا۔ گالوں پر لگانے کی سرخی، ہونٹوں کی سرخ بتی، پاؤڈر، کنگھی اور لو ہے کے پن جو وہ غالباً اپنے جوڑے میں لگایا کرتی تھی۔ پاس ہی ایک لمبی کھونٹی کے ساتھ سبز طوطے کا پنجرہ لٹک رہا تھا، جو گردن کو اپنی پیٹھ کے بالوں میں چھپائے سو رہا تھا۔ پنجرہ کچے امرود کے ٹکڑوں اور گلے ہوئے سنگترے کے چھلکوں سے بھرا پڑا تھا۔ان بدبودار ٹکڑوں پر چھوٹے چھوٹے کالے رنگ کے مچھر یا پتنگ اڑ رہے تھے۔

پلنگ کے پاس ہی بید کی ایک کرسی پڑی تھی جس کی پشت، سر ٹیکنے کے باعث بے حد میلی ہو رہی تھی۔اس کرسی کے دائیں ہاتھ کو ایک خوبصورت تپائی تھی جس پر ہز ماسٹرز وائس کا پورٹ ایبل گراموفون پڑا تھا، اس گراموفون پر منڈھے ہوئے کالے کپڑے کی بہت بری حالت تھی۔ زنگ آلود سوئیاں تپائی کے علاوہ کمرے کے ہر کونے میں بکھری ہوئی تھیں۔اس تپائی کے عین اوپر دیوار پر چار فریم لٹک رہے تھے جن میں مختلف آدمیوں کی تصویریں جڑی تھیں۔

ان تصویروں سے ذرا ہٹ کر یعنی دروازے میں داخل ہوتے ہی بائیں طرف کی دیوار کے کونے میں گنیش جی کی شوخ رنگ کی تصویر جو تازہ اور رسو کھے ہوئے پھولوں سے لدی ہوئی تھی۔شاید یہ تصویر کپڑے کے کسی تھان سے اتار کر فریم میں جڑائی گئی تھی۔اس تصویر کے ساتھ چھوٹے سے دیوار گیر پر جو کہ بے حد چکنا ہو رہا تھا، تیل کی ایک پیالی دھری تھی۔ جو دیے کو روشن کرنے کے لیے رکھی گئی تھی۔ پاس ہی دیا پڑا تھا۔جس کی لو ہوا بند ہونے کے باعث ماتھے کے تلک کے ماند سیدھی کھڑی تھی۔اس دیوار گیر پر روئی کی چھوٹی بڑی مروڑیاں بھی پڑی تھیں۔ جب وہ بوہنی کرتی تھی تو دور سے گنیش جی اس مورتی سے روپے چھوا کر اور پھر اپنے ماتھے کے ساتھ لگا کر انھیں اپنی چولی میں رکھ لیا کرتی تھی۔اس کی چھاتیاں چونکہ کافی ابھری ہوئی تھیں اس لیے وہ جتنے روپے بھی اپنی چولی میں رکھتی محفوظ پڑے رہتے تھے۔البتہ کبھی کبھی جب مادھو پونے سے چھٹی لے کر آتا تو اسے اپنے کچھ روپے پلنگ کے پائے کے نیچے اس چھوٹے سے گڑھے میں چھپانا پڑتے تھے جو اس نے خاص اس کام کی غرض سے کھودا تھا۔ مادھو سے روپے محفوظ رکھنے کا یہ طریقہ سوگندھی کو رام لال دلال نے بتایا تھا۔اس نے یہ جب سنا کہ مادھو پونے سے آ کر سوگندھی پر دھاوے بولتا ہے تو کہا تھا

''اس سالے کو تو نے کب سے یار بنایا ہے؟ یہ بڑی انوکھی عاشقی معشوقی ہے۔''

’’ایک پیسہ اپنی جیب سے نکالتا نہیں اور تیرے ساتھ مزے اڑاتا رہتا ہے، مزے الگ رہے، تجھ سے کچھ لے بھی مرتا ہے۔۔۔سوگندھی! مجھے کچھ دال میں کالا نظر آتا ہے۔اس سالے میں کچھ بات ضرور ہے جو تجھے بھا گیا ہے۔سات سال سے یہ دھندا کر رہا ہوں تم چھوکریوں کی ساری کمزوریاں جانتا ہوں۔‘‘

یہ کہہ کر رام لال دلال نے جو بمبئی شہر کے مختلف حصوں میں دس روپے سے لے کر سو روپے تک والی ایک سو بیس چھوکریوں کا دھندا کرتا تھا، سوگندھی کو بتایا؛

’’سالی اپنا دھن یوں نہ برباد کر۔تیرے انگ پر سے یہ کپڑا بھی اتار کر لے جائے گا۔وہ تیری ماں کا یار۔۔۔اس پلنگ کے پائے کے نیچے چھوٹا سا گڑھا کھود کر اس میں سارے پیسے دبا دیا کر اور جب وہ یار آیا کرے تو اس سے کہا کر۔۔۔تیری جان کی قسم ما دھو، آج صبح سے ایک دھیلے کا منہ نہیں دیکھا۔ باہر والے سے کہہ کر ایک کپ چائے اور افلاطون بسکٹ تو منگا۔ بھوک سے میرے پیٹ میں چوہے دوڑ رہے ہیں۔۔۔۔سمجھیں! بہت نازک وقت آ گیا ہے میری جان۔۔۔اس سالی کانگرس نے شراب بند کر کے بازار بالکل مندا کر دیا ہے۔ پر تجھے تو کہیں نہ کہیں سے پینے کو مل ہی جاتی ہے، بھگوان کی قسم، جب تیرے یہاں کبھی رات کی خالی کی ہوئی بوتل دیکھتا ہوں اور دارو کی باس سونگھتا ہوں تو جی چاہتا ہے تیری جون میں چلا جاؤں۔‘‘

سوگندھی کو اپنے جسم میں سب سے زیادہ اپنا سینہ نہ پسند تھا۔ایک بار جمنا نے اس سے کہا تھا

’’نیچے سے ان بمب کے گولوں کو باندھ کے رکھا کر، انگیا پہنے گی تو ان کی سختائی ٹھیک رہے گی۔‘‘

سوگندھی یہ سن کر ہنس دی۔

’’جمنا تو سب کو اپنے سری کا سمجھتی ہے۔دس روپے میں لوگ تیری بوٹیاں توڑ کر چلے جاتے ہیں۔تو تو سمجھتی ہے کہ سب کے ساتھ بھی ایسا ہی ہوتا ہو گا۔ کوئی مو الگائے تو ویسی ویسی جگہ ہاتھ۔۔۔ارے ہاں، کل کی بات تجھے ساؤں: رام لال رات کے دو بجے ایک پنجابی کو لایا۔رات کا تیس روپے طے ہوا۔ جب سونے لگے تو میں نے بتی بجھا دی۔ ارے وہ تو ڈرنے لگا سنتی ہو جمنا؟ تیری قسم اندھیرا ہوتے ہی اس کا سارا اٹھاٹھ کر کرا ہو گیا۔وہ ڈر گیا۔ میں نے کہا چلو چلو دیر کیوں کرتے ہو۔تین بجنے والے ہیں، اب دن چڑھ آئے گا۔ بولا۔۔۔روشنی کرو، روشنی کرو۔۔۔میں نے کہا، یہ روشنی کیا ہوا، بولا؛ لائٹ۔۔۔لائٹ۔۔۔اس کی بھینچی ہوئی آواز سن کر مجھ سے ہنسی نہ رکی۔ ’’بھئی میں تو لائٹ نہ کروں گی!‘‘

اور یہ کہہ کر میں نے اس کی گوشت بھری ران کی چٹکی لی۔ تڑپ کر اٹھ بیٹھا اور لائٹ اون کر دی میں نے جھٹ سے چادر اوڑھ لی، اور کہا، تجھے شرم نہیں آتی مردوے۔۔۔وہ پلنگ پر آ یا تو میں اٹھی اور لپک کر لائٹ بجھا دی۔۔۔

وہ پھر گھبرانے لگا۔ تیری قسم بڑے مزے میں رات کٹی، کبھی اندھیرا کبھی اجالا، کبھی اجالا، کبھی اندھیرا۔۔۔ٹرام کی کھڑ کھڑ ہوئی تو پتلون و کلون پہن کر وہ اٹھ بھاگا۔۔۔سالے نے تیس روپے سٹے میں جیتے ہوں گے۔ جیوں مفت دے گیا۔۔۔جمنا تو بالکل الھڑ ہے۔ بڑے بڑے گر یاد ہیں مجھے ان لوگوں کو ٹھیک کرنے کے لیے!''

سوگندھی کو واقعی بہت سے گر یاد تھے جو اس نے اپنی ایک دو سہیلیوں کو بتائے بھی تھے۔ عام طور پر وہ یہ گر سب کو بتایا کرتی تھی

''اگر آدمی شریف ہو، زیادہ باتیں نہ کرنے والا ہو تو اس سے خوب شرارتیں کرو، ان گنت باتیں کرو، اسے چھیڑو ستاؤ، اس کے گدگدی کرو۔ اس سے کھیلو۔۔۔اگر داڑھی رکھتا ہو تو اس میں انگلیوں سے کنگھی کرتے کرتے دو چار بال بھی نوچ لو، پیٹ بڑا ہو تو تھپتھپاؤ۔۔۔اس کو اتنی مہلت ہی نہ دو کہ اپنی مرضی کے مطابق کچھ کرنے پائے۔ وہ خوش خوش چلا جائے گا اور رقم بھی بچی رہے گی۔ ایسے مرد جو چپ چپ رہتے ہیں بڑے خطرناک ہوتے ہیں بہن۔۔۔ہڈی پسلی توڑ دیتے ہیں اگر ان کا داؤ چل جائے۔''

سوگندھی اتنی چالاک نہیں تھی جتنی خود کو ظاہر کرتی تھی۔ اس کے گاہک بہت کم تھے۔ غایت درجہ جذباتی لڑکی تھی۔ یہی وجہ ہے کہ وہ تمام گر جو اسے یاد تھے اس کے دماغ سے پھسل کر اس کے پیٹ میں آجاتے تھے جس پر ایک بچہ پیدا کرنے کے باعث کئی لکیریں پڑ گئی تھیں۔۔۔ان لکیروں کو پہلی مرتبہ دیکھ کر اسے ایسا لگا تھا کہ اس کے خارش زدہ کتے نے اپنے پنجے سے یہ نشان بنا دیے ہیں۔

سوگندھی دماغ میں زیادہ رہتی تھی لیکن جو نہی کوئی نرم نازک بات، کوئی کومل بول اس سے کہتا تو جھٹ پگھل کر وہ اپنے جسم کے دوسرے حصوں میں پھیل جاتی۔ گو مرد اور عورت کے جسمانی ملاپ کو اس کا دماغ بالکل فضول سمجھتا تھا مگر اس کے جسم کے باقی اعضا اس کے سب، اس کے بہت بری طرح قائل تھے؛ وہ تھکن چاہتے تھے۔۔۔ ایسی تھکن جو انھیں جھنجھوڑ کر۔۔۔انہیں مار کر سلانے پر مجبور کر دے۔۔۔ایسی نیند جو تھک کر چور چور ہو جانے کے بعد آئے، کتنی مزے دار ہوتی ہے۔ وہ بیہوشی جو مار کھا کر بند بند ڈھیلے ہو جانے پر طاری ہوتی ہے، کتنا آنند دیتی ہے ! کبھی ایسا ہوتا ہے کہ تم ہو اور کبھی ایسا معلوم ہوتا ہے کہ تم نہیں ہو، اور اس ہونے اور نہ ہونے کے بیچ میں کبھی کبھی ایسا بھی محسوس ہوتا ہے کہ تم ہوا میں بہت اونچی جگہ لٹکی ہوئی ہو۔ اور پر ہوا، نیچے ہوا، دائیں ہوا، بائیں ہوا، بس ہوا ہی ہوا! اور پھر اس ہوا میں دم گھٹنا بھی ایک خاص مزا دیتا ہے۔

بچپن میں جب وہ آنکھ مچولی کھیلا کرتی تھی، اور اپنی ماں کا بڑا صندوق کھول کر اس میں چھپ جایا کرتی تھی، تو نا کافی ہوا میں دم گھٹنے کے ساتھ ساتھ پکڑے جانے کے خوف سے وہ تیز دھڑکن جو اس کے دل میں پیدا ہو جایا کرتی

تھی، کتنا مزاد یا کرتی تھی۔

سوگندھی چاہتی تھی کہ اپنی ساری زندگی کسی ایسے ہی صندوق میں چھپ کر گزار دے جس کے باہر ڈھونڈنے والے پھرتے رہیں۔ کبھی کبھی اس کو ڈھونڈ نکالیں تاکہ وہ بھی ان کو ڈھونڈنے کی کوشش کرے۔ یہ زندگی جو وہ پانچ برس سے گزار رہی تھی آنکھ مچولی ہی تو تھی۔ کبھی وہ کسی کو ڈھونڈ لیتی تھی اور کبھی کوئی اسے ڈھونڈ لیتا تھا۔

بس یونہی اس کا جیون بیت رہا تھا۔ وہ خوش تھی اس لیے کہ اس کو خوش رہنا پڑتا تھا۔ ہر روز رات کو کوئی نہ کوئی مرد اس کے چوڑے ساگوانی پلنگ پر ہوتا تھا اور سوگندھی جس کو مردوں کے ٹھیک کرنے کے لیے بے شمار گر یاد تھے، اس بات کا بار بار تہیہ کرنے پر بھی کہ وہ ان مردوں کی کوئی ایسی ویسی بات نہیں مانے گی اور ان کے ساتھ بڑے روکھے پن کے ساتھ پیش آئے گی، ہمیشہ اپنے جذبات کے دھارے میں بہہ جایا کرتی تھی اور فقط ایک پیاسی عورت رہ جایا کرتی تھی۔

ہر روز رات کو اس کا پرانا یا نیا ملاقاتی اس سے کہا کرتا تھا

"سوگندھی میں تجھ سے پریم کرتا ہوں۔"

اور سوگندھی یہ جان بوجھ کر بھی کہ وہ جھوٹ بولتا ہے بس موم ہو جاتی تھی اور ایسا محسوس کرتی تھی جیسے سچ مچ اس سے پریم کیا جا رہا ہے۔۔۔

پریم۔۔۔ کتنا سندر بول ہے! وہ چاہتی تھی، اس کو پگھلا کر اپنے سارے انگوں پر مل لے اس کی مالش کرے تاکہ یہ سارے کا سارا اس کے مساموں میں رچ جائے یا پھر وہ خود اس کے اندر چلی جائے۔ سمٹ سمٹا کر اس کے اندر داخل ہو جائے اور اوپر سے ڈھکنا بند کر دے۔ کبھی کبھی جب پریم کیے جانے کا جذبہ اس کے اندر بہت شدت اختیار کر لیتا تو کئی بار اس کے جی میں آتا کہ اپنے پاس پڑے ہوئے آدمی کو گود ہی میں لے کر تھپتھپانا شروع کر دے اور لوریاں دے کر اسے گود ہی میں سلا دے۔

پریم کر سکنے کی اہلیت اس کے اندر اس قدر زیادہ تھی کہ ہر اس مرد سے جو اس کے پاس آتا تھا، وہ محبت کر سکتی تھی اور پھر اس کو نباہ بھی سکتی تھی۔ اب تک چار مردوں سے اپنا پریم نباہ ہی تو رہی تھی جن کی تصویریں اس کے سامنے دیوار پر لٹک رہی تھیں۔ ہر وقت یہ احساس اس کے دل میں موجود رہتا تھا کہ وہ بہت اچھی ہے لیکن یہ اچھا پن مردوں میں کیوں نہیں ہوتا۔ یہ بات اس کی سمجھ میں نہیں آتی تھی۔ ایک بار آئینہ دیکھتے ہوئے بے اختیار اس کے منہ سے نکل گیا تھا

"سوگندھی۔۔۔ تجھ سے زمانے نے اچھا سلوک نہیں کیا!"

یہ زمانہ یعنی پانچ برسوں کے دن اور ان کی راتیں، اس کے جیون کے ہر تار کے ساتھ وابستہ تھے۔ گو اس زمانے سے اس کو خوشی نصیب نہیں ہوئی تھی جس کی خواہش اس کے دل میں موجود تھی۔ تاہم وہ چاہتی تھی کہ یونہی اس کے دن بیتتے چلے جائیں، اسے کون سے محل کھڑے کرنا تھے جو روپے پیسے کا لالچ کرتی۔ دس روپے اس کا عام نرخ تھا جس میں سے ڈھائی روپے رام لال اپنی دلالی کے کاٹ لیتا تھا۔ ساڑھے سات روپے اسے روز مل ہی جایا کرتے تھے جو اس کی اکیلی جان کے لیے کافی تھے۔ اور مادھو جب پونے سے بقول رام لال دلال، سوگندھی پر دھاوا بولنے کے لیے آتا تھا تو وہ دس پندرہ روپے خراج بھی ادا کرتی تھی! یہ خراج صرف اس بات کا تھا کہ سوگندھی کو اس سے کچھ وہ ہو گیا تھا۔

رام لال دلال ٹھیک کہتا تھا: اس میں ایسی بات ضرور تھی جو سوگندھی کو بہت بھائی تھی۔ اب اس کو چھپانا کیا، بتائی کیوں نہیں دیں! سوگندھی سے جب مادھو کی پہلی ملاقات ہوئی تو اس نے کہا تھا

‘‘تجھے لاج نہیں آتی اپنا بھاؤ کرتے! جانتی ہے تو میرے ساتھ کس چیز کا سودا کر رہی ہے۔ اور میں تیرے پاس کیوں آیا ہوں۔۔۔؟ چھی چھی چھی۔۔۔دس روپے اور جیسا کہ تو کہتی ہے ڈھائی روپے دلال کے، باقی رہے ساڑھے سات، رہے نا ساڑھے سات؟ اب ان ساڑھے سات روپوں پر تو مجھے ایسی چیز دینے کا وچن دیتی ہے جو تو دے ہی نہیں سکتی اور میں ایسی چیز لینے آیا جو میں لے ہی نہیں سکتا۔۔۔

مجھے عورت چاہیے پر تجھے کیا اس وقت اسی گھڑی مرد چاہیے۔۔۔؟

مجھے تو کوئی عورت بھی بھا جائے گی پر کیا میں تجھے بچتا ہوں! تیرا میرا نا تا ہی کیا ہے کچھ بھی نہیں۔۔۔بس یہ دس روپے، جن میں سے ڈھائی، دلالی میں چلے جائیں گے اور باقی ادھر ادھر بکھر جائیں گے۔ تیرے اور میرے بیچ میں بیچ رہے ہیں، تو بھی ان کا بجا ان سے رہی ہے اور میں بھی۔ تیرا من کچھ اور سوچتا ہے میرا من کچھ اور۔۔۔کیوں نہ کوئی ایسی بات کریں کہ تجھے میری ضرورت ہو اور مجھے تیری۔۔۔پونے میں حوالدار ہوں، مہینے میں ایک بار آیا کروں گا۔ تین چار دن کے لیے۔۔۔یہ دھندا چھوڑ۔۔۔میں تجھے خرچ دے دیا کروں گا۔ کیا بھاڑا ہے اس کھولی کا۔۔۔؟’’

مادھو نے اور بھی بہت کچھ کہا تھا جس کا اثر سوگندھی پر اس قدر زیادہ ہوا تھا کہ وہ چند لمحات کے لیے خود کو حوالدار نی سمجھنے لگی تھی۔ باتیں کرنے کے بعد مادھو نے اس کے کمرے کی بکھری ہوئی چیزیں قرینے سے رکھی تھیں اور نئی تصویریں جو سوگندھی نے اپنے سرہانے لٹکا رکھی تھیں، بنا پوچھے کچھے پھاڑ دی تھیں اور کہا تھا

‘‘سوگندھی بھی میں ایسی تصویریں یہاں نہیں رکھنے دوں گا۔ اور پانی کا یہ گھڑا۔۔۔دیکھنا کتنا میلا ہے اور یہ۔۔۔یہ چیتھڑے۔۔۔یہ چندیاں۔۔۔اُف کتنی بری باس آتی ہے، اٹھا کے باہر پھینک ان کو۔۔۔اور تو نے اپنے بالوں

کاستیاناس کر رکھا ہے۔ اور ۔ ۔ ۔ اور ۔ ۔ ۔ ''

تین گھنٹے کی بات چیت کے بعد سوگندھی اور مادھو آپس میں گھل مل گئے تھے اور سوگندھی کو تو ایسا محسوس ہوا تھا کہ برسوں سے حوالدار کو جانتی ہے، اس وقت تک کسی نے بھی کمرے میں بدبودار چیتھڑوں، میلے گھڑے اور ننگی تصویروں کی موجودگی کا خیال نہیں کیا تھا اور نہ کبھی کسی نے اس کو یہ محسوس کرنے کا موقع دیا تھا کہ اس کا ایک گھر ہے جس میں گھریلو پن آ سکتا ہے۔ لوگ آتے تھے اور بستر تک کی غلاظت کو محسوس کیے بغیر چلے جاتے تھے۔ کوئی سوگندھی سے یہ نہیں کہتا تھا

'' دیکھ تو آج تیری ناک کتنی لال ہو رہی ہے کہیں زکام نہ ہو جائے تجھے۔ ٹھہر میں تیرے واسطے دوا لاتا ہوں۔''

مادھو کتنا اچھا تھا۔ اس کی ہر بات باون تولہ اور پاؤ رتی کی تھی۔ کیا کھری کھری سنائی تھیں اس نے سوگندھی کو۔ اسے محسوس ہونے لگا کہ اسے مادھو کی ضرورت ہے۔ چنانچہ ان دونوں کا سمبندھ ہو گیا۔

مہینے میں ایک بار مادھو پونے سے آتا تھا اور واپس جاتے ہوئے ہمیشہ سوگندھی سے کہا کرتا تھا

'' دیکھ سوگندھی! اگر تو نے پھر سے اپنا دھندا شروع کیا تو بس تیری میری ٹوٹ جائے گی ۔ ۔ ۔ اگر تو نے ایک بار بھی کسی مرد کو اپنے یہاں ٹھہرایا تو چٹیا سے پکڑ کر باہر نکال دوں گا۔ دیکھ اس مہینے کا خرچ میں تجھے پونا پہنچتے ہی منی آرڈر کر دوں گا۔ ہاں کیا بھاڑا ہے اس کھولی کا ۔ ۔ ۔ ''

نہ مادھو نے کبھی پونا سے خرچ بھیجا تھا اور نہ سوگندھی نے اپنا دھندا بند کیا تھا۔ دونوں اچھی طرح جانتے تھے کہ کیا ہو رہا ہے۔ نہ سوگندھی نے کبھی مادھو سے یہ کہا تھا

'' تو یہ کیا ٹر ٹر کیا کرتا ہے، ایک پھوٹی کوڑی بھی دی ہے کبھی تو نے؟ ''

اور نہ مادھو نے کبھی سوگندھی سے پوچھا تھا

'' یہ مال تیرے پاس کہاں سے آتا ہے جب کہ میں تجھے کچھ دیتا ہی نہیں۔ ''

دونوں جھوٹے تھے۔ دونوں ایک ملمع کی ہوئی زندگی بسر کر رہے تھے۔ لیکن سوگندھی خوش تھی۔ جس کو اصل سونا نہ ملے وہ ملمع کیے ہوئے گہنوں ہی پر راضی ہو جایا کرتا ہے۔

اس وقت سوگندھی تھکی ماندی سو رہی تھی۔ بجلی کا قمقمہ جسے آف کرنا وہ بھول گئی تھی، اس کے سر کے اوپر لٹک رہا تھا۔ اس کی تیز روشنی اس کی مندی ہوئی آنکھوں کے سامنے ٹکرا رہی تھی۔ مگر وہ گہری نیند سو رہی تھی۔ دروازے پر دستک ہوئی۔ ۔ ۔ رات کے دو بجے یہ کون آیا تھا؟

سوگندھی کے خواب آلود کانوں میں دستک بھنبھناہٹ بن کر پہنچی۔ دروازہ جب زور سے کھٹکھٹایا گیا تو چونک کر

اٹھ بیٹھی۔۔۔دو ملی جلی شرابوں اور دانتوں کے ریخوں میں پھنسے ہوئے مچھلی کے ریزوں نے اس کے منہ کے اندر ایسا لعاب پیدا کر دیا تھا جو بے حد کسیلا اور لیس دار تھا۔ دھوتی کے پلّو سے اس نے یہ بدبو دار لعاب صاف کیا اور آنکھیں ملنے لگی۔ پلنگ پر وہ اکیلی تھی۔ جھک کر اس نے پلنگ کے نیچے دیکھا تو اس کا کتا سوکھے ہوئے چپلوں پر منہ رکھے سو رہا تھا اور نیند میں کسی غیر مرئی چیز کو منہ چڑا رہا تھا اور رطوطا پیٹھ کے بالوں میں سر دیے سو رہا تھا۔ دروازے پر دستک ہوئی سوگندھی بستر پر سے اٹھی۔ سر درد کے مارے پھٹا جا رہا تھا۔ گھڑے سے پانی کا ایک ڈونگا نکال کر اس نے کلی کی اور دوسرا ڈونگا غٹا غٹ پی کر اس نے دروازے کا پٹ تھوڑا سا کھولا اور کہا

’’رام لال؟‘‘

رام لال جو باہر دستک دیتے ہوئے تھک گیا تھا۔ بھنا کر کہنے لگا

’’تجھے سانپ سونگھ گیا تھا یا کیا ہو گیا تھا۔ ایک گھنٹے سے باہر کھڑا دروازہ کھٹکھٹا رہا ہوں کہاں مر گئی تھی۔۔۔؟‘‘

پھر آواز دبا کر اس نے ہولے سے کہا

’’اندر کوئی ہے تو نہیں؟‘‘

جب سوگندھی نے کہا

’’نہیں۔۔۔تو رام لال کی آواز پھر اونچی ہو گئی۔

’’تو دروازہ کیوں نہیں کھولتی۔۔۔؟ بھئی حد ہو گئی ہے کیا نیند پائی ہے۔ یوں ایک ایک چھوکری اتارنے میں دو دو گھنٹے سر کھپانا پڑے تو میں اپنا دھندا کر چکا۔۔۔اب تو میرا منہ کیا دیکھتی ہے۔ جھٹ پٹ یہ دھوتی اتار کر وہ پھولوں والی ساڑھی پہن، پوڈر وو ڈر لگا اور چل میرے ساتھ۔۔۔باہر موٹر میں ایک سیٹھ بیٹھے تیرا انتظار کر رہے ہیں۔ چل چل ایک دم جلدی کر۔‘‘

سوگندھی آرام کرسی پر بیٹھ گئی اور رام لال آئینے کے سامنے اپنے بالوں میں کنگھی کرنے لگا۔ سوگندھی نے تپائی کی طرف اپنا ہاتھ بڑھایا اور بام کی شیشی اٹھا کر اس کا ڈھکنا کھولتے ہوئے کہا

’’رام لال آج میرا جی اچھا نہیں۔‘‘

رام لال نے کنگھی دیوار گیر پر رکھ دی اور مڑ کر کہا

’’تو پہلے ہی کہہ دیا ہوتا۔‘‘

سوگندھی نے ماتھے اور کنپٹیوں پر بام ملتے ہوئے غلط فہمی دور کر دی۔

’’وہ بات نہیں رام لال۔۔۔! ایسے ہی میرا جی اچھا نہیں۔۔۔بہت پی گئی۔‘‘

رام لال کے منہ میں پانی بھر آیا

"تھوڑی بچی ہو تو لا۔۔۔ذرا ہم بھی منہ کا مزا ٹھیک کریں۔"

سوگندھی نے بام کی شیشی تپائی پر رکھ دی اور کہا

"بیچائی ہوتی تو یہ مواسر میں درد ہی کیوں ہوتا۔ دیکھ رام لال! وہ جو باہر موٹر میں بیٹھا ہے اسے اندر ہی لے آؤ۔"

رام لال نے جواب دیا

"نہیں بھئی وہ اندر نہیں آسکتے، جنٹلمین آدمی ہیں۔ وہ تو موٹر کو گلی کے باہر کھڑی کرتے ہوئے گھبراتے تھے۔۔۔ تو کپڑے وپڑے پہن لے اور ذرا گلی کے نکڑ تک چل۔۔۔سب ٹھیک ہو جائے گا۔"

ساڑھے سات روپے کا سودا تھا۔سوگندھی اس حالت میں جب کہ اس کے سر میں شدت سے درد ہو رہا تھا، کبھی قبول نہ کرتی مگر اسے روپوں کی سخت ضرورت تھی۔اس کی ساتھ والی کھولی میں ایک مدراسی عورت رہتی تھی جس کا خاوند موٹر کے نیچے آ کر مر گیا تھا۔اس عورت کو اپنی جوان لڑکی سمیت وطن جانا تھا۔لیکن اس کے پاس چونکہ کرایہ ہی نہیں تھا اس لیے وہ کمپیسی کی حالت میں پڑی تھی۔سوگندھی نے کل ہی اس کو ڈھارس دی تھی اور اس سے کہا تھا "بہن تو چنتا نہ کر۔میرا مرد پونے سے آنے ہی والا ہے، میں اس سے کچھ روپے لے کر تیرے جانے کا بندوبست کر دوں گی۔"

مادھو پونا سے آنے والا تھا مگر روپوں کا بندوبست تو سوگندھی ہی کو کرنا تھا۔ چنانچہ وہ اٹھی اور جلدی جلدی کپڑے تبدیل کرنے لگی۔ پانچ منٹوں میں اس نے دھوتی اتار کر پھولوں والی ساڑھی پہنی اور گالوں پر سرخی پوڈر لگا کر تیار ہو گئی۔ گھڑے کے ٹھنڈے پانی کا ایک اور ڈونگا پیا اور رام لال کے ساتھ ہو لی۔

گلی جو کہ چھوٹے شہروں کے بازار سے بھی کچھ بڑی تھی، بالکل خاموش تھی۔ گیس کے وہ لیمپ جو کھمبوں پر جڑے تھے، پہلے کی نسبت بہت دھندلی روشنی دے رہے تھے۔ جنگ کے باعث ان کے شیشوں کو گدلا کر دیا گیا تھا۔اس اندھی روشنی میں گلی کے آخری سرے پر ایک موٹر نظر آ رہی تھی۔ کمزور روشنی میں اسے سیاہ رنگ کی موٹر کا سایہ سا نظر آیا اور رات کے پچھلے پہر کے بھیدوں بھری خاموشی۔۔۔سوگندھی کو ایسا لگا کہ اس کے سر کا درد فضا پر بھی چھا گیا ہے۔ایک کسیلا پن اسے ہوا کے اندر بھی محسوس ہوتا تھا جیسے برانڈی اور بیوٹرا کی باس سے وہ بوجھل ہو رہی ہے۔

آگے بڑھ کر رام لال نے موٹر کے اندر بیٹھتے ہوئے آدمیوں سے کچھ کہا۔اتنے میں جب سوگندھی موٹر کے پاس پہنچ گئی تو رام لال نے ایک طرف ہٹ کر کہا

"لیجیے وہ آ گئی۔"

"بڑی اچھی چھوکری ہے تھوڑے ہی دن ہوئے ہیں اسے دھندا شروع کیے۔،،

پھر سوگندھی سے مخاطب ہو کر کہا

"سوگندھی، ادھر آؤ سیٹھ جی بلاتے ہیں۔،،

سوگندھی ساڑھی کا ایک کنارہ اپنی انگلی پر لپیٹتی ہوئی آگے بڑھی اور موٹر کے دروازے کے پاس کھڑی ہو گئی۔ سیٹھ صاحب نے بیٹری اس کے چہرے کے پاس روشن کی۔ ایک لمحے کے لیے اس روشنی نے سوگندھی کی خمار آلود آنکھوں میں چکا چوند پیدا کی۔ بٹن دبانے کی آواز پیدا ہوئی اور بجھ گئی۔ ساتھ ہی سیٹھ کے منہ سے "اونہہ،، نکلا۔ پھر ایک دم موٹر کا انجن پھڑ پھڑایا اور کار یہ جا وہ جا۔۔۔

سوگندھی کچھ سوچنے بھی نہ پائی تھی کہ موٹر چل دی۔ اس کی آنکھوں میں ابھی تک بیٹری کی تیز روشنی گھسی ہوئی تھی۔ وہ ٹھیک طرح سے سیٹھ کا چہرہ بھی تو نہ دیکھ سکی تھی۔ یہ آخر ہوا کیا تھا۔ اس "اونہہ،، کا کیا مطلب تھا۔ جو ابھی تک اس کے کانوں میں بھنبھنا رہی تھی۔ کیا۔۔۔؟ کیا؟

رام لال دلال کی آواز سنائی دی

"پسند نہیں کیا تجھے۔۔۔ اچھا بھئی میں چلتا ہوں۔ دو گھنٹے مفت میں ہی برباد کیے۔،،

یہ سن کر سوگندھی کی ٹانگوں میں، اس کی بانہوں میں، اس کے ہاتھوں میں ایک زبردست حرکت کا ارادہ پیدا ہوا۔ کہاں تھی وہ موٹر۔۔۔ کہاں تھا وہ سیٹھ۔۔۔ تو "اونہہ،، کا مطلب یہ تھا کہ اس نے مجھے پسند نہیں کیا۔۔۔ اس کی۔۔۔ گالی اس کے پیٹ کے اندر سے اٹھی اور زبان کی نوک پر آ کر رک گئی۔ وہ آخر گالی کسے دیتی، موٹر تو جا چکی تھی۔ اس کی دم کی سرخ بتی اس کے سامنے بازار کے اندھیارے میں ڈوب رہی تھی اور سوگندھی کو ایسا محسوس ہو رہا تھا کہ یہ لال لال انگارہ "اونہہ،، ہے جو اس کے سینے میں برمے کی طرح اترا چلا جا رہا ہے۔ اس کے جی میں آیا کہ زور سے پکارے۔

"او سیٹھ۔ ذرا موٹر روکنا اپنی۔۔۔ بس ایک منٹ کے لیے۔،،

پر وہ سیٹھ، تھوڑی ہے اس کی ذات پر، بہت دور نکل چکا تھا۔

وہ سنسان بازار میں کھڑی تھی۔ پھولوں والی ساڑھی جو وہ خاص خاص موقعوں پر پہنا کرتی تھی، رات کے پچھلے پہر کی ہلکی ہلکی ہوا سے لہرا رہی تھی۔ یہ ساڑھی اور اس کی ریشمی سرسراہٹ سوگندھی کو کتنی بری معلوم ہوتی تھی۔ وہ چاہتی تھی کہ اس ساڑھی کے چیتھڑے اڑا دے کیونکہ ساڑھی ہوا میں لہرا لہرا کر

"اونہہ او نہہ،،

کر رہی تھی۔

گالوں پر اس نے پوڈر لگایا تھا اور ہونٹوں پر سرخی۔ جب اسے خیال آیا کہ یہ سنگار اس نے اپنے آپ کو پسند کرانے کے واسطے کیا تھا تو شرم کے مارے اسے پسینہ آ گیا۔ یہ شرمندگی دور کرنے کے لیے اس نے کچھ سوچا۔۔۔ میں نے اس موئے کو دکھانے کے لیے تھوڑی اپنے آپ کو سجایا تھا۔ یہ تو میری عادت ہے۔۔۔ میری کیا سب کی یہی عادت ہے۔۔۔ پر۔۔۔ پر۔۔۔ یہ رات کے دو بجے اور رام لال دلال اور۔۔۔ یہ بازار۔۔۔ اور وہ موٹر اور بیٹری کی چمک۔۔۔ یہ سوچتے ہی روشنی کے دھبے اس کی حدِ نگاہ تک فضا میں ادھر ادھر تیرنے لگے اور موٹر کے انجن کی پھر پھڑ اہٹ اسے ہوا کے ہر جھونکے میں سنائی دینے لگی۔

اس کے ماتھے پر بام کا لیپ جو سنگار کرنے کے دوران میں بالکل ہلکا ہو گیا تھا، پسینہ آنے کے باعث اس کے مساموں میں داخل ہونے لگا۔ اور سوگندھی کو اپنا ماتھا کسی اور کا ماتھا معلوم ہوا۔ جب ہوا کا ایک جھونکا اس کے عرق آلود ماتھے کے پاس سے گزرا تو اسے ایسا لگا کہ سرد سرد ٹین کا ٹکڑا کاٹ کر اس کے ماتھے کے ساتھ چسپاں کر دیا گیا ہے۔ سر میں درد ویسے کا ویسا موجود تھا مگر خیالات کی بھیڑ بھاڑ اور ان کے شور نے اس درد کو اپنے نیچے دبا رکھا تھا سوگندھی نے کئی بار اس درد کو اپنے خیالات کے نیچے سے نکال کر اوپر لانا چاہا مگر نا کام رہی۔ وہ چاہتی تھی کہ کسی نہ کسی طرح اس کا انگ انگ دکھنے لگے، اس کے سر میں درد ہو، اس کی ٹانگوں میں درد ہو، اس کے پیٹ میں درد ہو، اس کی بانہوں میں درد ہو۔ ایسا درد کہ وہ صرف درد ہی کا خیال کرے اور سب کچھ بھول جائے۔ یہ سوچتے سوچتے اس کے دل میں کچھ ہوا۔۔۔ کیا یہ درد تھا؟ ایک لمحے کے لیے اس کا دل سکڑا اور پھر پھیل گیا۔۔۔ یہ کیا تھا۔۔۔؟ لعنت! یہ تو وہی ''اونہہ'' تھی جو اس کے دل کے اندر کبھی سکڑتی تھی اور کبھی پھیلتی تھی۔

گھر کی طرف سوگندھی کے قدم اٹھے ہی تھے کہ رک گئے اور وہ ٹھہر کر سوچنے لگی، رام لال دلال کا خیال ہے کہ اسے میری شکل پسند نہیں آئی۔ شکل کا تو اس نے ذکر نہیں کیا۔ اس نے تو یہ کہا تھا
''سوگندھی تجھے پسند نہیں کیا!''

اسے۔۔۔ اسے۔۔۔ صرف میری شکل ہی پسند نہیں آئی تو کیا ہوا؟ مجھے بھی تو کئی آدمیوں کی شکل پسند نہیں آتی۔۔۔ وہ جو اماوس کی رات کو آیا تھا۔ کتنی بری صورت تھی اس کی۔۔۔ کیا میں نے ناک بھوں نہیں چڑھائی تھی؟ جب وہ میرے ساتھ سونے لگا تھا تو مجھے گھن نہیں آئی تھی؟ کیا مجھے ابکائی آتے آتے نہیں رک گئی تھی؟ ٹھیک ہے، پر سوگندھی۔۔۔ تو نے اسے دھتکارا نہیں تھا۔ تو نے اس کو ٹھکرایا نہیں تھا۔۔۔ اس موٹر والے سیٹھ نے تو تیرے منہ پر تھوکا ہے۔۔۔

اونہہ ۔۔۔۔

اس ''اونہہ'' کا اور مطلب ہی کیا ہے۔۔؟ یہی کہ اس چھچھوندر کے سر میں چنبیلی کا تیل۔۔۔ اونہہ ۔۔۔ یہ منہ اور مسور کی دال۔۔۔ارے رام لال تو یہ چھپکلی کہاں سے پکڑ کر لے آیا ہے۔۔۔اس لونڈیا کی اتنی تعریف کر رہا ہے تو۔۔۔ دس روپے اور یہ عورت ۔۔۔۔خچّر کیا بری ہے۔۔۔

سوگندھی سوچ رہی تھی اور اس کے پیر کے انگوٹھے سے لے کر سر کی چوٹی تک گرم لہریں دوڑ رہی تھیں۔اس کو کبھی اپنے آپ پر غصہ آتا تھا، کبھی رام لال دلال پر جس نے رات کے دو بجے اسے بے آرام کیا لیکن فوراً ہی دونوں کو بے قصور پا کر وہ سیٹھ کا خیال کرتی تھی۔اس خیال کے آتے ہی اس کی آنکھیں، اس کے کان، اس کی بانہیں، اس کی ٹانگیں، اس کا سب کچھ مرتا تھا کہ اس سیٹھ کو کہیں دیکھ پائے۔۔۔اس کے اندر یہ خواہش بڑی شدت سے پیدا ہو رہی تھی کہ جو کچھ ہو چکا ہے ایک بار پھر ہو۔۔صرف ایک بار۔۔۔وہ ہولے ہولے موٹر کی طرف بڑھے۔ موٹر کے اندر سے ایک ہاتھ بیٹری نکالے اور اس کے چہرے پر روشنی پھینکے۔ ''اونہہ'' کی آواز آئے اور وہ۔۔۔۔ سوگندھی اندھا دھند اپنے دونوں پنجوں سے اس کا منہ نوچنا شروع کر دے۔ وحشی بلی کی طرح جھپٹے اور۔۔۔۔اور اپنی انگلیوں کے سارے ناخن جو اس نے موجودہ فیشن کے مطابق بڑھا رکھے تھے۔اس سیٹھ کے گالوں میں گاڑ دے۔۔۔بالوں سے پکڑ کر اسے باہر گھسیٹ لے اور دھڑا دھڑ دھڑا دھڑ مکے مارنا شروع کر دے اور جب تھک جائے۔۔۔ جب تھک جائے تو رونا شروع کر دے۔

رونے کا خیال سوگندھی کو صرف اس لیے آیا کہ اس کی آنکھوں میں غصے اور بے بسی کی شدت کے باعث تین چار بڑے بڑے آنسو بن رہے تھے۔ایکا ایکی سوگندھی نے اپنی آنکھوں سے سوال کیا

''تم روتی کیوں ہو؟ تمہیں کیا ہوا ہے کہ ٹپکنے لگی ہو۔۔۔؟''

آنکھوں سے کیا ہوا سوال چند لمحات تک ان آنسوؤں میں تیر تا رہا جو اب پلکوں پر کانپ رہے تھے۔سوگندھی ان آنسوؤں میں سے دیر تک اس خلا کو گھورتی رہی جدھر سیٹھ کی موٹر گئی تھی۔

پھر پھر پھر۔۔۔۔ یہ آواز کہاں سے آئی؟ سوگندھی نے چونک کر ادھر ادھر دیکھا لیکن کسی کو نہ پایا۔۔۔ارے یہ تو اس کا دل پھر پھر ایا تھا۔وہ سمجھی تھی موٹر کا انجن بولا ہے۔۔۔اس کا دل۔۔۔۔ یہ کیا ہو گیا تھا اس کے دل کو ! آج ہی روگ لگ گیا تھا اسے۔۔۔اچھا بھلا چلتا چلتا ایک جگہ رک کر دھڑ دھڑ کیوں کرتا تھا۔۔۔ بالکل اس گھسے ہوئے ریکارڈ کی طرح جو سوئی کے نیچے ایک جگہ آ کے رک جاتا تھا:

''رات کٹی گن گن تارے۔۔۔''

کہتا کہتا تارے تارے کی رٹ لگا دیتا تھا۔

آسمان تاروں سے اٹا ہوا تھا سوگندھی نے ان کی طرف دیکھا اور کہا اور کتنے سندر ہیں۔۔۔ وہ چاہتی تھی کہ اپنا دھیان کسی اور طرف پلٹ دے۔ پر جب اس نے سندر کہا تو جھٹ سے یہ خیال اس کے دماغ میں کوندا

''یہ تارے سندر ہیں پر تو کتنی بھونڈی ہے۔۔۔ کیا بھول گئی ابھی ابھی تیری صورت کو پھٹکارا گیا ہے؟''

سوگندھی بدصورت تو نہیں تھی۔ یہ خیال آتے ہی وہ تمام عکس ایک ایک کر کے اس کی آنکھوں کے سامنے آنے لگے۔ جوان پانچ برسوں کے دوران میں وہ آئینے میں دیکھ چکی تھی۔ اس میں شک نہیں کہ اس کا رنگ روپ اب وہ نہیں رہا تھا جو آج سے پانچ سال پہلے تھا، جب کہ وہ تمام فکروں سے آزاد اپنے ماں باپ کے ساتھ رہا کرتی تھی لیکن وہ بدصورت تو نہیں ہو گئی تھی۔ اس کی شکل وصورت ان عام عورتوں کی سی تھی جن کی طرف مرد گزرتے گزرتے غور کے دیکھ لیا کرتے ہیں۔ اس میں وہ تمام خوبیاں موجود تھیں جو سوگندھی کے خیال میں ہر مرد اس عورت میں ضروری سمجھتا ہے جس کے ساتھ اسے ایک دو راتیں بسر کرنا ہوتی ہیں۔ وہ جوان تھی، اس کے اعضا متناسب تھے۔ کبھی کبھی نہاتے وقت جب اس کی نگاہیں اپنی رانوں پر پڑتی تھیں تو وہ خود ان کی گولائی اور گدگداہٹ کو پسند کیا کرتی تھی۔ وہ خوش خلق تھی۔

ان پانچ برسوں کے دوران میں شاید ہی کوئی آدمی اس سے ناخوش ہو کر گیا ہو۔۔۔ بڑی ملنسار تھی، بڑی رحم دل تھی۔ پچھلے دنوں کرسمس میں جب وہ گول پیٹھا میں رہا کرتی تھی، ایک نوجوان لڑکا اس کے پاس آیا تھا۔ صبح اٹھ کر جب اس نے دوسرے کمرے میں جا کر کھونٹی سے کوٹ اتارا تو بٹوا غائب پایا سوگندھی کا نو کر یہ بٹوا لے اڑا تھا۔ بے چارہ بہت پریشان ہوا۔ چھٹیاں گزارنے کے لیے حیدر آباد سے بمبئی آیا تھا۔ اب اس کے پاس واپس جانے کے لیے دام نہ تھے سوگندھی نے ترس کھا کر اسے اس کے دس روپے واپس دے دیے تھے۔۔۔

''مجھ میں کیا برائی ہے؟''

سوگندھی نے یہ سوال ہر اس چیز سے کیا جو اس کی آنکھوں کے سامنے تھی۔ گیس کے اندھے لیمپ، لوہے کے کھمبے، فٹ پاتھ کے چو کور پتھر اور سڑک کی اکھڑی ہوئی بجری۔۔۔ ان سب چیزوں کی طرف اس نے باری باری دیکھا، پھر آسمان کی طرف نگاہیں اٹھائیں۔ جو اس کے اوپر جھکا ہوا تھا مگر سوگندھی کو کوئی جواب نہ ملا۔ جواب اس کے اندر موجود تھا۔ وہ جانتی تھی کہ وہ بری نہیں ہے، اچھی ہے، پر وہ چاہتی تھی کہ کوئی اس کی تائید کرے۔۔۔ کوئی۔۔۔ کوئی۔۔۔ اس وقت اس کے کاندھوں پر ہاتھ رکھ کر صرف اتنا کہہ دے

''سوگندھی! کون کہتا ہے، تو بری ہے، جو تجھے برا کہے وہ آپ برا ہے۔۔۔''

نہیں یہ کہنے کی کوئی ضرورت نہیں تھی۔ کسی کا اتنا کہہ دینا کافی تھا

"سوگندھی تو بہت اچھی ہے!"

وہ سوچنے لگی کہ وہ کیوں چاہتی ہے کوئی اس کی تعریف کرے۔ اس سے پہلے اسے اس بات کی اتنی شدت سے ضرورت محسوس نہ ہوئی تھی۔ آج کیوں وہ بے جان چیزوں کو بھی ایسی نظروں سے دیکھتی ہے جیسے ان پر اپنے اچھے ہونے کا احساس طاری کرنا چاہتی ہے، اس کے جسم کا ذرہ ذرہ کیوں "ماں" بن رہا ہے۔۔۔ وہ ماں بن کر دھرتی کی ہر شے کو اپنی گود میں لینے کے لیے کیوں تیار ہو رہی تھی۔۔۔؟ اس کا جی کیوں چاہتا تھا کہ سامنے والے گیس کے آہنی کھمبے کے ساتھ چمٹ جائے اور اس کے سرد لوہے پر اپنے گال رکھ دے۔۔۔ اپنے گرم گرم گال اور اس کی ساری سردی چوس لے۔

تھوڑی دیر کے لیے اسے ایسا محسوس ہوا کہ گیس کے اندھے لیمپ، لوہے کے کھمبے، فٹ پاتھ کے چوکور پتھر اور ہر وہ شے جو رات کے سناٹے میں اس کے آس پاس تھی۔ ہمدردی کی نظروں سے اسے دیکھ رہی ہے اور اس کے اوپر جھکا ہوا آسمان بھی جو میلے رنگ کی ایسی موٹی چادر معلوم ہوتا تھا جس میں بے شمار سوراخ ہو رہے ہوں، اس کی باتیں سمجھتا تھا اور سوگندھی کو بھی ایسا لگتا تھا کہ وہ تاروں کا ٹمٹمانا سمجھتی ہے لیکن اس کے اندر یہ کیا گڑبڑ تھی؟ وہ کیوں اپنے اندر اس موسم کی فضا محسوس کرتی تھی جو بارش سے پہلے دیکھنے میں آیا کرتا ہے۔ اس کا جی چاہتا تھا کہ اس کے جسم کا ہر مسام کھل جائے اور جو کچھ اس کے اندر ابل رہا ہے ان کے رستے باہر نکل جائے۔ پر یہ کیسے ہو۔۔۔ کیسے ہو؟

سوگندھی گلی کے نکڑ پر خط ڈالنے والے لال بھبکے کے پاس کھڑی تھی۔ ہوا کے تیز جھونکے سے اس بھبکے کی آہنی زبان جو اس کے کھلے ہوئے منہ میں لٹکتی رہتی ہے، لڑکھڑائی تو سوگندھی کی نگاہیں ایک بیک اس کی طرف اٹھیں جدھر موٹر گئی تھی مگر اسے کچھ نظر نہ آیا۔۔۔ اسے کتنی زبردست آرزو تھی کہ موٹر پھر ایک بار آئے اور۔۔۔ اور۔۔۔ اور۔۔۔

"نہ آئے۔۔۔ بلا سے۔۔۔ میں اپنی جان کیوں بے کار ہلکان کروں۔ گھر چلتے ہیں اور آرام سے لمبی تان کر سوتے ہیں۔ ان جھگڑوں میں رکھا ہی کیا ہے۔ مفت کی درد سری ہی تو ہے۔۔۔ چل سوگندھی گھر چل۔۔۔ ٹھنڈے پانی کا ایک ڈونگا پی اور تھوڑا سا بام مل کر سو جا۔۔۔ فسٹ کلاس نیند آئے گی اور سب ٹھیک ہو جائے گا۔۔۔ سیٹھ اور اس کی موٹر کی ایسی تیسی۔۔۔"

یہ سوچتے ہوئے سوگندھی کا بوجھ ہلکا ہو گیا جیسے وہ کسی ٹھنڈے تالاب سے نہا دھو کر باہر نکلی ہے۔ جس طرح پو جاگرنے کے بعد اس کا جسم ہلکا ہو جاتا تھا، اسی طرح اب بھی ہلکا ہو گیا تھا۔ گھر کی طرف چلنے لگی تو خیالات کا بوجھ نہ ہونے کے باعث اس کے قدم کئی بار لڑکھڑائے۔

اپنے مکان کے پاس پہنچی تو ایک ٹیس کے ساتھ پھر تمام واقعہ اس کے دل میں اٹھا اور درد کی طرح اس کے رویں رویں پر چھا گیا۔ قدم پھر بوجھل ہو گئے اور وہ اس بات کو شدت کے ساتھ محسوس کرنے لگی کہ گھر سے نکل کر، باہر بازار میں منہ پر روشنی کا چانٹا مار کر ایک آدمی نے اس کی ابھی ابھی ہتک کی ہے۔ یہ خیال آیا تو اس نے اپنی پسلیوں پر کسی کے سخت انگوٹھے محسوس کیے جیسے کوئی اسے بھیڑ بکری کی طرح دبا دبا کر دیکھ رہا ہے کہ آیا گوشت بھی ہے یا بال ہی بال ہیں۔۔۔ اس سیٹھ نے۔۔۔ پر ماتما کرے۔۔۔ سوگندھی نے چاہا کہ اس کو بد دعا دے، مگر سوچا، بد دعا دینے سے کیا بنے گا۔ مزا تو جب تھا کہ وہ سامنے ہوتا اور وہ اس کے وجود کے ہر ذرے پر گنتیں لکھ دیتی۔۔۔ اس کے منہ پر کچھ ایسے الفاظ کہتی کہ زندگی بھر بے چین رہتا۔۔۔ کپڑے پھاڑ کر اس کے سامنے ننگی ہو جاتی اور کہتی ”یہی لینے آیا تھا نا تو۔۔۔؟ لے دام دیے بنا لے جا اسے۔۔۔ یہ جو کچھ میں ہوں، جو کچھ میرے اندر چھپا ہوا ہے وہ تو کیا، تیرا باپ بھی نہیں خرید سکتا۔۔۔“

انتقام کے نئے نئے طریقے سوگندھی کے ذہن میں آ رہے تھے۔ اگر اس سیٹھ سے ایک بار۔۔۔ صرف ایک بار۔۔۔ اس کی مڈ بھیڑ ہو جائے تو یہ کرے نہیں، یہ نہیں، یہ کرے۔۔۔ یوں اس سے انتقام لے، نہیں یوں نہیں، یوں۔۔۔ لیکن جب سوگندھی سوچتی کہ اس کا دوبارہ ملنا محال ہے تو وہ اسے ایک چھوٹی سی گالی دینے ہی پر خود کو راضی کر لیتی۔۔۔ بس صرف ایک چھوٹی سی گالی، جو اس کی ناک پر چپکو مکھی کی طرح بیٹھ جائے اور ہمیشہ وہیں جمی رہے۔

اسی ادھیڑ بن میں وہ دوسری منزل پر اپنی کھولی کے پاس پہنچ گئی۔ چولی میں سے چابی نکال کر تالا کھولنے کے لیے ہاتھ بڑھایا تو چابی ہوا ہی میں گھوم کر رہ گئی! کنڈے میں تالا نہیں تھا۔ سوگندھی نے کواڑ اندر کی طرف دبائے تو ہلکی سی چرچراہٹ پیدا ہوئی۔ اندر سے کنڈی کھولی گئی اور دروازے نے جمائی لی، سوگندھی اندر داخل ہو گئی۔ مادّھو مونچھوں میں ہنسا اور دروازہ بند کر کے سوگندھی سے کہنے لگا

”آج تو نے میرا کہا مان ہی لیا۔۔۔ صبح کی سیر تندرستی کے لیے بڑی اچھی ہوتی ہے۔ ہر روز اس طرح صبح اٹھ کر گھومنے جایا کرے گی تو تیری ساری سستی دور ہو جائے گی اور وہ تیری کمر کا درد بھی غائب ہو جائے گا، جس کی بابت تو آئے دن شکایت کیا کرتی ہے۔۔۔ وکٹوریہ گارڈن تک ہو آئی ہوگی تو۔۔۔؟ کیوں؟“

سوگندھی نے کوئی جواب نہ دیا اور نہ مادّھو نے جواب کی خواہش ظاہر کی۔ دراصل جب مادّھو بات کیا کرتا تھا تو اس کا مطلب یہ نہیں ہوتا تھا کہ سوگندھی ضرور اس میں حصہ لے اور سوگندھی جب کوئی بات کیا کرتی تھی یہ ضروری نہیں ہوتا تھا کہ مادّھو اس میں حصہ لے۔۔۔ چونکہ کوئی بات کرنا ہوتی تھی، اس لیے وہ کہہ دیا کرتے تھے۔ مادّھو بید کی کرسی پر بیٹھ گیا جس کی پشت پر اس کے تیل سے چپڑے ہوئے سر نے میل کا ایک بہت بڑا دھبہ بنا رکھا

تھا۔اور ٹانگ پر ٹانگ رکھ کر اپنی مونچھوں پر انگلیاں پھیرنے لگا۔سوگندھی پلنگ پر بیٹھ گئی۔اور مادھو سے کہنے لگی

"میں آج تیرا انتظار کر رہی تھی۔"

مادھو بڑا اسٹپٹایا:

"انتظار۔۔۔؟ تجھے کیسے معلوم ہوا کہ میں آج آنے والا ہوں۔"

سوگندھی کے بھنچے ہوئے لب کھلے۔ان پر ایک پیلی مسکراہٹ نمودار ہوئی

"میں نے رات تجھے سپنے میں دیکھا تھا۔۔۔ اٹھی تو کوئی بھی نہ تھا۔سوجی نے کہا، چلو کہیں باہر گھوم آئیں۔۔۔

اور۔۔۔"

مادھو خوش ہو کر بولا

"اور میں آ گیا۔۔۔بھئی بڑے لوگوں کی باتیں بڑی پکی ہوتی ہیں۔کسی نے ٹھیک کہا ہے، دل کو دل سے راہ ہوتی

ہے۔۔۔تو نے یہ سپنا کب دیکھا تھا؟"

سوگندھی نے جواب دیا

"چار بجے کے قریب۔"

مادھو کرسی سے اٹھ کر سوگندھی کے پاس بیٹھ گیا

"اور میں نے تجھے ٹھیک دو بجے سپنے میں دیکھا۔۔۔جیسے تو پھولوں والی ساڑھی۔۔۔ارے بالکل یہی ساڑھی پہنے

میرے پاس کھڑی ہے تیرے ہاتھوں میں۔۔۔کیا تھا تیرے ہاتھوں میں۔۔۔! ہاں تیرے ہاتھوں میں روپوں

سے بھری ہوئی تھیلی تھی۔تو نے یہ تھیلی میری جھولی میں رکھ دی۔اور کہا

"مادھو تو چنتا کیوں کرتا ہے۔۔۔؟ لے یہ تھیلی۔ارے تیرے میرے روپے کیا دو ہیں۔۔۔؟ سوگندھی تیری جان

کی قسم فوراً اٹھا اور ٹکٹ کٹا کر ادھر کا رخ کیا۔۔۔کیا سناؤں بڑی پریشانی ہے! بیٹھے بٹھائے ایک کیس ہو گیا ہے

اب بیس تیس روپے ہوں تو انسپکٹر کی مٹھی گرم کر کے چھٹکارا ملے۔۔۔ تھک تو نہیں گئی تو؟ لیٹ جا میری طرف پیر

کر کے لیٹ جا۔"

سوگندھی لیٹ گئی۔ دونوں بانہوں کا تکیہ بنا کر وہ ان پر سر رکھ کر لیٹ گئی۔اور اس لہجے میں جو اس کا اپنا نہیں تھا،

مادھو سے کہنے لگی

"مادھو یہ کس موئے نے تجھ پر کیس کیا ہے۔۔۔؟ بیل ویل کا ڈر ہو تو مجھ سے کہہ دے، بیس تیس کیا، سو پچاس

بھی ایسے موقعوں پر پولیس کے ہاتھ میں تھما دیے جائیں تو فائدہ اپنا ہی ہے۔۔۔ جان بچی لاکھوں پائے۔۔۔بس

بس اب جانے دے۔ تھکن کچھ زیادہ نہیں ہے۔۔۔ میٹھی چاپی چھوڑ اور مجھے ساری بات سنا۔۔۔ کیس کا نام سنتے ہی میرا دل دھک دھک کرنے لگا ہے۔۔۔ واپس کب جائے گا تو؟''

مادھو کو سوگندھی کے منہ سے شراب کی باس آئی تو اس نے یہ موقع اچھا سمجھا اور جھٹ سے کہا

''دوپہر کی گاڑی سے واپس جانا پڑے گا۔۔۔ اگر شام تک سب انسپکٹر کو سو پچاس نہ تھمائے تو۔۔۔ زیادہ دینے کی ضرورت نہیں۔ میں سمجھتا ہوں پچاس میں کام چل جائے گا۔''

''پچاس!''

یہ کہہ کر سوگندھی بڑے آرام سے اٹھی اور ان چار تصویروں کے پاس آہستہ آہستہ گئی۔ جو دیوار پر لٹک رہی تھیں۔ بائیں طرف سے تیسرے فریم میں مادھو کی تصویر تھی۔ بڑے بڑے پھولوں والے پردے کے آگے کرسی پر وہ دونوں رانوں پر اپنے ہاتھ رکھے بیٹھا تھا۔ ایک ہاتھ میں گلاب کا پھول تھا۔ پاس ہی تپائی پر دو موٹی موٹی کتابیں دھری تھیں۔ تصویر اترواتے وقت، تصویر اترانے کا خیال مادھو پر اس قدر غالب تھا کہ اس کی ہر شے تصویر سے باہر نکل کر پکار رہی تھی :

''ہمارا فوٹو اترے گا۔ ہمارا فوٹو اترے گا!''

کیمرے کی طرف مادھو آنکھیں پھاڑ پھاڑ کر دیکھ رہا تھا اور ایسا معلوم ہوتا تھا کہ فوٹو اترواتے وقت اسے بہت تکلیف ہو رہی تھی۔

سوگندھی کھلکھلا کر ہنس پڑی۔۔۔ اس کی ہنسی کچھ ایسی تیکھی اور نوکیلی تھی کہ مادھو کے سوئیاں سی چبھیں۔ پلنگ پر سے اٹھ کر وہ سوگندھی کے پاس گیا

''کس کی تصویر دیکھ کر تو اس قدر زور سے ہنسی ہے؟''

سوگندھی نے بائیں ہاتھ کی پہلی تصویر کی طرف اشارہ کیا جو میونسپلٹی کے داروغۂ صفائی کی تھی

''اس کی۔۔۔ منشی پالٹی کے داروغہ کی۔۔۔ ذرا دیکھ تو اس کا تھوبڑا۔۔۔ کہتا تھا، ایک رانی مجھ پر عاشق ہو گئی تھی۔۔۔ او نہہ! یہ منہ اور مسور کی دال۔''

یہ کہہ کر سوگندھی نے فریم کو اس زور سے کھینچا کہ دیوار میں سے کیل بھی پلستر سمیت اکھڑ آئی! مادھو کی حیرت ابھی دور نہ ہوئی تھی کہ سوگندھی نے فریم کو کھڑکی کے سے باہر پھینک دیا۔ دو منزلوں سے فریم نیچے زمین پر گرا اور کانچ ٹوٹنے کی جھنکار سنائی دی سوگندھی نے اس جھنکار کے ساتھ کہا

''رانی بھنگن کچرا اٹھانے آئے گی۔ تو میرے اس راجہ کو بھی ساتھ لے جائے گی۔''

ایک بار پھر اسی نوکیلی اور تیکھی ہنسی کی پھوار سوگندھی کے ہونٹوں سے گرنا شروع ہوئی جیسے وہ ان پر چاقو یا چھری کی دھار تیز کر رہی ہے۔ مادھو بڑی مشکل سے مسکرایا۔ پھر ہنسا۔

"ہی ہی۔۔۔"

سوگندھی نے دوسرا فریم بھی نوچ لیا اور کھڑکی سے باہر پھینک دیا۔

"اس سالے کا یہاں کیا مطلب ہے۔۔۔؟ بھونڈی شکل کا کوئی آدمی یہاں نہیں رہے گا۔۔۔ کیوں مادھو؟"

مادھو پھر بڑی مشکل سے مسکرایا اور پھر ہنسا

"ہی ہی ہی۔"

ایک ہاتھ سے سوگندھی نے پگڑی والے کی تصویر اتاری اور دوسرا ہاتھ اس فریم کی طرف بڑھایا جس میں مادھو کا فوٹو جڑا تھا۔ مادھو اپنی جگہ پر سمٹ گیا، جیسے ہاتھ اس کی طرف بڑھ رہے ہیں۔ ایک سیکنڈ میں فریم کیل سمیت سوگندھی کے ہاتھ میں تھا۔

زور کا قہقہہ لگا کر اس نے "اونہہ" کی اور دونوں فریم ایک ساتھ کھڑکی میں سے باہر پھینک دیے۔ دو منزلوں سے جب فریم زمین پر گرے اور کانچ ٹوٹنے کی آواز آئی تو مادھو کو ایسا معلوم ہوا کہ اس کے اندر کوئی چیز ٹوٹ گئی ہے۔ بڑی مشکل سے اس نے ہنس کر کہا

"اچھا کیا۔۔۔؟ مجھے بھی یہ فوٹو پسند نہیں تھا۔"

آہستہ آہستہ سوگندھی مادھو کے پاس آئی اور کہنے لگی

"تجھے یہ فوٹو پسند نہیں تھا۔ پر میں پوچھتی ہوں تجھ میں ایسی کون سی چیز ہے جو کسی کو پسند آ سکتی ہے۔۔۔ تیری پکوڑا ایسی ناک، یہ تیرا بالوں بھرا ماتھا، یہ تیرے سوجے ہوئے نتھنے، یہ تیرے بڑھے ہوئے کان، یہ تیرے منہ کی باس، یہ تیرے بدن کا میل۔۔۔؟ تجھے اپنا فوٹو پسند نہیں تھا، اونہہ۔۔۔ پسند کیوں ہوتا، تیرے عیب جو چھپار کھے تھے اس نے۔۔۔ آج کل زمانہ ہی ایسا ہے جو عیب چھپائے وہی برا۔۔۔"

مادھو پیچھے ہٹتا گیا۔ آخر جب وہ دیوار کے ساتھ لگ گیا تو اس نے اپنی آواز میں زور پیدا کر کے کہا

"دیکھ سوگندھی، مجھے ایسا دکھائی دیتا ہے کہ تو نے پھر سے اپنا دھندا شروع کر دیا ہے۔۔۔ اب میں تجھ سے آخری بار کہتا ہوں۔۔۔"

سوگندھی نے اس سے آگے مادھو کے لہجے میں کہنا شروع کیا

"اگر تو نے پھر سے دھندا شروع کیا تو بس تیری میری ٹوٹ جائے گی۔ اگر تو نے پھر کسی کو اپنے یہاں بلایا تو چٹیا

سے پکڑ کر تجھے باہر نکال دوں گا۔۔۔اس مہینے کا خرچ میں تجھے پونا سے ہی منی آرڈر کر دوں گا۔۔۔ہاں کیا بھاڑا ہے اس کھولی کا؟''

مادھو چکرا گیا۔

سوگندھی نے کہنا شروع کیا

''میں بتاتی ہوں۔۔۔ پندرہ روپیہ بھاڑا ہے اس کھولی کا۔۔۔اور دس روپیہ بھاڑا ہے میرا۔۔۔اور جیسا تجھے معلوم ہے۔ ڈھائی روپے دلال کے۔ باقی رہے ساڑھے سات۔ ہے نا ساڑھے سات؟ ان ساڑھے سات روپیوں میں میں نے ایسی چیز دینے کاوچن دیا تھا جو میں دے ہی نہیں سکتی تھی۔ اور تو ایسی چیز لینے آیا تھا جو تو لے ہی نہیں سکتا تھا۔۔۔ تیرا میرا ناتا ہی کیا تھا۔ کچھ بھی نہیں۔ بس یہ دس روپے تیرے اور میرے بیچ میں بچ رہے تھے، سو ہم دونوں نے مل کر ایسی بات کی کہ تجھے میری ضرورت اور مجھے تیری۔۔۔ پہلے تیرے اور میرے بیچ میں دس روپے بچتے تھے، آج پچاس بچ رہے ہیں۔ تو بھی ان کا بجنا سن رہا ہے اور میں بھی ان کا بجنا سن رہی ہوں۔۔۔ یہ تو نے اپنے بالوں کا کیا ستیاناس کر رکھا ہے؟''

یہ کہہ کر سوگندھی نے مادھو کی ٹوپی انگلی سے ایک طرف اڑا دی۔ یہ حرکت مادھو کو بہت ناگوار گزری۔ اس نے بڑے کڑے لہجے میں کہا

''سوگندھی!''

سوگندھی نے مادھو کی جیب سے رومال نکال کر سونگھا اور زمین پر پھینک دیا۔ یہ

''چیتھڑے، یہ چندیاں۔۔۔اُف کتنی بری باس آتی ہے، اٹھا کے باہر پھینک ان کو۔۔۔''

مادھو چلایا

''سوگندھی!''

سوگندھی نے تیز لہجے میں کہا

''سوگندھی کے بچی تو آیا کس لیے ہے یہاں؟ تیری ماں رہتی ہے اس جگہ جو تجھے پچاس روپے دے گی؟ یا تو کوئی ایسا بڑا گبرو جوان ہے جو میں تجھ پر عاشق ہو گئی ہوں، کتے، کمینے، مجھ پر رعب گانٹھتا ہے؟ میں تیری دبیل ہوں کیا۔۔۔؟ بھک منگے تو اپنے آپ کو سمجھ کیا بیٹھا ہے؟ میں کہتی ہوں تو ہے کون؟ چور یا گٹھ کترا۔۔۔؟ اس وقت تو میرے مکان میں کرنے کیا آیا ہے؟ بلاؤں پولیس کو۔ پونے میں تجھ پر کیس ہونا نہ ہو، یہاں تو تجھ پر ایک کیس کھڑا کر دوں۔۔۔''

مادھو سہم گیا۔ دبے ہوئے لہجے میں وہ صرف اس قدر کہہ سکا

"سوگندھی، تجھے کیا ہو گیا ہے؟"

"تیری ماں کا سر۔۔۔ تو ہوتا کون ہے مجھ سے ایسے سوال کرنے والا۔۔۔ بھاگ یہاں سے، ورنہ۔۔۔"
سوگندھی کی بلند آواز سن کر اس کا خارش زدہ کتا جو سوکھے ہوئے چپلوں پر منہ رکھے سو رہا تھا، ہڑبڑا کر اٹھ بیٹھا اور مادھو کی طرف منہ اٹھا کر بھونکنا شروع کر دیا۔ کتے کے بھونکنے کے ساتھ ہی سوگندھی زور سے ہنسنے لگی۔ مادھو ڈر گیا۔ گری ہوئی ٹوپی اٹھانے کے لیے وہ جھکا تو سوگندھی کی گرج سنائی دی

"خبردار۔۔۔ پڑی رہنے دے وہیں۔۔۔ تو جا، تیرے پونا پہنچتے ہی میں اس کو منی آرڈر کر دوں گی۔"
یہ کہہ کر وہ اور زور سے ہنسی اور ہنستی ہنستی کرسی پر بیٹھ گئی۔ اس کے خارش زدہ کتے نے بھونک کر مادھو کو کمرے سے باہر نکال دیا۔ سیڑھیاں اتار کر جب کتا اپنی ٹنڈ منڈ دم ہلاتا سوگندھی کے پاس آیا اور اس کے قدموں کے پاس بیٹھ کر کان پھڑ پھڑانے لگا۔ تو سوگندھی چونکی۔۔۔ اس نے اپنے چاروں طرف ایک ہولناک سناٹا دیکھا۔۔۔ ایسا سناٹا جو اس نے پہلے کبھی نہ دیکھا تھا۔ اسے ایسا لگا کہ ہر شے خالی ہے۔ جیسے مسافروں سے لدی ہوئی ریل گاڑی سب اسٹیشنوں پر مسافرا تار کر اب لوہے کے شیڈ میں بالکل اکیلی کھڑی ہے۔ یہ خلا جو اچانک سوگندھی کے اندر پیدا ہو گیا تھا، اسے بہت تکلیف دے رہا تھا۔ اس نے کافی دیر تک اس خلا کو بھرنے کی کوشش کی۔ مگر بے سود، وہ ایک ہی وقت میں بے شمار خیالات اپنے دماغ میں ٹھونستی تھی مگر بالکل چھلنی کا سا حساب تھا۔ ادھر دماغ کو پر کرتی تھی ادھر وہ خالی ہو جاتا تھا۔

بہت دیر تک وہ بید کی کرسی پر بیٹھی رہی سوچ بچار کے بعد بھی جب اس کو اپنا دل پر چانے کا کوئی طریقہ نہ ملا تو اس نے اپنے خارش زدہ کتے کو گود میں اٹھایا اور ساگوان کے چوڑے پلنگ پر اسے پہلو میں لٹا کر سو گئی۔

نیا قانون

منگو کوچوان اپنے اڈے میں بہت عقلمند آدمی سمجھا جاتا تھا۔ گو اس کی تعلیمی حیثیت صفر کے برابر تھی اور اس نے کبھی اسکول کا منہ بھی نہیں دیکھا تھا لیکن اس کے باوجود اسے دنیا بھر کی چیزوں کا علم تھا۔ اڈے کے وہ تمام کوچوان جن کو یہ جاننے کی خواہش ہوتی تھی کہ دنیا کے اندر کیا ہو رہا ہے، استاد منگو کی وسیع معلومات سے اچھی طرح واقف تھے۔

پچھلے دنوں جب استاد منگو نے اپنی ایک سواری سے اسپین میں جنگ چھڑ جانے کی افواہ سنی تھی تو اس نے گاما چودھری کے چوڑے کاندھے پر تھپکی دے کر مدبرانہ انداز میں پیش گوئی کی تھی

''دیکھ لینا گاما چودھری، تھوڑے ہی دنوں میں اسپین کے اندر جنگ چھڑ جائے گی۔''

جب گاما چودھری نے اس سے یہ پوچھا اسپین کہاں واقع ہے تو استاد منگو نے بڑی متانت سے جواب دیا تھا

''ولایت میں اور کہاں؟''

اسپین کی جنگ چھڑی۔ اور جب ہر شخص کو پتہ چل گیا تو اسٹیشن کے اڈے میں جتنے کوچوان حقہ پی رہے تھے دل ہی دل میں استاد منگو کی بڑائی کا اعتراف کر رہے تھے۔ اور استاد منگو اس وقت مال روڈ کی چمکیلی سطح پر تانگہ چلاتے ہوئے کسی سواری سے تازہ ہندو مسلم فساد پر تبادلہ خیال کر رہا تھا۔

اس روز شام کے قریب جب وہ اڈے میں آیا تو اس کا چہرہ غیر معمولی طور پر تمتمایا ہوا تھا۔ حقے کا دور چلتے چلتے جب ہندو مسلم فساد کی بات چھڑی تو استاد منگو نے سر پر سے خاکی پگڑی اتاری اور بغل میں داب کر بڑے مفکرانہ لہجے میں کہا

''یہ کسی پیر کی بد دعا کا نتیجہ ہے کہ آئے دن ہندوؤں اور مسلمانوں میں چاقو، چھریاں چلتی رہتی ہیں۔ اور میں نے

اپنے بڑوں سے سنا ہے کہ اکبر بادشاہ نے کسی درویش کا دل دکھایا تھا۔ اور اس درویش نے جل کر یہ بد دعا دی تھی، 'جا، تیرے ہندوستان میں ہمیشہ فساد ہی ہوتے رہیں گے'، اور دیکھ لو جب سے اکبر بادشاہ کا راج ختم ہوا ہے ہندوستان میں فساد پر فساد ہوتے رہتے ہیں۔''

یہ کہہ کر اس نے ٹھنڈی سانس بھری۔ اور پھر حقّے کا دم لگا کر اپنی بات شروع کی

''یہ کانگرس ی ہندوستان کو آزاد کرانا چاہتے ہیں۔ میں کہتا ہوں اگر یہ لوگ ہزار سال بھی سر پٹکتے رہیں تو کچھ نہ ہو گا۔ بڑی سے بڑی بات یہ ہو گی کہ انگریز چلا جائے گا اور کوئی اٹلی والا آ جائے گا۔ یا وہ روس والا جس کی بابت میں نے سنا ہے کہ بہت تگڑا آدمی ہے۔ لیکن ہندوستان سدا غلام رہے گا۔ ہاں میں یہ کہنا بھول ہی گیا کہ پیر نے یہ بد دعا بھی دی تھی کہ ہندوستان پر ہمیشہ باہر کے آدمی راج کرتے رہیں گے۔''

استاد منگو کو انگریزوں سے بڑی نفرت تھی۔ اور اس نفرت کا سبب تو وہ یہ بتلایا کرتا تھا کہ وہ ہندوستان پر اپنا سکہ چلاتے ہیں۔ اور طرح طرح کے ظلم ڈھاتے ہیں۔ مگر اس کے تنفّر کی سب سے بڑی وجہ یہ تھی کہ چھاؤنی کے گورے اسے بہت ستایا کرتے تھے۔ وہ اس کے ساتھ ایسا سلوک کرتے تھے گویا وہ ایک ایک ذلیل کتّا ہے۔ اس کے علاوہ اسے ان کا رنگ بھی بالکل پسند نہ تھا۔ جب کبھی وہ گورے کے سرخ و سپید چہرے کو دیکھتا تو اُسے متلی آ جاتی۔ نہ معلوم کیوں وہ کہا کرتا تھا کہ ان کے لال جھرّیوں بھرے چہرے دیکھ کر مجھے وہ لاش یاد آ جاتی ہے جس کے جسم پر سے اوپر کی جھلّی گل گل کر جھڑ رہی ہو۔

جب کسی شرابی گورے سے اس کا جھگڑا ہو جاتا تو سارا دن اس کی طبیعت مکدر رہتی۔ اور وہ شام کو اڈے میں آ کر ہل مارکہ سگرٹ پیتے یا حقّے کے کش لگاتے ہوئے اس 'گورے' کو جی بھر کر سنایا کرتا۔

''۔۔۔'' یہ موٹی گالی دینے کے بعد وہ اپنے سر کو ڈھیلی پگڑی سمیت جھٹکا دے کر کہا کرتا تھا

''آگ لینے آئے تھے۔ اب گھر کے مالک ہی بن گئے ہیں۔ ناک میں دم کر رکھا ہے ان بندروں کی اولاد نے۔ یوں رعب گانٹھتے ہیں گویا ہم ان کے باوا کے نوکر ہیں۔''

اس پر بھی اس کا غصہ ٹھنڈا نہیں ہوتا تھا۔ جب تک اس کا کوئی ساتھی اس کے پاس بیٹھا رہتا وہ اپنے سینے کی آگ اگلتا رہتا ''شکل دیکھتے ہو نا تم اس کی۔۔۔ جیسے کوڑھ ہو رہا ہے۔۔۔ بالکل مردار، ایک دھبّے کی مار اور گٹ پٹ یوں بک رہا تھا جیسے مار ہی ڈالے گا۔ تیری جان کی قسم، پہلے پہل جی میں آئی کہ ملعون کی کھوپڑی کے پرزے اڑا دوں لیکن اس خیال سے ٹل گیا کہ اس مردُود کو مارنا اپنی ہتک ہے۔۔۔''

یہ کہتے کہتے وہ تھوڑی دیر کے لیے خاموش ہو جاتا۔ اور ناک کو خاکی قمیص سے صاف کرنے کے بعد پھر بڑبڑانے

لگ جاتا

"قسم ہے بھگوان کی ان لاٹ صاحبوں کے ناز اٹھاتے اٹھاتے تنگ آ گیا ہوں۔ جب کبھی ان کا منحوس چہرہ دیکھتا ہوں رگوں میں خون کھولنے لگ جاتا ہے۔ کوئی نیا قانون وانون بنے تو ان لوگوں سے نجات ملے۔ تیری قسم جان میں جان آ جائے۔"

اور جب ایک روز استاد منگو نے کچہری سے اپنے تانگے پر دو سواریاں لادیں اور ان کی گفتگو سے اسے پتہ چلا کہ ہندوستان میں جدید آئین کا نفاذ ہونے والا ہے تو اس کی خوشی کی کوئی انتہا نہ رہی۔

دو مارواڑی جو کچہری میں اپنے دیوانی مقدمے کے سلسلے میں آئے تھے گھر جاتے ہوئے جدید آئین یعنی انڈیا ایکٹ کے متعلق آپس میں بات چیت کر رہے تھے

"سنا ہے کہ پہلی اپریل سے ہندوستان میں نیا قانون چلے گا۔۔۔ یا ہر چیز بدل جائے گی؟"

"ہر چیز تو نہیں بدلے گی۔ مگر کہتے ہیں کہ بہت کچھ بدل جائے گا اور ہندوستانیوں کو آزادی مل جائے گی؟"

"کیا بیاج کے متعلق بھی کوئی نیا قانون پاس ہو گا؟"

"یہ پوچھنے کی بات ہے کل کسی وکیل سے دریافت کریں گے۔"

ان مارواڑیوں کی بات چیت استاد منگو کے دل میں ناقابلِ بیان خوشی پیدا کر رہی تھی۔ وہ اپنے گھوڑے کو ہمیشہ گالیاں دیتا تھا۔ اور چابک سے بہت بری طرح پیٹا کرتا تھا۔ مگر اس روز وہ بار بار پیچھے مڑ کر مارواڑیوں کی طرف دیکھتا۔ اور اپنی بڑھی ہوئی مونچھوں کے بال ایک انگلی سے بڑی صفائی کے ساتھ اونچے کر کے گھوڑے کی پیٹھ پر با گیں ڈھیلی کرتے ہوئے بڑے پیار سے کہتا

"چل بیٹا۔۔۔ ذرا ہوا سے باتیں کر کے دکھا دے۔"

مارواڑیوں کو ان کے ٹھکانے پہنچا کر اس نے انار کلی میں دینو حلوائی کی دکان پر آدھ سیر دہی کی لسّی پی کر ایک بڑی ڈکار لی۔ اور مونچھوں کو منہ میں دبا کر ان کو چوستے ہوئے ایسے ہی بلند آواز میں کہا

"ہمت تیری ایسی تیسی۔"

شام کو جب وہ اڈے کو لوٹا تو خلافِ معمول اسے وہاں اپنی جان پہچان کا کوئی آدمی نہ مل سکا۔ یہ دیکھ کر اس کے سینے میں ایک عجیب و غریب طوفان برپا ہو گیا۔ آج وہ ایک بڑی خبر اپنے دوستوں کو سنانے والا تھا۔۔۔ بہت بڑی خبر، اور اس خبر کو اپنے اندر سے نکالنے کے لیے وہ سخت مجبور ہو رہا تھا لیکن وہاں کوئی تھا ہی نہیں۔

آدھ گھنٹے تک وہ چابک بغل میں دبائے اسٹیشن کے اڈے کی آہنی چھت کے نیچے بیقراری کی حالت میں ٹہلتا رہا۔

اس کے دماغ میں بڑے اچھے اچھے خیالات آ رہے تھے۔ نئے قانون کے نفاذ کی خبر نے اس کو ایک نئی دنیا میں لا کر کھڑا کر دیا تھا۔ وہ اس نئے قانون کے متعلق جو پہلی اپریل کو ہندوستان میں نافذ ہونے والا تھا اپنے دماغ کی تمام بتیاں روشن کر کے غور و فکر کر رہا تھا۔ اس کے کانوں میں مارواڑی کا یہ اندیشہ

”کیا بیاج کے متعلق بھی کوئی نیا قانون پاس ہو گا؟“

بار بار گونج رہا تھا۔ اور اس کے تمام جسم میں مسرت کی ایک لہر دوڑا رہا تھا۔ کئی بار اپنی گھنی مونچھوں کے اندر ہنس کر اس نے مارواڑیوں کو گالی دی۔۔۔

”غریبوں کی کھٹیا میں گھسے ہوئے کھٹمل۔۔۔ نیا قانون ان کے لیے کھولتا ہوا پانی ہو گا۔“

وہ بے حد مسرور تھا، خاص کر اس وقت اس کے دل کو بہت ٹھنڈک پہنچتی جب وہ خیال کرتا کہ گوروں۔۔ سفید چوہوں (وہ ان کو اسی نام سے یاد کیا کرتا تھا) کی تھوتھنیاں نئے قانون کے آتے ہی بلوں میں ہمیشہ کے لیے غائب ہو جائیں گی۔

جب نتھو گنجا، پگڑی بغل میں دبائے، اڈے میں داخل ہوا تو استاد منگو بڑھ کر اس سے ملا اور اس کا ہاتھ اپنے ہاتھ میں لے کر بلند آواز سے کہنے لگا

”لا ہاتھ ادھر۔۔۔ ایسی خبر سناؤں کہ جی خوش ہو جائے۔۔۔ تیری اس گنجی کھوپڑی پر بال اُگ آئیں۔“

اور یہ کہہ کر منگو نے بڑے مزے لے لے کر نئے قانون کے متعلق اپنے دوست سے باتیں شروع کر دیں۔ دورانِ گفتگو میں اس نے کئی مرتبہ نتھو گنجے کے ہاتھ پر زور سے اپنا ہاتھ مار کر کہا

”تو دیکھ نا، کیا بنتا ہے، یہ روس والا بادشاہ کچھ نہ کچھ ضرور کر کے رہے گا۔“

استاد منگو موجودہ سوویت نظام کی اشتراکی سرگرمیوں کے متعلق بہت کچھ سن چکا تھا۔ اور اسے وہاں کے نئے قانون اور دوسری نئی چیزیں بہت پسند تھیں۔ اسی لیے اس نے روس والے بادشاہ کو ”انڈیا ایکٹ“، یعنی جدید آئین کے ساتھ ملا دیا۔ اور پہلی اپریل کو پرانے نظام میں جو نئی تبدیلیاں ہونے والی تھیں۔ وہ انھیں ”روس والے بادشاہ“ کے اثر کا نتیجہ سمجھتا تھا۔

کچھ عرصے سے پشاور اور دیگر شہروں میں سرخ پوشوں کی تحریک چل ہی رہی تھی۔ منگو نے اس تحریک کو اپنے دماغ میں ’روس والے بادشاہ‘ اور پھر نئے قانون کے ساتھ خلط ملط کر دیا تھا۔ اس کے علاوہ جب بھی وہ کسی سے سنتا کہ فلاں شہر میں بم ساز پکڑے گئے ہیں۔ یا فلاں جگہ اتنے آدمیوں پر بغاوت کے الزام میں مقدمہ چلایا گیا ہے۔ تو ان تمام واقعات کو نئے قانون کا پیش خیمہ سمجھتا اور دل ہی دل میں خوش ہوتا۔

ایک روز اس کے تانگے میں دو بیرسٹر بیٹھے نئے آئین پر بڑے زور سے تبادلہ خیال کر رہے تھے۔اور وہ خاموشی سے ان کی باتیں سن رہا تھا۔ان میں سے ایک، دوسرے سے کہہ رہا تھا

''جدید آئین کا دوسرا حصہ فیڈریشن ہے جو میری سمجھ میں ابھی تک نہیں آسکا۔ فیڈریشن دنیا کی تاریخ میں آج تک نہ دیکھی نہ سنی گئی۔ سیاسی نظریہ سے بھی یہ فیڈریشن بالکل غلط ہے۔ بلکہ یوں کہنا چاہیے کہ یہ کوئی فیڈریشن ہے ہی نہیں!''

ان بیرسٹروں کے درمیان جو گفتگو ہوئی اس میں بیشتر الفاظ انگریزی کے تھے۔اس لیے استاد منگو صرف اوپر کے جملے ہی کو کسی قدر سمجھا اور اس نے کہا

''یہ لوگ ہندوستان میں نئے قانون کی آمد کو برا سمجھتے ہیں۔ اور نہیں چاہتے کہ ان کا وطن آزاد ہو۔''

چنانچہ اس خیال کے زیر اثر اس نے کئی مرتبہ ان دو بیرسٹروں کو حقارت کی نگاہوں سے دیکھ کر کہا''ٹوڈی بچے!'' جب کبھی وہ کسی کو دبی زبان میں ''ٹوڈی بچہ،'' کہتا تو دل میں یہ محسوس کر کے بڑا خوش ہوتا کہ اس نے اس نام کو صحیح جگہ استعمال کیا ہے اور یہ کہ وہ شریف آدمی اور ''ٹوڈی بچے،'' کی تمیز کرنے کی اہلیت رکھتا ہے۔

اس واقعے کے تیسرے روز وہ گورنمنٹ کالج کے تین طلبا کو اپنے تانگے میں بٹھا کر مزنگ جا رہا تھا کہ اس نے ان تین لڑکوں کو آپس میں یہ باتیں کرتے سنا

''نئے آئین نے میری امیدیں بڑھا دی ہیں اگر۔۔۔ صاحب اسمبلی کے ممبر ہو گئے۔تو کسی سرکاری دفتر میں ملازمت ضرور مل جائے گی۔''

''ویسے بھی بہت سی جگہیں اور نکلیں گی۔شاید اسی گڑ بڑ میں ہمارے ہاتھ بھی کچھ آ جائے۔''

''ہاں ہاں کیوں نہیں۔''

''وہ بے کار گریجویٹ جو مارے مارے پھر رہے ہیں۔ان میں کچھ تو کمی ہوگی۔''

اس گفتگو نے استاد منگو کے دل میں جدید آئین کی اہمیت اور بھی بڑھا دی۔ وہ اس کو ایسی 'چیز' سمجھنے لگا جو بہت چمکتی ہو۔ 'نیا قانون۔۔۔!' وہ دن میں کئی بار سوچتا، یعنی کوئی 'نئی چیز!' اور ہر بار اس کی نظروں کے سامنے اپنے گھوڑے کا وہ ساز آ جاتا۔ جو اس نے دو برس ہوئے چودھری خدا بخش سے اچھی طرح ٹھونک بجا کر خریدا تھا۔اس ساز پر جب وہ نیا تھا۔ جگہ جگہ لوہے کی نِکل چڑھی ہوئی کیلیں چمکتی تھیں اور جہاں جہاں پیتل کا کام تھا وہ تو سونے کی طرح دمکتا تھا۔اس لحاظ سے بھی 'نئے قانون' کا درخشاں و تاباں ہونا ضروری تھا۔ پہلی اپریل تک استاد منگو نے جدید آئین کے خلاف اور اس کے حق میں بہت کچھ سنا۔مگر اس کے متعلق جو تصور

وہ اپنے ذہن میں قائم کر چکا تھا۔ بدل نہ سکا۔ وہ سمجھتا تھا کہ پہلی اپریل کو نئے قانون کے آتے ہی سب معاملہ صاف ہو جائے گا۔ اور اس کو یقین تھا کہ اس کی آمد پر جو چیزیں نظر آئیں گی ان سے اس کی آنکھوں کو ٹھنڈک پہنچے گی۔

آخر کار مارچ کے اکتیس دن ختم ہو گئے اور اپریل کے شروع ہونے میں رات کے چند خاموش گھنٹے باقی رہ گئے۔ موسم خلافِ معمول سرد تھا۔ اور ہوا میں تازگی تھی۔ پہلی اپریل کو صبح سویرے استاد منگو اٹھا اور اصطبل میں جا کر گھوڑے کو جوتا اور باہر نکل گیا۔ اس کی طبیعت آج غیر معمولی طور پر مسرور تھی۔۔۔ وہ نئے قانون کو دیکھنے والا تھا۔

اس نے صبح کے سرد دھند لکے میں کئی تنگ اور کھلے بازاروں کا چکر لگایا۔ مگر اسے ہر چیز پرانی نظر آئی۔ آسمان کی طرح پرانی۔ اس کی نگاہیں آج خاص طور پر نیا رنگ دیکھنا چاہتی تھیں۔ مگر سوائے اس کلغی کے جو رنگ برنگ کے پروں سے بنی تھی۔ اور اس کے گھوڑے کے سر پر جمی ہوئی تھی۔ اور سب چیزیں پرانی نظر آتی تھیں۔ یہ نئی کلغی اس نے نئے قانون کی خوشی میں یکم مارچ کو چودھری خدا بخش سے ساڑھے چودہ آنے میں خریدی تھی۔

گھوڑے کی ٹاپوں کی آواز، کالی سڑک اور اس کے آس پاس تھوڑا تھوڑا فاصلہ چھوڑ کر لگائے ہوئے بجلی کے کھمبے، دکانوں کے بورڈ، اس کے گھوڑے کے گلے میں پڑے ہوئے گھنگرو کی جھنجھناہٹ، بازار میں چلتے پھرتے آدمی۔۔۔ ان میں سے کون سی چیز نئی تھی؟ ظاہر ہے کہ کوئی بھی نہیں لیکن استاد منگو مایوس نہیں تھا۔

"ابھی بہت سویرا ہے دکانیں بھی تو سب کی سب بند ہیں۔"

اس خیال سے اسے تسکین تھی۔ اس کے علاوہ وہ یہ بھی سوچتا تھا

"ہائی کورٹ میں نو بجے کے بعد ہی کام شروع ہوتا ہے۔ اب اس سے پہلے نئے قانون کا کیا نظر آئے گا؟"

جب اس کا تانگہ گورنمنٹ کالج کے دروازے کے قریب پہنچا۔ تو کالج کے گھڑیال نے بڑی رعونت سے نو بجائے۔ جو طلبا کالج کے بڑے دروازے سے باہر نکل رہے تھے۔ خوش پوش تھے۔ مگر استاد منگو کو نہ جانے ان کے کپڑے میلے میلے سے کیوں نظر آئے۔ شاید اس کی وجہ یہ تھی، کہ اس کی نگاہیں آج کسی خیرہ کن جلوے کا نظارہ کرنے والی تھیں۔

تانگے کو دائیں ہاتھ موڑ کر وہ تھوڑی دیر کے بعد پھر انار کلی میں تھا۔ بازار کی آدھی دکانیں کھل چکی تھیں۔ اور اب لوگوں کی آمد و رفت بھی بڑھ گئی تھی۔ حلوائی کی دکانوں پر گاہکوں کی خوب بھیڑ تھی۔ منہاری والوں کی نمائشی چیزیں شیشے کی الماریوں میں لوگوں کو دعوتِ نظارہ دے رہی تھیں۔ اور بجلی کے تاروں پر کئی کبوتر آپس میں لڑ جھگڑ رہے تھے۔ مگر استاد منگو کے لیے ان تمام چیزوں میں کوئی دلچسپی نہ تھی۔۔۔ وہ نئے قانون کو دیکھنا چاہتا تھا۔ ٹھیک اسی طرح جس طرح وہ اپنے گھوڑے کو دیکھ رہا تھا۔

جب استاد منگو کے گھر میں بچہ پیدا ہونے والا تھا۔ تو اس نے چار پانچ مہینے بڑی بے قراری سے گزارے تھے۔ اس کو یقین تھا کہ بچہ کسی نہ کسی دن ضرور پیدا ہوگا مگر وہ انتظار کی گھڑیاں نہیں کاٹ سکتا تھا۔ وہ چاہتا تھا کہ اپنے بچے کو صرف ایک نظر دیکھ لے۔ اس کے بعد وہ پیدا ہوتا رہے۔ چنانچہ اسی غیر مغلوب خواہش کے زیرِ اثر اس نے کئی بار اپنی بیمار بیوی کے پیٹ کو دبا کر اور اس کے اوپر کان رکھ کر اپنے بچے کے متعلق کچھ جاننا چاہتا تھا مگر ناکام رہا تھا۔ ایک مرتبہ وہ انتظار کرتے کرتے اس قدر تنگ آگیا تھا کہ اپنی بیوی پر برس پڑا تھا

’’تو ہر وقت مردے کی طرح پڑی رہتی ہے۔ اُٹھ ذرا چل پھر، تیرے انگ میں تھوڑی سی طاقت تو آئے۔ یوں تختہ بنے رہنے سے کچھ نہ ہو سکے گا۔ تو سمجھتی ہے کہ اس طرح لیٹے لیٹے بچہ جن دے گی؟‘‘

استاد منگو طبعاً بہت جلد باز واقع ہوا تھا۔ وہ ہر سبب کی عملی تشکیل دیکھنے کا خواہش مند تھا بلکہ متجسس تھا۔ اس کی بیوی گنگا دیوی اس کی اس قسم کی بے قراریوں کو دیکھ کر عام طور پر یہ کہا کرتی تھی

’’ابھی کنواں کھودا نہیں گیا اور پیاس سے نڈھال ہو رہے ہو۔‘‘

کچھ بھی ہو مگر استاد منگو نئے قانون کے انتظار میں اتنا بیقرار نہیں تھا۔ جتنا کہ اسے اپنی طبیعت کے لحاظ سے ہونا چاہیے تھا۔ وہ نئے قانون کو دیکھنے کے لیے گھر سے نکلا تھا، ٹھیک اسی طرح جیسے وہ گاندھی یا جواہر لال کے جلوس کا نظارہ کرنے کے لیے نکلا کرتا تھا۔

لیڈروں کی عظمت کا اندازہ اُستاد منگو ہمیشہ ان کے جلوس کے ہنگاموں اور ان کے گلے میں ڈالے ہوئے پھولوں کے ہاروں سے کیا کرتا تھا اگر کوئی لیڈر گیندے کے پھولوں سے لدا ہو تو استاد منگو کے نزدیک، وہ بڑا آدمی تھا۔ اور اگر کسی لیڈر کے جلوس میں بھیڑ کے باعث دو تین فساد ہوتے ہوتے رہ جائیں۔ تو اس کی نگاہوں میں وہ اور بھی بڑا تھا۔ اب نئے قانون کو وہ اپنے ذہن کے اسی ترازو میں تولنا چاہتا تھا۔

انار کلی سے نکل کر وہ مال روڈ کی چمکیلی سطح پر اپنے تانگے کو آہستہ آہستہ چلا رہا تھا کہ موٹروں کی دکان کے پاس اسے چھاؤنی کی ایک سواری مل گئی۔ کرایہ طے کرنے کے بعد اس نے اپنے گھوڑے کو چابک دکھایا۔ اور دل میں خیال کیا

’’چلو یہ بھی اچھا ہوا۔۔۔ شاید چھاؤنی ہی سے نئے قانون کا کچھ پتہ چل جائے۔‘‘

چھاؤنی پہنچ کر استاد منگو نے سواری کو اس کی منزل مقصود پر اتار دیا۔ اور جیب سے سگریٹ نکال کر بائیں ہاتھ کی آخری دو انگلیوں میں دبا کر سلگایا۔ اور پچھلی نشست کے گدّے پر بیٹھ گیا۔۔۔ جب استاد منگو کو کسی سواری کی تلاش نہیں ہوتی تھی۔ یا اسے کسی بیتے ہوئے واقعے پر غور کرنا ہوتا تھا۔ تو وہ عام طور پر اگلی نشست چھوڑ کر پچھلی

نشست پر بڑے اطمینان سے بیٹھ کر اپنے گھوڑے کی بائیں ہاتھ کے گرد لپیٹ لیا کرتا تھا۔ ایسے موقعوں پر اس کا گھوڑا تھوڑا سا ہنہنانے کے بعد بڑی دھیمی چال چلنا شروع کر دیتا تھا۔ گویا اسے کچھ دیر کے لیے بھاگ دوڑ سے چھٹی مل گئی ہے۔

گھوڑے کی چال اور استاد منگو کے دماغ میں خیالات کی آمد بہت سست تھی۔ جس طرح گھوڑا آہستہ آہستہ قدم اٹھا رہا تھا۔ اسی طرح استاد منگو کے ذہن میں نئے قانون کے متعلق نئے قیاسات داخل ہو رہے تھے۔

وہ نئے قانون کی موجودگی میں میونسپل کمیٹی سے تانگوں کے نمبر ملنے کے طریقے پر غور کر رہا تھا۔ وہ اس قابلِ غور بات کو آئینِ جدید کی روشنی میں دیکھنے کی سعی کر رہا تھا۔ وہ اس سوچ بچار میں غرق تھا۔ اسے یوں معلوم ہوا جیسے کسی سواری نے اسے بلایا ہے۔ پیچھے پلٹ کر دیکھنے سے اسے سڑک کے اس طرف دُور بجلی کے کھمبے کے پاس ایک ’’گورا‘‘ کھڑا نظر آیا۔ جو اسے ہاتھ سے بلا رہا تھا۔

جیسا کہ بیان کیا جا چکا ہے استاد منگو کو گوروں سے بیحد نفرت تھی۔ جب اس نے اپنے تازہ گاہک کو گورے کی شکل میں دیکھا تو اس کے دل میں نفرت کے جذبات بیدار ہو گئے۔ پہلے تو اس کے جی میں آئی کہ بالکل توجہ نہ دے اور اس کو چھوڑ کر چلا جائے مگر بعد میں اس کو خیال آیا ان کے پیسے چھوڑنا بھی بیوقوفی ہے۔ کلغی پر جو مفت میں ساڑھے چودہ آنے خرچ کر دیئے ہیں، ان کی جیب ہی سے وصول کرنے چاہئیں۔ چلو چلتے ہیں۔

خالی سڑک پر بڑی صفائی سے تانگا موڑ کر اس نے گھوڑے کو چابک دکھایا اور آنکھ جھپکنے میں وہ بجلی کے کھمبے کے پاس تھا۔ گھوڑے کی بائیں کھینچ کر اس نے تانگہ ٹھہرایا اور پچھلی نشست پر بیٹھے بیٹھے گورے سے پوچھا ’’صاحب بہادر کہاں جانا مانگتا ہے؟‘‘

اس سوال میں بلا کا طنز یہ انداز تھا، صاحب بہادر کہتے وقت اس کا اوپر کا مونچھوں بھرا ہونٹ نیچے کی طرف کھنچ گیا۔ اور پاس ہی گال کے اس طرف جو مدھم سی لکیر ناک کے نتھنے سے ٹھوڑی کے بالائی حصے تک چلی آ رہی تھی، ایک لرزش کے ساتھ گہری ہو گئی، گویا کسی نے نوکیلے چاقو سے شیشم کی سانولی لکڑی میں دھاری ڈال دی ہے۔ اس کا سارا چہرہ ہنس رہا تھا، اور اپنے اندر اس نے اس ’’گورے‘‘ کو سینے کی آگ میں جلا کر بھسم کر ڈالا تھا۔

جب ’’گورے‘‘ نے جو بجلی کے کھمبے کی اوٹ میں ہوا کا رخ بچا کر سگرٹ سلگا رہا تھا مڑ کر تانگے کے پائیدان کی طرف قدم بڑھایا تو اچانک استاد منگو کی اور اس کی نگاہیں چار ہوئیں۔ اور ایسا معلوم ہوا کہ بیک وقت سامنے سامنے کی بند وقوں سے گولیاں خارج ہوئیں۔ اور آپس میں ٹکرا کر ایک آتشیں بگولا بن کر اوپر کو اڑ گئیں۔

استاد منگو جو اپنے دائیں ہاتھ سے باگ کے بل کھول کر تانگے پر سے نیچے اترنے والا تھا۔ اپنے سامنے کھڑے

' گورے، کیوں دیکھ رہا تھا گویا وہ اس کے وجود کے ذرّے ذرّے کو اپنی نگاہوں سے چبا رہا ہے۔ اور گورا کچھ اس طرح اپنی نیلی پتلون پر سے غیر مرئی چیزیں جھاڑ رہا ہے، گویا وہ استاد منگو کے اس حملے سے اپنے وجود کے کچھ حصے کو محفوظ رکھنے کی کوشش کر رہا ہے۔

گورے نے سگریٹ کا دھواں نگلتے ہوئے کہا

"جانا مانگٹا یا پھر گڑبڑ کرے گا؟"

"وہی ہے،" یہ لفظ استاد منگو کے ذہن میں پیدا ہوئے اور اس کی چوڑی چھاتی کے اندر ناچنے لگے۔ "وہی ہے۔" اس نے یہ لفظ اپنے منہ کے اندر ہی اندر دہرائے اور ساتھ ہی اسے پورا یقین ہو گیا کہ وہ گورا جو اس کے سامنے کھڑا تھا وہی ہے جس سے پچھلے برس اس کی جھڑپ ہوئی تھی، اور اس خواہ مخواہ کے جھگڑے میں جس کا باعث گورے کے دماغ میں چڑھی ہوئی شراب تھی۔ اسے طوعاً کرہاً بہت سی باتیں سہنا پڑی تھیں۔ استاد منگو نے گورے کا دماغ درست کر دیا ہوتا بلکہ اس کے پرزے اڑا دیئے ہوتے، مگر وہ کسی خاص مصلحت کی بنا پر خاموش ہو گیا تھا۔ اس کو معلوم تھا کہ اس قسم کے جھگڑوں میں عدالت کا نزلہ عام طور کو چوانوں ہی پر گرتا ہے۔

استاد منگو نے پچھلے برس کی لڑائی اور پہلی اپریل کے نئے قانون پر غور کرتے ہوئے گورے سے کہا

"کہاں جانا مانگٹا ہے؟"

استاد منگو کے لہجے میں چابک ایسی تیزی تھی۔ گورے نے جواب دیا۔

"ہیرا منڈی۔"

" کرایہ پانچ روپے ہو گا،"

۔ استاد منگو کی مونچھیں تھر تھر ائیں۔

یہ سن کر گورا حیران ہو گیا۔ وہ چلایا۔

"پانچ روپے۔ کیا تم ۔۔۔؟"

"ہاں، ہاں، پانچ روپے۔"

یہ کہتے ہوئے استاد منگو کا داہنا بالوں بھرا ہاتھ بھنچ کر ایک وزنی گھونسے کی شکل اختیار کر گیا۔

" کیوں جاتے ہو یا بیکار باتیں بناؤ گے؟"

استاد منگو کا لہجہ زیادہ سخت ہو گیا۔

گورا پچھلے برس کے واقعے کو پیش نظر رکھ کر استاد منگو کے سینے کی چوڑائی نظر انداز کر چکا تھا۔ وہ خیال کر رہا

تھا کہ اس کی کھوپڑی پھر کھجلا رہی ہے۔اس حوصلہ افزا خیال کے زیر اثر وہ تانگے کی طرف اکڑ کر بڑھا اور اپنی چھڑی سے استاد منگو کو تانگے پر سے نیچے اترنے کا اشارہ کیا۔ بید کی یہ پالش کی ہوئی پتلی چھڑی استاد منگو کی موٹی ران کے ساتھ دو تین مرتبہ چھوئی۔اس نے کھڑے کھڑے اوپر سے پست قد گورے کو دیکھا گویا وہ اپنی نگاہوں کے وزن ہی سے اسے پیس ڈالنا چاہتا ہے۔ پھر اس کا گھونسہ کمان میں سے تیر کی طرح سے اوپر کو اٹھا اور چشم زدن میں گورے کی ٹھڈی کے نیچے جم گیا۔ دھکا دے کر اس نے گورے کو پرے ہٹایا۔اور نیچے اتر کر اسے دھرا دھر ادھڑ پیٹنا شروع کر دیا۔

ششدر و متحیر گورے نے ادھر ادھر سمٹ کر استاد منگو کے وزنی گھونسوں سے بچنے کی کوشش کی۔اور جب دیکھا کہ اس کے مخالف پر دیوانگی کی سی حالت طاری ہے۔اور اس کی آنکھوں میں سے شرارے برس رہے ہیں۔تو اس نے زور زور سے چلانا شروع کیا۔اس کی چیخ پکار نے استاد منگو کی بانہوں کا کام اور بھی تیز کر دیا۔ وہ گورے کو جی بھر کے پیٹ رہا تھا۔اور ساتھ ساتھ یہ کہتا جاتا تھا

’’پہلی اپریل کو بھی وہی اکڑ فوں۔۔۔پہلی اپریل کو بھی وہی اکڑ فوں۔۔۔اب ہمارا راج ہے بچہ !‘‘

لوگ جمع ہو گئے۔ اور پولیس کے دو سپاہیوں نے بڑی مشکل سے گورے کو استاد منگو کی گرفت سے چھڑایا۔ استاد منگو ان دو سپاہیوں کے درمیان کھڑا تھا اس کی چوڑی چھاتی پھولی سانس کی وجہ سے اوپر نیچے ہو رہی تھی۔ منہ سے جھاگ بہہ رہا تھا۔اور اپنی مسکراتی ہوئی آنکھوں سے حیرت زدہ مجمع کی طرف دیکھ کر وہ ہانپتی ہوئی آواز میں کہہ رہا تھا۔‘‘

’’وہ دن گزر گئے۔ جب خلیل خاں فاختہ اڑایا کرتے تھے۔۔۔اب نیا قانون ہے میاں۔۔۔نیا قانون !‘‘

اور بے چارا گورا اپنے بگڑے ہوئے چہرے کے ساتھ بے وقوفوں کے مانند کبھی استاد منگو کی طرف دیکھتا تھا اور کبھی ہجوم کی طرف۔

استاد منگو کو پولیس کے سپاہی تھانے میں لے گئے۔ راستے میں اور تھانے کے اندر کمرے میں وہ ’’نیا قانون نیا قانون‘‘ چلاتا رہا۔ مگر کسی نے ایک نہ سنی۔

’’نیا قانون، نیا قانون۔ کیا بک رہے ہو۔۔۔قانون وہی ہے پرانا!‘‘

اور اس کو حوالات میں بند کر دیا گیا!

بابو گوپی ناتھ

بابو گوپی ناتھ سے میری ملاقات سن چالیس میں ہوئی۔ ان دنوں میں بمبئی کا ایک ہفتہ وار پرچہ ایڈٹ کیا کرتا تھا۔ دفتر میں عبدالرحیم سینڈو، ایک ناٹے قد کے آدمی کے ساتھ داخل ہوا۔ میں اس وقت لیڈر لکھ رہا تھا۔ سینڈو نے اپنے مخصوص انداز میں بآوازِ بلند مجھے آداب کیا اور اپنے ساتھی سے متعارف کرایا ''منٹو صاحب! بابو گوپی ناتھ سے ملیے۔''

میں نے اٹھ کر اس سے ہاتھ ملایا۔ سینڈو نے حسبِ عادت میری تعریفوں کے پل باندھنے شروع کر دیے ''بابو گوپی ناتھ تم ہندوستان کے نمبر ون رائٹر سے ہاتھ ملا رہے ہو۔ لکھتا ہے تو دھڑن تختہ ہو جاتا ہے لوگوں کا۔ ایسی ایسی کنٹی نیوٹلی ملاتا ہے کہ طبیعت صاف ہو جاتی ہے۔ پچھلے دنوں وہ کیا چٹکلا لکھا تھا آپ نے منٹو صاحب؟ مس خورشید نے کار خریدی۔ اللہ بڑا کارساز ہے۔ کیوں بابو گوپی ناتھ، ہے اینٹی کی پینٹی پو؟''

عبدالرحیم سینڈو کے باتیں کرنے کا انداز ہی بالکل نرالا تھا۔ کنٹی نیوٹلی۔ دھڑن تختہ اور اینٹی کی پینٹی پو ایسے الفاظ اس کی اپنی اختراع تھے جن کو وہ گفتگو میں بے تکلف استعمال کرتا تھا۔ میرا تعارف کرانے کے بعد وہ بابو گوپی ناتھ کی طرف متوجہ ہوا جو بہت مرعوب نظر آتا تھا۔

''آپ ہیں بابو گوپی ناتھ ۔ بڑے خانہ خراب۔ لاہور سے جھک مارتے مارتے بمبئی تشریف لائے ہیں۔ ساتھ کشمیر کی ایک کبوتری ہے۔''

بابو گوپی ناتھ مسکرایا۔

عبدالرحیم سینڈو نے تعارف کو ناکافی سمجھ کر کہا

''نمبر ون بے وقوف ہو سکتا ہے تو وہ آپ ہیں۔ لوگ ان کے مسکا لگا کر روپیہ بٹورتے ہیں۔ میں صرف باتیں کر

کے ان سے ہر روز پولیس بٹر کے دو پیکٹ وصول کرتا ہوں۔ بس منٹو صاحب یہ سمجھ لیجیے کہ بڑے اینٹی فلو جسٹیسن قسم کے آدمی ہیں۔ آپ آج شام کو ان کے فلیٹ پر ضرور تشریف لایئے۔ ''

بابو گوپی ناتھ نے جو خدا معلوم کیا سوچ رہا تھا، چونک کر کہا

'' ہاں ہاں، ضرور تشریف لایئے منٹو صاحب۔ ''

پھر سینڈو سے پوچھا

'' کیوں سینڈو کیا آپ کچھ اُس کا شغل کرتے ہیں؟ ''

عبدالرحیم سینڈو نے زور سے قہقہہ لگایا۔

'' اجی ہر قسم کا شغل کرتے ہیں۔ تو منٹو صاحب آج شام کو ضرور آیئے گا۔ میں نے بھی پینی شروع کردی ہے، اس لیے کہ مفت ملتی ہے۔ ''

سینڈو نے مجھے فلیٹ کا پتا لکھا دیا جہاں میں حسب وعدہ شام کو چھ بجے کے قریب پہنچ گیا۔ تین کمرے کا صاف ستھرا فلیٹ تھا جس میں بالکل نیا فرنیچر سجا ہوا تھا۔ سینڈو اور بابو گوپی ناتھ کے علاوہ بیٹھنے والے کمرے میں دو مرد اور دو عورتیں موجود تھیں جن سے سینڈو نے مجھے متعارف کرایا۔

ایک تھا غفار سائیں، تہمد پوش۔ پنجاب کا ٹھیٹ سائیں۔ گلے میں موٹے موٹے دانوں کی مالا۔ سینڈو نے اس کے بارے میں کہا

'' آپ بابو گوپی ناتھ کے لیگل ایڈوائزر رہیں۔ میرا مطلب سمجھ جایئے۔ جس آدمی کی ناک بہتی ہو یا جس کے منہ میں سے لعاب نکلتا ہو، پنجاب میں خدا کو پہنچا ہوا درویش بن جاتا ہے یہ بھی بس پہنچے ہوئے ہیں یا پہنچنے والے ہیں۔ لاہور سے بابو گوپی ناتھ کے ساتھ آئے ہیں کیونکہ انھیں وہاں کوئی اور بے وقوف ملنے کی امید نہیں تھی۔ یہاں آپ بابو صاحب سے کریون اے کے سگریٹ اور سکاچ وسکی کے پیگ پی کر دعا کرتے رہتے ہیں کہ انجام نیک ہو۔۔۔ ''

غفار سائیں یہ سن کر مسکرا تا رہا۔

دوسرے مرد کا نام تھا غلام علی۔ لمبا تڑنگا جوان، کسرتی بدن، منہ پر چیچک کے داغ۔ اس کے متعلق سینڈو نے کہا

'' یہ میرا شاگرد ہے۔ اپنے استاد کے نقش قدم پر چل رہا ہے۔ لاہور کی ایک نامی طوائف کی کنواری لڑکی اس پر عاشق ہو گئی۔ بڑی بڑی کنتی نیو ٹلیاں ملائی گئیں اس کو پھانسنے کے لیے، مگر اس نے کہا ڈو آر ڈائی، میں لنگوٹ کا پکا رہوں گا۔ ایک ٹکیے میں بات چیت کرتے بابو گوپی ناتھ سے ملاقات ہو گئی۔ بس اس دن سے ان کے ساتھ چمٹا ہوا ہے۔ ہر روز کریون اے کا ڈبہ اور کھانا پینا مقرر ہے۔ ''

یہ سن کر غلام علی بھی مسکراتا رہا

گول چہرے والی ایک سرخ و سفید عورت تھی۔ کمرے میں داخل ہوتے ہی میں سمجھ گیا تھا کہ وہی کشمیر کی کبوتری ہے جس کے متعلق سینڈو نے دفتر میں ذکر کیا تھا۔ بہت صاف ستھری عورت تھی۔ بال چھوٹے تھے۔ ایسا لگتا تھا کٹے ہوئے ہیں مگر درحقیقت ایسا نہیں تھا۔ آنکھیں شفاف اور چمکیلی تھیں۔ چہرے کے خطوط سے صاف ظاہر ہوتا تھا کہ بے حد الھڑ اور نا تجربہ کار ہے۔ سینڈو نے اس سے تعارف کراتے ہوئے کہا

"زینت بیگم۔ بابو صاحب پیار سے زینو کہتے ہیں۔ ایک بڑی خرانٹ نائکہ کشمیر سے یہ سیب تو ٹر کر لاہور لے آئی۔ بابو گوپی ناتھ کو اپنی سی آئی ڈی سے پتہ چلا اور ایک رات لے اڑے۔ مقدمے بازی ہوئی۔ تقریباً دو مہینے تک پولیس عیش کرتی رہی۔ آخر بابو صاحب نے مقدمہ جیت لیا اور اسے یہاں لے آئے۔۔۔ دھڑن تختہ !"

اب گہرے سانولے رنگ کی عورت باقی رہ گئی تھی جو خاموش بیٹھی سگریٹ پی رہی تھی۔ آنکھیں سرخ تھیں جن سے کافی بے حیائی مترشح تھی۔ بابو گوپی ناتھ نے اس کی طرف اشارہ کیا۔ اور سینڈو سے کہا

"اس کے متعلق بھی کچھ ہو جائے۔"

سینڈو نے اس عورت کی ران پر ہاتھ مارا اور کہا

"جناب یہ ہے ٹین پٹوٹی، فل فل فوٹی۔ مسز عبدالرحیم سینڈو عرف سردار بیگم۔۔۔ آپ بھی لاہور کی پیداوار ہیں۔ سن چھتیس میں مجھ سے عشق ہوا۔ دو برسوں ہی میں میرا دھڑن تختہ کر کے رکھ دیا۔ میں لاہور چھوڑ کر بھاگا۔ بابو گوپی ناتھ نے اسے یہاں بلوا لیا ہے تا کہ میرا دل لگا رہے۔ اس کو بھی ایک ڈبہ کریون اے کارٹن میں ملتا ہے ہر روز شام کو ڈھائی روپے کا مورفیا کا انجکشن لیتی ہے۔ رنگ کالا ہے۔ مگر ویسے بڑی ٹٹ فورٹیٹ قسم کی عورت ہے۔"

سردار نے ایک ادا سے اسے صرف اتنا کہا

"بکواس نہ کر !"

اس ادا میں پیشہ ور عورت کی بناوٹ تھی۔

سب سے متعارف کرانے کے بعد سینڈو نے حسب عادت میری تعریفوں کے پل باندھنے شروع کر دیے۔ میں نے کہا

"چھوڑو یار۔ آؤ کچھ باتیں کریں۔"

سینڈو چلایا

"بوائے۔۔۔ وسکی اینڈ سوڈا۔۔۔ بابو گوپی ناتھ لگاؤ ہوا، ایک سبزے کو۔"

بابو گوپی ناتھ نے جیب میں ہاتھ ڈال کر سو سو کے نوٹوں کا ایک پلندا نکالا اور ایک نوٹ سینڈو کے حوالے کر دیا۔ سینڈو نے نوٹ لے کر اس کی طرف غور سے دیکھا اور کھڑے کھڑے کر کے کہا

"اوگوڈ۔۔۔ او میرے رب العالمین۔۔۔ وہ دن کب آئے گا جب میں بھی لب لگا کر یوں نوٹ نکالا کروں گا۔۔۔ جاؤ بھئی غلام علی۔ دو بوتلیں جانی واکرسٹل گوئنگ سٹرانگ کی لے آؤ۔"

بوتلیں آئیں تو سب نے پینا شروع کی۔ یہ شغل دو تین گھنٹے تک جاری رہا۔

اس دوران میں سب سے زیادہ باتیں حسب معمول عبدالرحیم نے کیں۔ پہلا گلاس ایک ہی سانس میں ختم کر کے وہ چلایا

"دھرتن تختہ! منٹو صاحب، وسکی ہو تو ایسی۔ حلق سے اتر کر پیٹ میں انقلاب، زندہ باد لکھتی چلی گئی ہے۔۔۔ جیو بابو گوپی ناتھ! جیو۔"

بابو گوپی ناتھ بے چارہ خاموش رہا۔ کبھی کبھی البتہ وہ سینڈو کی ہاں میں ہاں ملا دیتا تھا۔ میں نے سوچا اس شخص کی اپنی رائے کوئی نہیں ہے۔ دوسرا جو بھی کہے، مان لیتا ہے۔ ضعیف الاعتقادی کا ثبوت غفار سائیں موجود تھا جسے وہ بقول سینڈو اپنا لیگل ایڈوائزر بنا کر لایا تھا۔ سینڈو کا اس سے دراصل یہ مطلب تھا کہ بابو گوپی ناتھ کو اس سے عقیدت تھی۔ یوں بھی مجھے دوران گفتگو میں معلوم ہوا کہ لاہور میں اس کا اکثر وقت فقیروں اور درویشوں کی صحبت میں کٹتا تھا۔ یہ چیز میں نے خاص طور پر نوٹ کی کہ وہ کھویا کھویا سا تھا، جیسے کچھ سوچ رہا تھا۔ میں نے چنانچہ اس سے ایک بار کہا

"بابو گوپی ناتھ کیا سوچ رہے ہیں آپ؟"

وہ چونک پڑا۔

"جی میں۔۔۔ میں۔۔۔ کچھ نہیں۔"

یہ کہہ کر وہ مسکرایا اور زینت کی طرف ایک عاشقانہ نگاہ ڈالی۔

"ان حسینوں کے متعلق سوچ رہا ہوں۔۔۔ اور ہمیں کیا سوچ ہوگی۔" سینڈو نے کہا

"بڑے خانہ خراب ہیں، یہ منٹو صاحب۔ بڑے خانہ خراب ہیں۔۔۔ لاہور کی کوئی ایسی طوائف نہیں جس کے ساتھ بابو صاحب کی کنٹی نیوٹلی نہ رہ چکی ہو۔"

بابو گوپی ناتھ نے یہ سن کر بڑے بھونڈے انکسار کے ساتھ کہا

"اب کمر میں وہ دم نہیں منٹو صاحب۔"

اس کے بعد واہیات گفتگو شروع ہو گئی۔ لاہور کی طوائفوں کے سب گھرانے گنے گئے۔

کون ڈیرہ دار تھی، کون نٹنی تھی، کون کس کی نوچی تھی، نتھنی اتارنے کا بابو گوپی ناتھ نے کیا دیا تھا وغیرہ وغیرہ۔ یہ گفتگو سردار، سینڈو، غفار سائیں اور غلام علی کے درمیان ہوتی رہی، ٹھیٹ لاہور کے کوٹھوں کی زبان میں۔ مطلب تو میں سمجھتا رہا مگر بعض اصطلاحیں سمجھ میں نہ آئیں۔

زینت بالکل خاموش بیٹھی رہی۔ کبھی کبھی کسی بات پر مسکرا دیتی۔ مگر مجھے ایسا محسوس ہوا کہ اسے اس گفتگو سے کوئی دلچسپی نہیں تھی۔ ہلکی وسکی کا ایک گلاس بھی نہیں پیا۔ بغیر کسی دلچسپی کے سگریٹ بھی پیتی تھی تو معلوم ہوتا تھا اسے تمباکو اور اس کے دھوئیں سے کوئی رغبت نہیں لیکن لطف یہ ہے کہ سب سے زیادہ سگریٹ اسی نے پیے۔ بابو گوپی ناتھ سے اسے محبت تھی، اس کا پتا مجھے کسی بات سے نہ ملا۔ اتنا البتہ ظاہر تھا کہ بابو گوپی ناتھ کو اس کا کافی خیال تھا کیو نکہ زینت کی آسائش کے لیے ہر سامان مہیا تھا۔ لیکن ایک بات مجھے محسوس ہوئی کہ ان دونوں میں کچھ عجیب سا کھنچاؤ تھا۔ میرا مطلب ہے وہ دونوں ایک دوسرے کے قریب ہونے کے بجائے کچھ ہٹے ہوئے سے معلوم ہوتے تھے۔

آٹھ بجے کے قریب سردار، ڈاکٹر مجید کے ہاں چلی گئی کیو نکہ اسے مورفیا کا انجکشن لینا تھا۔ غفار سائیں تین پیگ پینے کے بعد اپنی تسبیح اٹھا کر قالین پر سو گیا۔ غلام علی کو ہوٹل سے کھانا لینے کے لیے بھیج دیا گیا۔ سینڈو نے اپنی دلچسپ بکواس جب کچھ عرصے کے لیے بند کی تو بابو گوپی ناتھ نے جواب نشے میں تھا، زینت کی طرف وہی عاشقانہ نگاہ ڈال کر کہا

"منٹو! میری زینت کے متعلق آپ کا خیال کیا ہے؟"

میں نے سوچا کیا کہوں۔ زینت کی طرف دیکھا تو وہ جھینپ گئی۔ میں نے ایسے ہی کہہ دیا

"بڑا نیک خیال ہے۔"

بابو گوپی ناتھ خوش ہو گیا۔

"منٹو صاحب! ہے بھی بڑی نیک لوگ۔ خدا کی قسم نہ زیور کا شوق ہے نہ کسی اور چیز کا۔ میں نے کئی بار کہا جان من مکان بنوا دوں؟ جواب کیا دیا، معلوم ہے آپ کو؟ کیا کروں گی مکان لے کر۔ میرا کون ہے۔۔۔"

"منٹو صاحب موٹر کتنے میں آ جائے گی۔"

میں نے کہا

"مجھے معلوم نہیں۔"

بابو گوپی ناتھ نے تعجب سے کہا

"کیا باتیں کرتے ہیں آپ منٹو صاحب۔۔۔ آپ کو، اور کاروں کی قیمت معلوم نہ ہو۔ کل چلیے میرے ساتھ، زینو کے لیے ایک موٹر لیں گے۔ میں نے اب دیکھا ہے کہ بمبئی میں موٹر ہونی ہی چاہیے۔"

زینت کا چہرہ ردعمل سے خالی رہا۔

بابو گوپی ناتھ کا نشہ تھوڑی دیر کے بعد بہت تیز ہوگیا۔ ہمہ تن جذبات ہوکر اس نے مجھ سے کہا

”منٹو صاحب! آپ بڑے لائق آدمی ہیں۔ میں تو بالکل گدھا ہوں۔۔۔ لیکن آپ مجھے بتائیے میں آپ کی کیا خدمت کرسکتا ہوں۔ کل باتوں باتوں میں سینڈو نے آپ کا ذکر کیا۔ میں نے اسی وقت ٹیکسی منگوائی اور اس سے کہا مجھے لے چلو منٹو صاحب کے پاس۔ مجھ سے کوئی گستاخی ہوگئی ہو تو معاف کردیجیے گا۔۔۔ بہت گنہگار آدمی ہوں۔۔۔ وسکی منگواؤں آپ کے لیے اور؟“

میں نے کہا۔

”نہیں نہیں۔۔۔ بہت پی چکے ہیں۔“

وہ اور زیادہ جذباتی ہوگیا

”اور پیجیے منٹو صاحب!“

یہ کہہ کر جیب سے سو سو کے نوٹوں کا پلندا نکالا اور ایک نوٹ جدا کرنے لگا۔ لیکن میں نے سب نوٹ اس کے ہاتھ سے لیے اور واپس اس کی جیب میں ٹھونس دیے

”سو روپے کا ایک نوٹ آپ نے غلام علی کو دیا تھا۔ اس کا کیا ہوا؟“

مجھے دراصل کچھ ہمدردی سی ہوگئی تھی بابو گوپی ناتھ سے۔ کتنے آدمی اس غریب کے ساتھ جونک کی طرح چمٹے ہوئے تھے۔ میرا خیال تھا بابو گوپی ناتھ بالکل گدھا ہے۔ لیکن وہ میرا اشارہ سمجھ گیا اور مسکرا کر کہنے لگا

”منٹو صاحب! اس نوٹ میں سے جو کچھ باقی بچا، وہ یا تو غلام کی جیب سے گِر پڑے گا یا۔۔۔“

بابو گوپی ناتھ نے پورا جملہ بھی ادا نہیں کیا تھا کہ غلام علی نے کمرے میں داخل ہوکر بڑے دکھ کے ساتھ یہ اطلاع دی کہ ہوٹل میں کسی حرامزادے نے اس کی جیب سے سارے روپے نکال لیے۔ بابو گوپی ناتھ میری طرف دیکھ کر مسکرایا۔ پھر سو روپے کا ایک نوٹ جیب سے نکال کر غلام علی کو دے کر کہا

”جلدی کھانا لے آؤ۔“

پانچ چھ ملاقاتوں کے بعد مجھے بابو گوپی ناتھ کی صحیح شخصیت کا علم ہوا۔ پوری طرح تو خیر انسان کسی کو بھی نہیں جان سکتا لیکن مجھے اس کے بہت سے حالات معلوم ہوئے جو بے حد دلچسپ تھے۔

پہلے تو میں یہ کہنا چاہتا ہوں کہ میرا یہ خیال کہ وہ پرلے درجے کا چغد ہے، غلط ثابت ہوا۔ اس کو اس امر کا پورا احساس تھا کہ سینڈو، غلام علی اور سردار وغیرہ جو اس کے مصاحب بنے ہوئے تھے، مطلبی انسان ہیں۔ وہ ان سے جھٹر کیاں،

گالیاں سب سنتا تھا لیکن غصے کا اظہار نہیں کرتا تھا۔ اس نے مجھ سے کہا

’’منٹو صاحب! میں نے آج تک کسی کا مشورہ رد نہیں کیا۔ جب بھی کوئی مجھے رائے دیتا ہے، میں کہتا ہوں سبحان اللہ۔ وہ مجھے بے وقوف سمجھتے ہیں لیکن میں انھیں عقل مند سمجھتا ہوں اس لیے کہ ان میں کم از کم اتنی عقل تو تھی جو مجھ میں ایسی بے وقوفی کو شناخت کر لیا جس سے ان کا الو سیدھا ہو سکتا ہے۔ بات دراصل یہ ہے کہ میں شروع سے فقیروں اور کنجروں کی صحبت میں رہا ہوں۔ مجھے ان سے کچھ محبت سی ہو گئی ہے۔ میں ان کے بغیر نہیں رہ سکتا۔ میں نے سوچ رکھا ہے کہ جب میری دولت بالکل ختم ہو جائے گی تو کسی تکیے میں جا بیٹھوں گا۔ رنڈی کا کوٹھا اور پیر کا مزار بس یہ دو جگہیں ہیں جہاں میرے دل کو سکون ملتا ہے۔ رنڈی کا کوٹھا تو چھوٹ جائے گا اس لیے کہ جیب خالی ہونے والی ہے لیکن ہندوستان میں ہزاروں پیر ہیں۔ کسی ایک کے مزار میں چلا جاؤں گا۔ ‘‘

میں نے اس سے پوچھا

’’رنڈی کے کوٹھے اور تکیے کو آپ کیوں پسند ہیں؟‘‘

کچھ دیر سوچ کر اس نے جواب دیا

’’اس لیے کہ ان دونوں جگہوں پر فرش سے لے کر چھت تک دھوکہ ہی دھوکہ ہوتا ہے جو آدمی خود کو دھوکہ دینا چاہتا ہے اس کے لیے ان سے اچھا مقام اور کیا ہو سکتا ہے۔ ‘‘

میں نے ایک اور سوال کیا

’’آپ کو طوائفوں کا گانا سننے کا شوق ہے، کیا آپ موسیقی کی سمجھ رکھتے ہیں۔ ‘‘

اس نے جواب دیا

’’بالکل نہیں اور یہ اچھا ہے کیونکہ میں کن سری سے کن سری طوائف کے ہاں جا کر بھی اپنا سر ہلا سکتا ہوں۔۔۔ منٹو صاحب مجھے گانے سے کوئی دلچسپی نہیں لیکن جیب سے دس یا سو روپے کا نوٹ نکال کر گانے والی کو دکھانے میں بہت مزا آتا ہے۔ نوٹ نکالا اور اس کو دکھایا۔ وہ اسے لینے کے لیے ایک ایک اد اسے اٹھی۔ پاس آئی تو نوٹ جراب میں اڑس لیا۔ اس نے جھک کر اسے باہر نکالا تو ہم خوش ہو گئے۔ ایسی بہت فضول فضول سی باتیں ہیں جو ہم ایسے تماش بینوں کو پسند ہیں، ورنہ کون نہیں جانتا کہ رنڈی کے کوٹھے پر ماں باپ اپنی اولاد سے پیشہ کراتے ہیں اور مقبروں اور تکیوں میں انسان اپنے خدا سے۔ ‘‘

بابو گوپی ناتھ کا شجرۂ نسب تو میں نہیں جانتا لیکن اتنا معلوم ہوا کہ وہ ایک بہت بڑے کنجوس نیسے کا بیٹا ہے۔ باپ کے مرنے پر اسے دس لاکھ روپے کی جائیداد ملی جو اس نے اپنی خواہش کے مطابق اڑانا شروع کر دی۔ بمبئی آتے

وقت وہ اپنے ساتھ پچاس ہزار روپے لایا تھا۔ اس زمانے میں سب چیزیں سستی تھیں، لیکن پھر بھی ہر روز تقریباً سو سوا سو روپے خرچ ہو جاتے ہیں۔

زینو کے لیے اس نے فئیٹ موٹر خریدی۔ یاد نہیں رہا، لیکن شاید تین ہزار روپے میں آئی تھی۔ ایک ڈرائیور رکھا لیکن وہ بھی لفنگے ٹائپ کا۔ بابو گوپی ناتھ کو کچھ ایسے ہی آدمی پسند تھے۔

ہماری ملاقاتوں کا سلسلہ بڑھ گیا۔ بابو گوپی ناتھ سے مجھے تو صرف دلچسپی تھی، لیکن اسے مجھ سے کچھ عقیدت ہو گئی تھی۔ یہی وجہ ہے کہ دوسروں کی بنسبت میرا بہت زیادہ احترام کرتا تھا۔

ایک روز شام کے قریب جب میں فلیٹ پر گیا تو مجھے وہاں شفیق کو دیکھ کر سخت حیرانی ہوئی۔ محمد شفیق طوسی کہوں تو شاید آپ سمجھ لیں کہ میری مراد کس آدمی سے ہے۔ یوں تو شفیق کافی مشہور آدمی ہے۔ کچھ اپنی جدت طراز گائیکی کے باعث اور کچھ اپنی بذلہ سنج طبیعت کی بدولت۔ لیکن اس کی زندگی کا ایک حصہ اکثریت سے پوشیدہ ہے۔ بہت کم آدمی جانتے ہیں کہ تین سگی بہنوں کو یکے بعد دیگرے تین تین چار چار سال کے وقفے کے بعد داشتہ بنانے سے پہلے اس کا تعلق اس کی ماں سے بھی تھا۔ یہ بہت کم مشہور ہے کہ اس کو اپنی پہلی بیوی جو تھوڑے ہی عرصے میں مر گئی تھی، اس لیے پسند نہیں تھی کہ اس میں طوائفوں کے غمزے اور عشوے نہیں تھے۔

لیکن یہ تو خیر ہر آدمی جو شفیق طوسی سے تھوڑی بہت واقفیت رکھتا ہے، جانتا ہے کہ چالیس برس (یہ اس زمانے کی عمر ہے) کی عمر میں سیکڑوں طوائفوں نے اسے رکھا۔ اچھے سے اچھا کپڑا پہنا۔ عمدہ سے عمدہ کھانا کھایا۔ نفیس سے نفیس موٹر رکھی۔ مگر اس نے اپنی گرہ سے کسی طوائف پر ایک دمڑی بھی خرچ نہ کی۔

عورتوں کے لیے، خاص طور پر جو کہ پیشہ ور ہوں، اس کی بذلہ سنج طبیعت جس میں میراثیوں کے مزاح کی ایک جھلک تھی، بہت ہی جاذبِ نظر تھی۔ وہ کوشش کے بغیر ان کو اپنی طرف کھینچ لیتا تھا۔ میں نے جب اسے زینت سے ہنس ہنس کر باتیں کرتے دیکھا تو مجھے اس لیے حیرت نہ ہوئی کہ وہ ایسا کیوں کر رہا ہے، میں نے صرف یہ سوچا کہ وہ دفعتاً یہاں پہنچا کیسے۔ ایک سینڈو اسے جانتا تھا مگر ان کی بول چال تو ایک عرصے سے بند تھی۔ لیکن بعد میں مجھے معلوم ہوا کہ سینڈو ہی اسے لایا تھا۔ ان دونوں میں صلح صفائی ہو گئی تھی۔

بابو گوپی ناتھ ایک طرف بیٹھا حقہ پی رہا تھا۔ میں نے شاید اس سے پہلے ذکر نہیں کیا، وہ سگریٹ بالکل نہیں پیتا تھا۔ محمد شفیق طوسی میراثیوں کے لطیفے سنا رہا تھا، جس میں زینت کسی قدر کم اور سردار بہت زیادہ دلچسپی لے رہی تھی۔ شفیق نے مجھے دیکھا اور کہا

"اوبسم اللہ۔ بسم اللہ۔ کیا آپ کا گزر بھی اس وادی میں ہوتا ہے؟"

سینڈو نے کہا

'' تشریف لے آئیے عزرائیل صاحب یہاں دھرن تختہ ۔''

میں اس کا مطلب سمجھ گیا۔

تھوڑی دیر گپ بازی ہوتی رہی۔ میں نے نوٹ کیا کہ زینت اور محمد شفیق طوسی کی نگاہیں آپس میں ٹکرا کر کچھ اور کچھ اور بھی کہہ رہی ہیں۔ زینت اس فن میں بالکل کوری تھی لیکن شفیق کی مہارت زینت کی خامیوں کو چھپاتی رہی۔ سردار، دونوں کی نگاہ بازی کو کچھ اس انداز سے دیکھ رہی تھی جیسے خلیفے اکھاڑے سے باہر بیٹھ کر اپنے پٹھوں کے داؤ پیچ کو دیکھتے ہیں۔

اس دوران میں، میں بھی زینت سے کافی بے تکلف ہو گیا تھا وہ مجھے بھائی کہتی تھی جس پر مجھے اعتراض نہیں تھا۔ اچھی ملنسار طبیعت کی عورت تھی۔ کم گو، سادہ لوح، صاف ستھری۔ شفیق سے مجھے اس کی نگاہ بازی پسند نہیں آئی تھی۔ اول تو اس میں بھونڈا پن تھا۔ اس کے علاوہ ۔۔۔ کچھ یوں کہیے کہ اس بات کا بھی اس میں دخل تھا کہ وہ مجھے بھائی کہتی تھی۔ شفیق اور سینڈو اٹھ کر باہر گئے تو میں نے شاید بڑی بے رحمی کے ساتھ اس سے نگاہ بازی کے متعلق استفسار کیا کیونکہ فوراً اس کی آنکھوں میں یہ موٹے موٹے آنسو آ گئے اور روتی روتی وہ دوسرے کمرے میں چلی گئی۔ بابو گوپی ناتھ جو ایک کونے میں بیٹھا حقہ پی رہا تھا، اٹھ کر تیزی سے اس کے پیچھے گیا۔ سردار نے آنکھوں ہی آنکھوں میں اس سے کچھ کہا لیکن میں مطلب نہ سمجھا۔ تھوڑی دیر کے بعد بابو گوپی ناتھ کمرے سے باہر نکلا اور

'' آئیے منٹو صاحب ''

کہہ کر مجھے اپنے ساتھ اندر لے گیا۔

زینت پلنگ پر بیٹھی تھی۔ میں اندر داخل ہوا تو وہ دونوں ہاتھوں سے منہ ڈھانپ کر لیٹ گئی۔ میں اور بابو گوپی ناتھ، دونوں پلنگ کے پاس کرسیوں پر بیٹھ گئے۔ بابو گوپی ناتھ نے بڑی سنجیدگی کے ساتھ کہنا شروع کیا

'' منٹو صاحب! مجھے اس عورت سے بہت محبت ہے۔ دو برس سے یہ میرے پاس ہے۔ میں حضرت غوث اعظم جیلانی کی قسم کھا کر کہتا ہوں کہ اس نے مجھے کبھی شکایت کا موقع نہیں دیا۔ اس کی دوسری بہنیں، میرا مطلب ہے اس پیشے کی دوسری عورتیں دونوں ہاتھوں سے مجھے لوٹ کر کھاتی رہیں مگر اس نے کبھی ایک زائد پیسہ مجھ سے نہیں لیا۔ میں اگر کسی دوسری عورت کے ہاں ہفتوں پڑا رہا تو اس غریب نے اپنا کوئی زیور گروی رکھ کر گزارا کیا میں جیسا کہ آپ سے ایک دفعہ کہہ چکا ہوں بہت جلد اس دنیا سے کنارہ کش ہونے والا ہوں۔ میری دولت اب کچھ دن کی مہمان ہے میں نہیں چاہتا اس کی زندگی خراب ہو۔ میں نے لاہور میں اس کو بہت سمجھایا کہ تم دوسری

طوائفوں کی طرف دیکھو جو کچھ وہ کرتی ہیں، سیکھو۔ میں آج دولت مند ہوں۔ کل مجھے بھکاری ہونا ہی ہے۔تم لوگوں کی زندگی میں صرف ایک دولت کافی نہیں۔میرے بعد تم کسی اور کو نہیں پھانسو گی تو کام نہیں چلے گا۔لیکن منٹو صاحب اس نے میری ایک نہ سنی۔

سارا دن شریف زادیوں کی طرح گھر میں بیٹھی رہتی۔ میں نے غفار سائیں سے مشورہ کیا۔اس نے کہا بمبئی لے جاؤ اسے۔ مجھے معلوم تھا کہ اس نے ایسا کیوں کہا۔بمبئی میں اس کی دو جاننے والی طوائفیں ایکٹریسیں بنی ہوئی ہیں۔لیکن میں نے سوچا بمبئی ٹھیک ہے۔ دو مہینے ہو گئے ہیں اسے یہاں لائے ہوئے۔سردار کو لاہور سے بلایا ہے کہ اس کو سب گر سکھائے۔غفار سائیں سے بھی یہ بہت کچھ سیکھ سکتی ہے۔ یہاں مجھے کوئی نہیں جانتا۔اس کا یہ خیال تھا کہ بابو تمہاری بے عزتی ہوگی۔ میں نے کہا چھوڑو اس کو۔بمبئی بہت بڑا شہر ہے۔لاکھوں رئیس ہیں۔ میں نے تمہیں موٹر لے دی ہے۔ کوئی اچھا آدمی تلاش کر لو۔۔۔

منٹو صاحب! میں خدا کی قسم کھا کر کہتا ہوں میری دلی خواہش ہے کہ یہ اپنے پیروں پر کھڑی ہو جائے، اچھی طرح ہوشیار ہو جائے۔ میں اس کے نام آج ہی بنک میں دس ہزار روپیہ جمع کرانے کو تیار ہوں۔ مگر مجھے معلوم ہے دس دن کے اندر اندر یہ باہر بیٹھی ہوگی۔سردار اس کی ایک ایک پائی اپنی جیب میں ڈال لے گی۔۔۔ آپ بھی اسے سمجھائیے کہ چالاک بننے کی کوشش کرے۔جب سے موٹر خریدی ہے، سردار اسے ہر روز شام کو اپولو بندر لے جاتی ہے لیکن ابھی تک کامیابی نہیں ہوئی۔سینڈو آج بڑی مشکلوں سے محمد شفیق کو یہاں لایا ہے۔ آپ کا کیا خیال ہے اس کے متعلق؟''

میں نے اپنا خیال ظاہر کرنا مناسب خیال نہ کیا، لیکن بابو گوپی ناتھ نے خود ہی کہا
''اچھا کھاتا پیتا آدمی معلوم ہوتا ہے اور خوبصورت بھی ہے۔۔۔ کیوں زینو جانی۔۔۔ پسند ہے تمہیں؟''

زینو خاموش رہی۔

بابو گوپی ناتھ سے جب مجھے زینت کو بمبئی لانے کی غرض و غایت معلوم ہوئی تو میرا دماغ چکرا گیا۔ مجھے یقین نہ آیا کہ ایسا بھی ہو سکتا ہے۔ لیکن بعد میں مشاہدہ نے میری حیرت دور کر دی۔ بابو گوپی ناتھ کی دلی آرزو تھی کہ زینت بمبئی میں کسی اچھے مال دار آدمی کی داشتہ بن جائے یا ایسے طریقے سیکھ جائے جس سے وہ مختلف آدمیوں سے روپیہ وصول کرتے رہنے میں کامیاب ہو سکے۔

زینت سے اگر صرف چھٹکارا ہی حاصل کرنا ہوتا تو یہ کوئی اتنی مشکل چیز نہیں تھی۔ بابو گوپی ناتھ ایک ہی دن میں یہ کام کر سکتا تھا۔ چونکہ اس کی نیت نیک تھی، اس لیے اس نے زینت کے مستقبل کے لیے ہر ممکن کوشش کی۔اس کو ایکٹرس بنانے کے لیے اس نے کئی جعلی ڈائریکٹروں کی دعوتیں کیں۔ گھر میں ٹیلی فون لگوایا۔ لیکن اونٹ کسی

کروٹ نہ بیٹھا۔

محمد شفیق طوسی تقریباً ڈیڑھ مہینہ آتا رہا۔ کئی راتیں بھی اس نے زینت کے ساتھ بسر کیں لیکن وہ ایسا آدمی نہیں تھا جو کسی عورت کا سہارا بن سکے۔ بابو گوپی ناتھ نے ایک روز افسوس اور رنج کے ساتھ کہا

'' شفیق صاحب تو خالی خالی جنٹلمین ہی نکلے۔ ٹھسّہ دیکھیے، بے چاری زینت سے چار چادریں، چھ تکیے کے غلاف اور دو سو روپے نقد ہتھیا کر لے گئے۔ سنا ہے آج کل ایک لڑکی الماس سے عشق لڑا رہے ہیں۔ ''

یہ درست تھا۔ الماس، نذیر جان پٹیالے والی کی سب سے چھوٹی اور آخری لڑکی تھی۔ اس سے پہلے تین بہنیں شفیق کی داشتہ رہ چکی تھیں۔ دو سو روپے جو اس نے زینت سے لیے تھے، مجھے معلوم ہے الماس پر خرچ ہوئے تھے۔ بہنوں کے ساتھ لڑ جھگڑ کر الماس نے زہر کھا لیا تھا۔

محمد شفیق طوسی نے جب آنا جانا بند کر دیا تو زینت نے کئی بار مجھے ٹیلی فون کیا اور کہا اسے ڈھونڈ کر میرے پاس لائیے۔ میں نے اسے تلاش کیا، لیکن کسی کو اس کا پتہ ہی نہیں تھا کہ وہ کہاں رہتا ہے۔ ایک روز اتفاقیہ ریڈیو اسٹیشن پر ملاقات ہوئی۔ سخت پریشانی کے عالم میں تھا۔ جب میں نے اس سے کہا کہ تمہیں زینت بلاتی ہے تو اس نے جواب دیا

'' مجھے یہ پیغام اور ذریعوں سے بھی مل چکا ہے۔ افسوس ہے، آج کل مجھے بالکل فرصت نہیں۔ زینت بہت اچھی عورت ہے لیکن افسوس ہے کہ بے حد شریف ہے۔۔۔ ایسی عورتوں سے جو بیویوں جیسی لگیں مجھے کوئی دلچسپی نہیں۔ ''

شفیق سے مایوسی ہوئی تو زینت نے سردار کے ساتھ اپولو بندر جانا شروع کیا۔ پندرہ دنوں میں، بڑی مشکلوں سے، کئی گیلن پٹرول پھونکنے کے بعد سردار نے دو آدمی پھانسے۔ ان سے زینت کو چار سو روپے ملے۔ بابو گوپی ناتھ نے سمجھا کہ حالات امید افزا ہیں کیونکہ ان میں سے ایک نے جو ریشمی کپڑوں کی مل کا مالک تھا، زینت سے کہا تھا کہ میں تم سے شادی کروں گا۔ ایک مہینہ گزر گیا لیکن یہ آدمی پھر زینت کے پاس نہ آیا۔

ایک روز میں جانے کس کام سے ہار بنی روڈ پر جا رہا تھا کہ مجھے فٹ پاتھ کے پاس زینت کی موٹر کھڑی نظر آئی۔ پچھلی نشست پر محمد یاسین بیٹھا تھا۔ نگینہ ہوٹل کا مالک۔ میں نے اس سے پوچھا

'' یہ موٹر تم نے کہاں سے لی؟ ''

یاسین مسکرایا

'' تم جانتے ہو موٹر والی کو۔ ''

میں نے کہا

''جانتا ہوں۔''

''تو بس سمجھ لو میرے پاس کیسے آئی۔۔۔اچھی لڑکی ہے یار!''

یاسمین نے مجھے آنکھ ماری۔ میں مسکرا دیا۔

اس کے چوتھے روز بابو گوپی ناتھ ٹیکسی پر میرے دفتر میں آیا۔ اس سے مجھے معلوم ہوا کہ زینت سے یاسمین کی ملاقات کیسے ہوئی۔ ایک شام اپولو بندر سے ایک آدمی لے کر سردار اور زینت نگینہ ہوٹل گئیں۔ وہ آدمی تو کسی بات پر جھگڑا کر کے چلا گیا لیکن ہوٹل کے مالک سے زینت کی دوستی ہو گئی۔

بابو گوپی ناتھ مطمئن تھا کیونکہ دس پندرہ روز کی دوستی کے دوران میں یاسمین نے زینت کو چھ بہت ہی عمدہ اور قیمتی ساڑیاں لے دی تھیں۔ بابو گوپی ناتھ اب یہ سوچ رہا تھا کہ کچھ دن اور گزر جائیں، زینت اور یاسمین کی دوستی اور مضبوط ہو جائے تو لاہور واپس چلا جائے۔۔۔مگر ایسا نہ ہوا۔

نگینہ ہوٹل میں ایک کرسچین عورت نے کمرہ کرائے پر لیا۔ اس کی جوان لڑکی میوریل سے یاسمین کی آنکھ لڑ گئی۔ چنانچہ زینت بے چاری ہوٹل میں بیٹھی رہتی اور یاسمین اس کی موٹر میں صبح شام اس لڑکی کو گھماتا رہا۔ بابو گوپی ناتھ کو اس کا علم ہونے پر دکھ ہوا۔ اس نے مجھ سے کہا

''منٹو صاحب یہ کیسے لوگ ہیں۔ بھئی دل اچاٹ ہو گیا ہے تو صاف کہہ دو۔ لیکن زینت بھی عجیب ہے۔ اچھی طرح معلوم ہے کیا ہو رہا ہے مگر منہ سے اتنا بھی نہیں کہتی، میاں! اگر تم نے اس کرستان چھوکری سے عشق لڑانا ہے تو اپنی موٹر کار کا بندوبست کرو، میری موٹر کیوں استعمال کرتے ہو۔ میں کیا کروں منٹو صاحب! بڑی شریف اور نیک بخت عورت ہے۔ کچھ سمجھ میں نہیں آتا۔۔۔تھوڑی سی چالاک تو بننا چاہیے۔''

یاسمین سے تعلق قطع ہونے پر زینت نے کوئی صدمہ محسوس نہ کیا۔ بہت دنوں تک کوئی نئی بات وقوع پذیر نہ ہوئی۔ ایک دن ٹیلی فون کیا تو معلوم ہوا بابو گوپی ناتھ، غلام علی اور غفار سائیں کے ساتھ لاہور چلا گیا، روپے کا بندوبست کرنے، کیونکہ پچاس ہزار ختم ہو گئے تھے۔ جاتے وقت وہ زینت سے کہہ گیا تھا کہ اسے لاہور میں زیادہ دن لگیں گے کیونکہ اسے چند مکان فروخت کرنے پڑیں گے۔

سردار کو مورفیا کے ٹیکوں کی ضرورت تھی۔ سینڈو کو پولس مکھن کی۔ چنانچہ دونوں نے متحدہ کوشش کی اور ہر روز تین آدمی پھانس کر لے آتے۔ زینت سے کہا گیا کہ بابو گوپی ناتھ واپس نہیں آئے گا، اس لیے اسے اپنی فکر کرنی چاہیے سو سو اسو روپے روز کے ہو جاتے جن میں سے آدھے زینت کو ملتے باقی سینڈو اور سردار دبا لیتے۔ میں نے ایک دن زینت سے کہا

”یہ تم کیا کر رہی ہو۔“

اس نے بڑے الٹر پن سے کہا

”مجھے کچھ معلوم نہیں بھائی جان۔ یہ لوگ جو کچھ کہتے ہیں مان لیتی ہوں۔“

جی چاہا کہ بہت دیر پاس بیٹھ کر سمجھاؤں کہ جو کچھ تم کر رہی ہو، ٹھیک نہیں، سینڈو اور سردار اپنا الو سیدھا کرنے کے لیے تمہیں نیچ بھی ڈالیں گے مگر میں نے کچھ نہ کہا۔ زینت اکتا دینے والی حد تک بے سمجھ، بے امنگ اور بے جان عورت تھی۔ اس کم بخت کو اپنی زندگی کی قدر و قیمت ہی معلوم نہیں تھی۔ جسم بیچتی مگر اس میں بیچنے والوں کا کوئی انداز تو ہوتا۔ واللہ مجھے بہت کوفت ہوتی تھی اسے دیکھ کر۔ سگریٹ سے، شراب سے، کھانے سے، گھر سے، ٹیلی فون سے، حتیٰ کہ اس صوفے سے بھی جس پر وہ اکثر لیٹی رہتی تھی، اسے کوئی دلچسپی نہ تھی۔

بابو گوپی ناتھ پورے ایک مہینے کے بعد لوٹا۔ وہاں گیا تو وہاں فلیٹ میں کوئی اور ہی تھا۔ سینڈو اور سردار کے مشورے سے زینت نے باندرہ میں ایک بنگلے کا بالائی حصہ کرائے پر لے لیا تھا۔ بابو گوپی ناتھ میرے پاس آیا تو میں نے اسے پورا پتہ بتا دیا۔ اس نے مجھ سے زینت کے متعلق پوچھا۔ جو کچھ مجھے معلوم تھا، میں نے کہہ دیا لیکن یہ نہ کہا کہ سینڈو اور سردار اس سے پیشہ کرا رہے ہیں۔

بابو گوپی ناتھ اب کہ دس ہزار روپیہ اپنے ساتھ لایا تھا جو اس نے بڑی مشکلوں سے حاصل کیا تھا۔ غلام علی اور غفار سائیں کو وہ لاہور ہی چھوڑ آیا تھا۔ ٹیکسی نیچے کھڑی تھی۔ بابو گوپی ناتھ نے اصرار کیا میں بھی اس کے ساتھ چلوں۔ تقریباً ایک گھنٹے میں ہم باندرہ پہنچ گئے۔ بالی ہل پر ٹیکسی چڑھ رہی تھی کہ سامنے تنگ سٹرک پر سینڈو دکھائی دیا۔ بابو گوپی ناتھ نے زور سے پکارا

”سینڈو!“

سینڈو نے جب بابو گوپی ناتھ کو دیکھا تو اس کے منہ سے صرف اتنا نکلا

”دھرن تختہ“

بابو گوپی ناتھ نے اس سے کہا آؤ ٹیکسی میں بیٹھ جاؤ اور ساتھ چلو، لیکن سینڈو نے کہا ٹیکسی ایک طرف کھڑی کیجئے، مجھے آپ سے کچھ پرائیویٹ باتیں کرنی ہیں۔ ٹیکسی ایک طرف کھڑی کی گئی۔ بابو گوپی ناتھ باہر نکلا تو سینڈو اسے کچھ دور لے گیا دیر تک ان میں باتیں ہوتی رہیں جب ختم ہوئیں تو بابو گوپی ناتھ اکیلا ٹیکسی کی طرف آیا۔ ڈرائیور سے اس نے کہا

”واپس لے چلو!“

بابو گوپی ناتھ خوش تھا۔ ہم دادر کے پاس پہنچے تو اس نے کہا

’’منٹو صاحب! زینو کی شادی ہونے والی ہے۔‘‘

میں نے حیرت سے کہا

’’کس سے؟‘‘

بابو گوپی ناتھ نے جواب دیا

’’حیدر آباد سندھ کا ایک دولت مند زمیندار ہے۔ خدا کرے وہ خوش رہیں۔ یہ بھی اچھا ہوا جو میں عین وقت پر آ پہنچا۔ جو روپے میرے پاس ہیں، ان سے زینو کا زیور بن جائے گا۔۔۔کیوں، کیا خیال ہے آپ کا؟‘‘

میرے دماغ میں اس وقت کوئی خیال نہ تھا۔ میں سوچ رہا تھا کہ یہ حیدر آباد سندھ کا دولت مند زمیندار کون ہے، سینڈو اور سردار کی کوئی جعلسازی تو نہیں، لیکن بعد میں اس کی تصدیق ہوگئی کہ وہ حقیقتاً حیدر آباد کا متمول زمیندار ہے جو حیدر آباد سندھ ہی کے ایک میوزک ٹیچر کی معرفت زینت سے متعارف ہوا۔ یہ میوزک ٹیچر زینت کو گانا سکھانے کی بے سود کوشش کیا کرتا تھا۔ ایک روز وہ اپنے مربی غلام حسین (یہ اس حیدر آباد سندھ کے رئیس کا نام تھا) کو ساتھ لے کر آیا۔ زینت نے خوب خاطر مدارت کی۔ غلام حسین کی پُر زور فرمائش پر اس نے غالب کی غزل :

’’نکتہ چیں ہے غم دل اس کو سنائے نہ بنے‘‘

گا کر سنائی۔ غلام حسین سو جان سے اس پر فریفتہ ہو گیا۔ اس کا ذکر میوزک ٹیچر نے زینت سے کیا۔ سردار اور سینڈو نے مل کر معاملہ پکا کر دیا اور شادی طے ہو گئی۔

بابو گوپی ناتھ خوش تھا۔ ایک دفعہ سینڈو کے دوست کی حیثیت سے وہ زینت کے ہاں گیا۔ غلام حسین سے اس کی ملاقات ہوئی۔ اس سے مل کر بابو گوپی ناتھ کی خوشی دگنی ہو گئی۔ مجھ سے اس نے کہا

’’منٹو صاحب! خوبصورت، نوجوان اور بڑا لائق آدمی ہے۔ میں نے یہاں آتے ہوئے داتا گنج بخشؒ کے حضور جا کر دعا مانگی تھی جو قبول ہوئی۔ بھگوان کرے دونوں خوش رہیں!‘‘

بابو گوپی ناتھ نے بڑے خلوص اور بڑی توجہ سے زینت کی شادی کا انتظام کیا۔ دو ہزار کے زیور اور دو ہزار کے کپڑے بنوا دیے اور پانچ ہزار نقد دیے۔ محمد شفیق طوسی، محمد یاسین پروپرائٹر نگینہ ہوٹل، سینڈو، میوزک ٹیچر، میں اور گوپی ناتھ شادی میں شامل تھے دلہن کی طرف سے سینڈو وکیل تھے۔

ایجاب و قبول ہوا تو سینڈو نے آہستہ سے کہا

’’دھرن تختہ۔‘‘

غلام حسین سرج کا نیلا سوٹ پہنے تھے۔ سب نے اس کو مبارک باد دی جو اس نے خندہ پیشانی سے قبول کی۔ کافی وجیہہ آدمی تھا۔ بابو گوپی ناتھ اس کے مقابلے میں اس کے سامنے چھوٹی سی بٹیر معلوم ہوتا تھا۔ شادی کی دعوتوں پر خورد و نوش کا جو سامان بھی ہوتا ہے، بابو گوپی ناتھ نے مہیا کیا تھا۔ دعوت سے جب لوگ فارغ ہوئے تو بابو گوپی ناتھ نے سب کے ہاتھ دھلوائے۔ میں جب ہاتھ دھونے کے لیے مجھ سے آیا تو اس نے بچوں کے انداز سے کہا

''منٹو صاحب! ذرا اندر جائیے اور دیکھیے زینو دلہن کے لباس میں کیسی لگتی ہے۔''

میں پردہ ہٹا کر اندر داخل ہوا۔ زینت سرخ زر بفت کا شلوار کرتہ پہنے تھی۔۔۔ دوپٹہ بھی اسی رنگ کا تھا جس پر گوٹ لگی تھی چہرے پر ہلکا ہلکا میک اپ تھا حالانکہ مجھے ہونٹوں پر لپ اسٹک کی سرخی بہت بری معلوم ہوتی ہے مگر زینت کے ہونٹ سجے ہوئے تھے۔ اس نے شرما کر مجھے آداب کیا تو بہت پیاری لگی لیکن جب میں نے دوسرے کونے میں ایک مسہری دیکھی جس پر پھول ہی پھول تھے تو مجھے بے اختیار ہنسی آ گئی۔ میں نے زینت سے کہا یہ کیا مسخرہ پن ہے۔

زینت نے میری طرف بالکل معصوم کبوتری کی طرح دیکھا

''آپ مذاق کرتے ہیں بھائی جان!''

اس نے یہ کہا اور آنکھوں میں آنسو ڈبڈبا آئے۔

مجھے ابھی غلطی کا احساس بھی نہ ہوا تھا کہ بابو گوپی ناتھ اندر داخل ہوا۔ بڑے پیار کے ساتھ اس نے اپنے رومال کے ساتھ زینت کے آنسو پونچھے اور بڑے دکھ کے ساتھ مجھ سے کہا

''منٹو صاحب! میں سمجھا تھا کہ آپ بڑے سمجھ دار اور لائق آدمی ہیں۔۔۔ زینو کا مذاق اڑانے سے پہلے آپ نے کچھ تو سوچ لیا ہوتا۔''

بابو گوپی ناتھ کے لہجے میں وہ عقیدت جو اسے مجھ سے تھی، زخمی نظر آئی لیکن پیشتر اس کے کہ میں اس سے معافی مانگوں، اس نے زینت کے سر پر ہاتھ پھیرا اور بڑے خلوص کے ساتھ کہا

''خدا تمہیں خوش رکھے!''

یہ کہہ کر بابو گوپی ناتھ نے بھیگی ہوئی آنکھوں سے میری طرف دیکھا۔ ان میں ملامت تھی۔۔۔ بہت ہی دکھ بھری ملامت۔۔۔ اور چلا گیا۔

الوداع

منٹو کو نہ صرف متحدہ ہندوستان میں بلکہ نئے بنائے گئے اسلامی پاکستان میں بھی مبینہ فحش ادب لکھنے پر عوامی آزمائشوں کا سامنا کرنا پڑا تھا۔ سیشن جسٹس منیر نے لاہور میں منٹو کے آخری مقدمے کی صدارت کی اور جسٹس منیر وہ بدنام زمانہ جج تھا جو بعد میں سپریم کورٹ کا جج بھی بنا اور جس نے بعد میں پاکستان میں مارشل لا کو تقویت دینے کے لئے ”نظریۂ ضرورت“ ایجاد کیا۔ منٹو کے خلاف لاہور میں ہونے والے اس مقدمے میں فیض احمد فیض، ایم ڈی یا سر اور بہت سی ادبی شخصیات نے منٹو کے حق میں گواہی دی۔ منٹو کا مقدمہ جسٹس منیر کی اس وارننگ کے ساتھ ختم ہوا کہ اسے صرف جرمانے کے ساتھ چھوڑا جا رہا ہے لیکن اگر اس نے اپنی اشتعال انگیز کہانیاں لکھنا بند نہ کیں تو اسے کئی سالوں کے لئے جیل بھیج دیا جائے گا۔ چنانچہ منٹو نے لکھنا بند کر دیا۔ نئے آزاد ہندوستان کے تمام مسلم مصنفین کے انتہائی تعصب آمیز رویے کی وجہ سے ہندوستان تک واپس نہ جا سکا۔ کثرتِ شراب سے اس کا جگر متاثر ہونا شروع ہو گیا اور اس کے ساتھ جگر کا عارضہ ہو گیا جو اس کی موت پر منتج ہوا۔ منٹو کو لاہور کے میانی صاحب کے قبرستان میں دفن کیا گیا ہے۔ نیچے دیا گیا اپنی قبر کا کتبہ منٹو نے اپنی زندگی میں ہی لکھ لیا تھا

> ”یہاں سعادت حسن منٹو دفن ہے اس کے سینے میں افسانہ نگاری کے سارے اسرار و رموز دفن ہیں وہ اب بھی منوں مٹی کے نیچے سوچ رہا ہے کہ وہ بڑا افسانہ نگار ہے یا خدا“

یہ کتبہ بعد میں بدل دیا گیا اور اب اس کی قبر پر یہ کتبہ لکھا ہے

> ”یہ سعادت حسن منٹو کی قبر ہے جو اب بھی سمجھتا ہے کہ اس کا نام لوحِ جہاں پر حرفِ مکرّر نہیں“